文学という名の愉楽

文芸批評理論と文学研究へのアプローチ

寒河江 光徳

春風社

はじめに
文学作品を読むということ

　この書を書くにあたって、最も尊敬する作家の名前を紹介することからはじめたいと思います。ウラジーミル・ナボコフ（1899-1977）という、ロシア貴族の子弟として生まれ、ロシア革命の勃発時にクリミアに逃げ、その後ケンブリッジ大学で学び、ベルリン、パリに移住し、アメリカの大学で文学を講義する傍ら、小説を書き、『ロリータ』という小説がベストセラーになると、大学をやめ、スイスのホテルに移り住み、作家としての悠々自適な執筆生活を送り、天寿を全うした、という作家です。

　ナボコフは、作家であると同時に、鱗翅類学者、チェスプロブレム作家という一面も持ち合わせておりますが、蝶やチェスの話はここでは本題ではありませんので、あまり詳しくはお話しいたしません。

　この書は、ウラジーミル・ナボコフがロシア語・英語で書いた詩・小説を読み、あるいは、ナボコフが『ヨーロッパ文学講義』、『ロシア文学講義』で取り上げた作品についての講義のエッセンスをふまえながら、この作家が考える小説あるいは詩の芸術性（文学作品としての価値）について学んでいくということが当面の目的になります。それと同時に、ナボコフの作品、あるいは、この作家の文学観を理解する上で、彼が生まれ育ち、移り住んだ時代・環境において、どのような文学作品の読まれ方が主流であったのか、そのことについても勉強してしまおうというのが狙いです。

もう一つの目的は、文学理論を下地にして、さまざまな文学作品（日本文学、あるいは、欧米文学を問わず）の分析・批評を試みることです。文学理論については欧米で出版されたさまざまな著作が日本語に翻訳され、また、文学理論を紹介するさまざまな著作が書かれております。最も代表的なもののひとつにテリー・イーグルトンの『文学とは何か』（岩波書店）、そして、この本を翻訳された大橋洋一氏が書かれた『新文学入門――Ｔ・イーグルトン『文学とは何か』を読む』（岩波書店）があります。

　19世紀の間に書かれた作品と20世紀以降に書かれた作品との最も大きな違いは何かというと、20世紀以降の作品は作品世界のなかに批評理論の視点が取り込まれている、ということです。つまり、作家は作品を書く、批評家は分析あるいは研究を行う。この2つの境界線が崩れていくこと。これこそが20世紀以降の文学作品を読む上での最大の特徴なのではないか、ということです。

　日本では現存するノーベル文学賞作家に大江健三郎さんがいます。大江さんほど文学理論を熱心に勉強し、自らの作品世界のなかにも文学理論で述べられていることを取り入れていった作家は珍しいのではないかと思います。ただ、ウラジーミル・ナボコフの場合は、それとある意味似ておりますが、むしろ作家にとってのライバル関係にある批評家というものを仮想敵視し、そのライバルとの駆け引き、あるいは、ゲームのような感覚で作品世界を作り上げていった点においては、きわめて独創的に批評理論を利用し、自らの作品世界をより豊かなものに作り上げていった存在ではないかと思うのです。

　一人の作家の書いた作品を紹介しながら、その作品の芸術的価値を勉強するだけでなく、この作家が生きた時代に隆盛した文学作品の読み方についての流儀も一緒に勉強していく。その目的で本書は書き進められていくことになります。本書を手にした人が、学問としてだけでなく、何よりも人生をより実りある楽しいものにするための「文学」の魅力について、少しでも感じていただけたら幸いです。

目次

はじめに　文学作品を読むということ　　　　　　　　　　　　　　　i

第1講　モダニズム文学と文学理論について　　　　　　　　　　1
ロシア語で読む『ロリータ』…3
散文作品から得る分析への視点（ヒント）…5
ポー、ボードレール、ロシア象徴主義、ナボコフ…15

第2講　構造主義と記号論をつかって　　　　　　　　　　　　　19
二項対立で考える…19
宗教的文学と世俗…21
散文と韻文…22
リアリズムとモダニズム…23
日常的言語と詩的言語…25
隠喩と換喩…25
思想伝達的小説と芸術至上主義的小説…27
散文作品におけるパラレリズム…28

第3講　新批評で読むポーの「黒猫」　　　　　　　　　　　　　31

第4講　「構成の原理」から読むバリモントの「雨」　　　　　　41
U, M, R, I…49

**第5講　ボードレールのコレスポンダンスから読むバリモントの
詩学**　　　　　　　　　　　　　　　　　　　　　　　　　　55

iii

第6講　記号論をつかってナボコフの詩（ロシア時代）を読む　67

表現・外延・内包…67

訳出と分析…71

総合、そしておわりに…82

第7講　芥川龍之介の『芋粥』はいかにして調理されたか
　　　　──ゴーゴリの『外套』との比較分析　　　　　　　　　93

インターテクスチュアリティー（間テクスト性）について…93

「ゴーゴリの『外套』はいかに作られているか」（エイヘンバウム）…96

芥川龍之介の『芋粥』はどのように調理されたか…98

グロテスクなイメージとしての「狐」…117

おわりに…122

第8講　新批評と受容理論　太宰治の「待つ」　　　　　　　　127

第9講　メタフィクションとして読む「藪の中」
　　　　──精神分析、フェミニズム、ジェンダーを用いながら　139

第10講　ポリフォニーで読む「黄金比の朝」（中上健次）
　　　　──『カラマーゾフの兄弟』（ドストエフスキー）と比べて　151

第11講　ポスト・コロニアリズムの視点から
　　　　──ナボコフの作品における亡命表象　　　　　　　　159

視点の提示①　ナボコフ作品における視覚性を巡る問題…160

視点の提示②　ナボコフ作品におけるエミグレ表象の問題…163

詩の分析①　「ホテルの一室」…170

詩の分析②　ロシア…176

おわりに…180

目次

第 12 講　脱構築的読解　ウラジーミル・ナボコフの作品における「ずれ」の美学
――『賜物』、『透明な対象』を中心に脱構築的読解を試みる 185

　　視点の提示――構造主義か脱構築か…186

　　視覚的記憶と「見たもの」との「ずれ」…190

　　ポストカードの多用…192

　　「作者」と「語り手」のずれ…193

　　美と醜の共存、グロテスク…195

　　「エクリチュール」と「読み」のずれ…197

　　鏡と錯視の用例…199

　　韻文を散文化する…200

　　散文を韻文化する…201

　　隠喩と換喩の混合…204

　　散文と韻文（ロマンス）のコントラスト…207

　　ロゴス至上主義からの脱却…211

　　おわりに…214

第 13 講　ナボコフの作品における円環構造とシンメトリーにまつわる形象のパターンについて
――殺意の前兆、犬、カーブ、鏡そして殺人〔小説『ロリータ』および、2 つの映画『ロリータ』から解き明かす試み〕 219

　　分析の視点――円環構造とシンメトリーの形象のパターンについて…220

　　おわりに…243

エッセイ①　カルヴィーノの「見ること」、世界文学としての村上春樹「象の消滅」を読む 85

エッセイ②　村上春樹とロシア文学 246

ⅴ

第1講

モダニズム文学と文学理論について

　ウラジーミル・ナボコフは、20世紀の世界文学を代表する指折り数えられる巨匠であります。そして、ナボコフとその周辺の時代について語り、ナボコフの作品、ナボコフの文学観を理解することは、結果的に、杓子定規で求められた教科書の基準をクリアすること以上に、もしかしたら、効果的に「文学」とは何かを理解するというこの講義の目的を達成するために役立つことになるかもしれません。その理由について、ナボコフの生い立ちについて話しながら説明したいと思います。

　ウラジーミル・ナボコフが生まれたのは1899年、サンクト・ペテルブルグです。サンクト・ペテルブルグはご存知の通り1700年にピョートル大帝が建てた町です。彼の祖先は、ロシアの皇帝であったアレクサンドル2世、アレクサンドル3世に仕えた貴族です。そして、ナボコフの父親のウラジーミル・ドミトリィエヴィチ・ナボコフは、立憲民主党という政党の設立に携わった政治家です。ボリシェヴィズムが台頭してきたロシア革命後のロシアで、父親は逮捕され3ヵ月間の拘留生活を体験しますが、家庭においてはあくまでも貴族としての教養を身につけさせる教育に余念がありませんでした。家では、家庭教師が当てがわれ、英語、フランス語を話すというバイリンガル・トリリンガルの生活がなされますが、これは当時のロシアの貴族社会においては決して珍しいことではありませんで

した。ナボコフは貴族として英語やフランス語で書かれた作品を読み漁りますが、のちに入る貴族学校では、ロシアの象徴主義の詩人が書いた詩を学びながら、詩の習作をはじめます。この時に教わった教員のなかに ギッピウスという詩人がおりますが、この教員に自分の書いた詩を酷評されるという経験を味わっています。ウラジーミル・ナボコフはのちにロシア語で自分の編んだ詩集を出版いたします。ウラジーミル・シーリンという筆名で、のちにナボコフはロシア語の小説家として、ヨーロッパの亡命貴族社会で作家としての名声を確立いたしますが、それらの作品には自身の詩人から小説家への成長の過程が描かれたものが存在します。

　ナボコフの生涯をたどることは文学とは何かを考える上での非常に重要な契機になります。この僕の考え方を裏づけるのは、ナボコフの作品は、一見すると芸術至上主義的であることです。つまり、作品のなかに人生的教訓を見出すものではなく、作品それ自体の実験性や芸術的要素に最も重要な価値がおかれるという点においてきわめて、モダニズム的な伝統に則っているということができます。しかし、その一方で、では、モダニズム的な作風によって書かれた作品が政治的な状況とまったく切り離されて生まれたと言えるかという点において、ナボコフの生まれ育った環境や生い立ちは、ロシアで起こった革命、その後の亡命生活における第二次世界大戦をめぐる状況など、政治的状況とは決して切り離されることはない運命のもとで書かれた作品であると言うことができます。

　ミシェル・フーコーの言葉を採用するならば、あらゆる言説（ディスクール）は何らかの権力関係、何らかの政治的力学のなかから生み出されたものであり、人間が営む言説行為が政治的な状況とはまったく切り離されて生み出されることはない、ということになります。ただ、ここで述べている政治とは、決して個々の政治的な信条とかを作品のなかであからさまに表明するという意味ではないということにも注意する必要があります。

ロシア語で読む『ロリータ』

　まず、『ロリータ』という小説から話を始めたいと思います。この小説の題名の与えるネガティヴなイメージから、この小説の名前を聞くと眉をひそめる人も数多くいます。しかし、そのような人たちに対しては、京都大学の若島正教授が翻訳され新潮文庫で発刊された『ロリータ』に付せられた大江健三郎の解説を読むことをまずお勧めしたいと思います。

　僕が考えるに、大江はこの小説をいくつかのキーワードで論じております。1つ目は20世紀最良の小説ということです。もちろん、括弧〈　〉書きでナボコフ最良の小説とは言わないと書かれてあるように、大江は絶対的にこの小説が20世紀のナンバーワンと言い切っている訳ではないと思います。それにしてもこの小説に対して、20世紀最良の小説というのは最大の褒め言葉なのではないかと思います。2つ目に論じていることは「野心的で勤勉な小説家志望の若者に私は、小説勉強にこれ以上はないテクストとして、『ロリータ』をすすめてきた」というものです。この小説は小説家になるための教科書のような本です。したがって、この本をもとに小説の書き方を勉強するのは非常に有益であると思われます。3つ目に大江さんが述べているのは、「小説の小説」ということです。小説のなかには当然短編小説、中編小説、そして、長編小説というものがあります。そして、それなりにSF小説であるとか推理小説であったり恋愛小説、あるいは歴史小説という風に、それぞれのテーマでその小説を枠で囲むことができると思います。では「小説の小説」とはどういうことでしょうか。たとえばメタフィクションという言葉があるように、フィクションについて書かれたフィクション、小説を主人公にした小説というのもナボコフの文学を考える上できわめて頻繁に用いられる言葉ではないかと思われます。しかし、ここではそういうものとは別の意味で用いております。「小説の小説」という

のは、どこからどこまでが、「〜の小説」というような分節化がこの小説ほど明確になされているのは珍しいという意味です。小説をある種の枠で囲った際に、『ロリータ』という言葉からすぐに彷彿されるような「性愛の小説」という要素はたしかにあります。しかし、その「性愛の小説」という側面は第1部の13章で幸福な結末を遂げている。その後はどうなるか、その後はハンバート・ハンバートという中年男性が少女ロリータを娘として女性として愛し続けるのですが、その愛は決して結ばれることはない。むしろ、愛せば愛するほど肩すかしをくらってしまい、報われない愛に生きることがいかに辛いことであるかをこれでもかと思い知らせる。つまり、「生きることの労苦の小説」、あるいは、あからさまに逆転された「モラリストの小説」にかわってしまうという訳です。

　では、僕はこれまでどのように『ロリータ』という小説に向かい合ってきたか。僕自身がこれまでしてきた研究の内容を紹介しながら、述べていきたいと思います。

　まず、ナボコフはロシア語と英語のバイリンガルの作家ですが、『ロリータ』についてはまず英語で原作を書き、ナボコフ自身の手によってロシア語に翻訳したという経緯があります。

　ここでの目的は、英語作家ナボコフのテクストについての解釈を彼自身が書いたロシア語テクストから洗い直すことです。ナボコフ本人がロシア語で翻訳をした『ロリータ』(1965)について原作と比較し翻訳論的観点からこの作品を再読し、英文テクストでは明らかにされない言葉の意味(魔術性)について考えたいと思います。その上で、ナボコフのロシア語時代(筆名をシーリン)の韻文テクストに注目し、ナボコフの作品、とりわけ『ロリータ』における「2種類の記憶的視覚」の謎の解明を試みたいと思います。分析の方法として、ウンベルト・エコの著書『テクストの概念』を紐解きつつ、エコが説明する「記号の機能」をナボコフのロシア語詩に援用していきたいと思います。

散文作品から得る分析への視点（ヒント）

(1) 単語内（とくに主人公の名前）への「死」のアナグラムとその魔術性について

ナボコフの作品に対してメタフィクション性を指摘されることは多いですが、『ロリータ』についてそのメタフィクション性がことさら強調されることはあまり多くありません。通俗的なロリータ・イメージの打消しからこの小説について論じる言説もあります。たとえば、大江は『ロリータ』を、性愛の小説からモラリストの小説へと劇的な転換を遂げる、と指摘します [1]。少女に恋をし、彼女に近づくために母親と結婚し、母親が死んだ後一旦結ばれるが、少女に逃げられ殺人犯として牢獄で死ぬという悲劇的結末は、主人公ハンバート・ハンバートの名前の意味に隠されているとも考えられます。ナボコフの小説の主人公に暗示された意味についていままでもさまざまな言及がなされてきました。たとえば、『賜物』のフョードル（Фёдор）は Божий дар（天賦）を意味します。また、『ディフェンス』の主人公ルージン（Лужин、英Ludzin）については、ナボコフ自身が英語の序文で u を oo と長くのばせば illusion と韻を踏むものであることを述べています [2]。

だが、主人公の名字に秘められた謎はそれだけではありません。若島正によると、映画『愛のエチュード』のなかのルージンはチェスの駒を Losing「失う」のと密かに結びつけられています [3]。それをロシア語から見るとどうか。ロシア語の Л у ж и н（Ludzin）は Лужа「水たまり」を物主形容詞化した形です（ロシア語の慣用句で попасть в лужу は「へまをすること」を意味する）。したがって、ルージンは英語でもロシア語でも「失敗をする」運命だったという解釈が成り立つわけです。そして、Illusion との押韻は、ルージンという存在が所詮メタフィクション的な主人公であることを示しています [4]。名は体をあらわす。では、ハンバートはどうか。むろん、「著者の奇怪な

第1講

名字は本人の考案によるものであり、そしてもちろん、この仮面」
は、「かぶっている人間の望みどおり剥がされることはない」[5]と述
べられるようにハンバートの仮面（ラテン語のペルソナ）を剥がすこ
とは容易な作業ではありません。ここでは、『ロリータ』の序文にお
いてハンバートの名前が初めて紹介される箇所を引用しながら、こ
の主人公の名前に込められた意味をロシア語から考えてみたいと思
います。

　　その作者「ハンバート・ハンバート」は拘留中に、初公判予定
　　日の数日前に当たる一九五二年一一月一六日、冠状動脈血栓症
　　で死亡した。[6]［以下、英文、露文も含め下線は筆者による］

　　原文
　　"Humbert Humbert," their author, had died in legal captivity, of coronary
　　thrombosis, on November 16, 1952, a few days before his trial was
　　scheduled to start.[7]

それに対してナボコフによる露訳ではこうなります。

　　«Гумберт Гумберт» умер в тюрьме, от закупорки сердечной аорты,
　　16-ого ноября 1952г.,за несколько дней до начала судебного
　　разбирательства своего дела.[8]

　英語の原文では気づかないがロシア語にすると、Умер の音がハン
バートの音にかかっており（y-ю の硬－軟母音の対応も含めると）４度
繰り返されます。それだけではありません。「牢獄」（тюрьма）を含
めてもう一度読んでみるとどうでしょうか。Гумберт (Gumbert) に
は тюрьма の前置格 Т、Ю、Р、М、Е の文字が読み取れます。ただ
この場合も Y と Ю の対応を含めて考えた上での話です。ハンバート

のロシア語 Гумберт には умер тюрьме の文字が隠されており、まるで主人公ハンバート・ハンバートが牢獄（ロシア語の тюрьма）で「死ぬ」（умер）ことがあらかじめ定められていたかのようであるとも考えられます。

(2) ポー愛好家としてのナボコフ

　ところで、ナボコフの作品がメタフィクション的要素をもっていることはいまさら言うまでもありません。ただ、繰り返しますように、『賜物』のようにすでにそれが、メタフィクション的であることが既成事実化されている作品と比べると『ロリータ』のメタフィクション性についてはまだ完全な根拠が示されているようには思えません。ロリータの前身はアナベル・リーですが、これはハンバート・ハンバートが幼少期に恋をした生身の存在であると同時に、ポーの詩「アナベル・リー」に登場する女主人公のことです。つまり、ハンバート・ハンバートが恋をした少女は実は現身であると同時に虚構のなかの「アナベル・リー」だったかもしれない、という解釈が成立します。ロシア語版『ロリータ』を読むと翻訳者ナボコフが翻訳を通じてしか作品の中身に触れられない読者に対して、痒いところに手が届くような心憎い配慮をしています。たとえばハンバートが愛したロリータの前身であるアナベル・リーがエドガー・ポーの同名の詩に由来するものであることを原文では触れていないにもかかわらず、ロシア語への翻訳では言及しています。

> 　　…exhibit number one is what the seraphs, the misinformed, simple, noble-winged seraphs, envied. Look at this tangle of thorns.[9]

　ちなみにロシア語版『ロリータ』では英語版にはない「エドガーの（熾天使）」という説明がなされることによって、その原典がポー

第 1 講

の詩「アナベル・リー」に登場する「熾天使」であることに再度触れています。むろん、ナボコフは英語作家の前にロシア語作家です。ナボコフが生まれ育った当時の文学情勢はロシア・モダニストが活躍する時代であり、サンクト・ペテルブルグのテニシェフ・スクールに通っている間、ナボコフが精力的に詩の書き方について象徴派の詩人から学んだことが指摘されている事実 10) からも、ポー文学の血流はナボコフの作品にロシア象徴派を通じて流れ込んだと考えても決して間違いではないでしょう 11)。

(3) ロシア・フォルマリズムについて

　テリー・イーグルトンの『文学とは何か』は、広範かつ詳細に文芸批評の全体像を明らかにしてくれたという意味で、我々文学研究者のなかでは一定のステータスを獲得した本であります。このイーグルトンの書いた『文学とは何か』の序文は、次のような鮮烈な出だしで始まります。「今世紀（20世紀）の文学理論が変化しはじめた年を特定するとすれば、それを<u>1917年</u>としても、あながち的外れではあるまい。若き<u>ロシア・フォルマリスト</u>、ヴィクトル・シクロフスキー</u>が、先駆的論文<u>「手法としての芸術」</u>を発表したのがこの年である」。1917年と言えばロシア革命を思いだす人が多いと思いますが、イーグルトンに言わせれば、1917年とは若きロシア・フォルマリスト、ヴィクトル・シクロフスキーが先駆的論文「手法としての芸術」を発表した年、まさしくその論文によって文学研究のあり方が根底的に転換した、ということになります。では、この「手法としての芸術」という論文において何が書かれているかを紹介したいと思います。そして、その上で、ここに出てくる「異化」という概念について説明し、その概念を理解する上で陥りやすい罠について僕なりの考察を行って参りたいと考えています。

　「芸術とはイメージによる思考のことであるとは中学生でも言えることである」。この本の冒頭で書かれたテーゼは非常に挑発的な意

味内容を有するものです。それはそれまでの文芸批評のなかで常識とされていた言説を覆そうと試みられているからです。ただ、この一文を読んだだけではなかなか理解できない方もいらっしゃると思いますので、その背景となる予備知識をここでは伝えたいと思います。

　ロシア・フォルマリストとは、ペテルブルグのロシア詩的言語研究会と、モスクワの言語学サークルの2つのグループに分けられます。そして、この2つのグループがフォルマリスト（形式主義者）と呼ばれるようになったのは、彼らにつけられた蔑称がある種の開き直り、あるいは、逆手に取ってつけられたことによります。ロシア語に限らず（むろん、日本語でもそうですが）「あなたは形式主義者ですね」と述べられて嬉しい人はそう多くはありません。ここでいう形式とは、文学作品の中身、つまり、表現内容に意味があるのではなく、それを伝える技法、形式のなかにこそ、文学性（литературность）が宿る、という考えです。「文学性」とはロマン・ヤコブソンが「最新ロシア詩」という論文のなかで使用した術語であります。ロシアが生んだ世界的に著名な言語学者であるロマン・ヤコブソンは、モスクワ大学の教授を経て、プラハに渡り、カレル大学において、プラハ学派の成立にも貢献します。その後、アメリカに渡り、ハーヴァード大学の教授になり、ウラジーミル・ナボコフ本人ともさまざまな交流のエピソードを持つようになります。

　このヤコブソンやシクロフスキーは、文学作品を文学たらしめるのは、作品内部に宿る自足的な価値であると定めました。その価値こそが詩的言語であるということですが、この詩的言語とは、単に散文ではなくて韻文という意味ではありません。散文・韻文の区別だけならば、詩的言語とは韻律や脚韻をともなう言葉という意味になってしまいますが、フォルマリストは、より広範に、散文・韻文によらず、日常的な言語でない言葉を詩的言語と定めるようにしました。

第 1 講

　そのことを前提にシクロフスキーの書いた「手法としての芸術」の冒頭箇所をもう一度読んでみたいと思います。

　「芸術とはイメージによる思考であるとは中学生でも理解できることである」。これは明らかにそのような通念を覆すために意図された言葉です。では言語学者ポテブニャが述べる「芸術とはイメージによる思考である」という考えの何に問題があると言えるのでしょうか。

　イメージとは形象と日本語では翻訳しますが、あるものを別の事物にたとえたもの、つまり、ある種の想像力に導かれて作り出された比喩と考えてもいいかもしれません。ただ、比喩、あるいは、イメージ（形象）こそが芸術性だとするとそこからある種の誤解が生まれかねません。なぜならば、比喩には伝承性と伝播性という2つの欠点があるからです。比喩やイメージといったものは、どこで初めて生まれたのか、また誰によって初めて言われたものなのか、はっきりしないもことがあまりにも多いからです。たとえば、「今日は太陽が笑っている」というのはありきたりなどこにでもある表現です。そして、「空は泣いている」というのもそれにもましてありきたりな隠喩です。それらの比喩が初めて使われたのは、ギリシャ・ラテン語で書かれた古典のどの作品でのことなのか、あるいは中国、インドのどの文献においてなのかを特定することはほとんど不可能ですし、たとえ、それを言ったところで、それはありきたりでいつでもどこでも言われているものと思われてしまえばそれでおしまいです。「お日様が笑っている」が芸術性だというならば、そんなのは『サザエさん』の歌でお馴染みですねと言われてしまう。ましてや、「星空に瞬く星のように輝く君の瞳」と言ったら、おそらく、それを言われた人は、現代風に「キモい、ウザい、サムい」と言われてしまうかもしれません。芸術なんて所詮そういうものだと思われてしまうのがオチになります。

　ヴィクトル・シクロフスキーが「手法としての芸術」のなかで引

用したポテブニャの言葉とは、それへのアンチ・テーゼのために紹介されたものです。では、そのアンチ・テーゼとは一体何であったのでしょうか。それがロシア・フォルマリズムのなかで最も重要なキータームとされる「異化」（Остранение）です。ちなみに、この言葉はロシア語で接頭辞のо（―化する）＋形容詞のストラヌィ（珍しい）を合わせた言葉で、「珍しいものにする」という意味です。そして、この単語をあまり教養のないロシア人に使うと、そんな単語をロシア人は使わないと言われてしまうことがあります。ただ、それが面白いところで、実はこの言葉自体が一般的ロシア語としてはあまり使われない語法であり、この言葉自体が「異化」の実践例なのです。

　たとえば、サザンオールスターズという国民的人気を誇るバンドのデビュー曲に「勝手にシンドバッド」というのがあり、そのなかに「胸さわぎの腰つき」という一節があります。サザンのデビュー時に、この言葉を聞いたプロデューサーは「こんなのは日本語ではない」と言い、「胸さわぎの腰つき」というフレーズを変えた方がいいのではないかと作詞者の桑田佳祐さんに打診されたというエピソードがあります。もちろん、「胸さわぎの腰つき」は、「胸さわぎしてしまう腰つき」と解釈すれば十分意味が通る普通の言葉です。しかし、「胸さわぎ」の「腰つき」という風に体言を体言に結びつけてしまったせいでしょうか。意味が伝わりにくくなったのでしょう。ただ、これは文学における芸術性という意味では逆に成功を収めた言い回しだったと言えます。日常的言語として慣用的でない言葉の使い回しが、芸術においてはきわめて鮮烈な印象を与えうる。おそらく、「勝手にシンドバッド」がいまだに歌い続けられるのも、その日常的言語としての意味に価値があるからではなく、通常の言葉の意味をぶち壊した詩的な言語としての価値が認められたと考えられるのです。「胸さわぎの腰つき」という鮮烈なフレーズをもってデビューしたこのバンドの歌は発売後40年を数えますが、この言葉の

持っている「異化」としての価値はいやましてその輝きを失うことがありません。なぜならば、この言葉自体、紛れもなく価値の創造者によって発明された言葉であり、先例のない表現であると言えるからです。

　ただ、これこそが「異化」なのだというとこれも陳腐なものと誤解されかねませんので、もう少しシクロフスキーの説明に従ってこの意味を敷衍・解釈したいと思います。

　まず、シクロフスキーは、次のような語句でイメージにかわる対立概念としての「異化」を説明していきます。

　　そこで、生活の感覚を取りもどし、ものを感じるために、石を石らしくするために、芸術と呼ばれるものが存在しているのである。芸術の目的は、認知（узнавание）、すなわち、それと認め知ることとしてではなく、明視すること（видение）として、ものを感じさせることである。また、芸術の手法（приём）は、ものを自動化の状態から引きだす異化（остранение）の手法であり、知覚をむずかしくし、長びかせる難渋な形式の手法である。これは、芸術においては知覚の過程そのものが目的であり、したがってこの過程を長びかす必要があるためである。芸術は、ものが作られる過程を体験する方法であって、作られてしまったものは芸術では重要な意義をもたないのである。[12]

　ここで重要なことは、芸術が生まれる要因としては、物事を認識するプロセスをあえて遅らせることが重要なのであって、認識されたものはもうすでに意味をもたない、と言っていることです。ただ、ここが誤解を招きやすいところで、すでに作られてしまった概念のとらえ方を変えることが異化になりうるのかという派生的な問題が横たわっていることに、これまでの研究者による概説書においてはあまり問題視されてこなかった節があります。

たとえば、ヴィクトル・シクロフスキーが書いたこの「手法としての芸術」の発表こそが、20世紀の文学研究のあり方を根底的に覆した、あるいは、それを決定づけたと明記しているはずのテリー・イーグルトン自身が、たとえば、「エスカレーターに乗るときに犬は手に抱えなければいけない」（エスカレーターに乗る際は必ず犬を手に抱えなければいけない、とも解釈できる）、あるいは、「ゴミくず（Refuse）はここに」（ゴミくずは入れてはいけない refuse）と、すでに認識されたものが、とらえ方を変えることによって異化になってしまうと述べています。つまり、あらゆる日常的な表現がとらえ方を変えることによって異化になるならば、異化をもって日常的言語を詩的言語にかえる要因にはなり得ない、という逆説にまで至りかねない。このテリー・イーグルトンの解釈は完全に間違いであるとまでは言わないまでも、異化という概念が恣意的に曲解された可能性を否定することができないと考えられます。

　なぜならば、シクロフスキーが述べた「物事を認識されるプロセスこそが重要なのであって、認識されたものは意味を持たない」という元々の定義に固執するからです。つまり、すでに認識されたものに対する解釈をねじ曲げることによってあらゆるものが異化になりうる、したがって、異化をもって文学性を規定することができない、というのはロシア・フォルマリストの本来伝えたかった意図をないがしろにしているのではないかと考えるからです。ただ、そのような誤解を与える原因はフォルマリスト自身にもあったと考えることもできます。

　たとえば、ロシア・フォルマリストが行ったもう一つの重要な試みとして、文学史についての研究というものがあります。それは、文学（あるいは芸術）というものは、社会的要因とは別の、独自の法則によって様式を作り上げていくというものです。たとえば、卑近な例として、私たちの身近におけるファッションをあげることができます。大学のキャンパスを歩いていると、女の子が吊りスカート

のサスペンダーを肩から外して垂らして歩いているのを見かけます。それが、一人だけではなく、数人、あるいは、頻繁に目にするようになると、これはキャンパス内での一つの流行、あるいは、現象として認識できるようになります。しかし、それは、世の中の経済的あるいは政治的状況と関連づけて説明できるかというと、それをこじづけがましく結びつけることはできたとしても理路整然と説明することはできません。つまり、それはキャンパス内、あるいは、町を歩く女性の流行を独自の構造として位置づけ、その流行り廃りのサイクルというものを論証していく必要があるわけです。ロシア・フォルマリズムはそれと似たようなことを、文学独自の様式のサイクルとして理論化しようとしました。

　いまある様式の傾向性というものは、それ以前に流行っていた支配的な流れに逆らって、作られていく傾向があります。日本の音楽ではグループサウンズの後に、フォークソングの時代がやって来て、その後に、ロックの時代が来ます。ロックを行おうとした人は自分たちの一つ世代前の人たちが行っていた音楽（たとえば、フォークソング）を意識的に遅れたスタイルであると位置づけ、それとは違った方向の音楽を作り上げようとするのです。しかし、元々が日本の歌謡曲を地盤にしているため、なぜか彼らが行おうとしているロックのなかに、自分たちが乗り越えようとしていたフォークではなく、フォークの一世代前のグループサウンズ的な要素がどうしても紛れ込んでしまう。つまり、新しい世代がいまの世代を乗り越えようとして新しい芸術を作りあげようとすると、それよりも前の世代が取り入れてきたさまざまな要素が自然と入り込んでしまう。それと同じことが文学においても言えるのです。

　たとえば、モダニズムという芸術流派はリアリズムを乗り越えるために作られました。しかし、リアリズム時代もその一世代前のロマン主義を乗り越えるために作られてきた。すると、リアリズムを乗り越えるために作られたモダニズムの作風のなかに、リアリズム

が乗り越えようとしたロマン主義の作品がどうしても紛れ込んでしまう、というのがその最たる例です。

　ロシア・フォルマリズムが行った文化史研究の主な特徴は、それぞれの芸術には芸術内部の閉じられたサイクルがあり、自足的な法則性をもっているということです。そして、それらの問題はやはり異化の問題と同じように芸術がいかにして作り出されていくかという問題を取り上げようとしたのです。しかし、芸術が作られるシステムというものは、現今の芸術様式がいかに認識されていくかという問題と不可分のものと考えられてしまったきらいがあります。つまり、いかに芸術が作られていくか、という問題が、いかに芸術が認識されていくかという問題と混同されたという点において、認識を変えればあらゆるものが異化になりうるという誤解が生じてしまう一因があったのではないかと考えられるのです。

ポー、ボードレール、ロシア象徴主義、ナボコフ

　僕が前節で述べたロシア・フォルマリズムの話はあくまでもナボコフが幼少時から青年期にかけて詩人・作家として大成すべく習作を続けていった同時代的雰囲気を文脈として説明するために紹介しました。もちろん、ロシア・フォルマリズムは、イーグルトンが述べたように、20世紀の文学研究のあり方を根底的に変えるという先駆的な役割を担ったことは言うに及ばないですし、あとで説明する構造主義の生成にも多大な貢献をしたと考えられています。ナボコフの芸術観のなかにはロシア・フォルマリズムと非常に共感し合うものが多くあったのは事実です。そして、フォルマリズムが提唱したさまざまな分析方法を使ってナボコフの作品を読むことができるのも事実です。

　ただ、ナボコフがロシア・フォルマリズムと心底共鳴し合っていた

かというとそれは間違いです。ナボコフの作風の根源を辿ると、ロシアのモダニズム（ここでは象徴主義、アクメイズム、未来主義を総称的に呼ぶことにします。この時代の韻文の隆盛についてはプーシキンが活躍したロマン主義の金の時代と並び称される銀の時代、あるいは、ロシア・ルネサンスと名づける向きもあります）の影響下にあることは否定できない事実ですが、そのなかでも最も影響を受けたのは象徴主義、アクメイズムであります。象徴主義を敵としてロシア・フォルマリズムと連動して新しい芸術の潮流を打ち立てようとしたロシアの未来派は、ナボコフとの直接的な影響関係を指摘されることはありません。また、ナボコフやホダセーヴィチなどの亡命ロシア社会に所属する詩人・作家たちは、政治的な理由で、亡命を余儀なくされますが、その根底には政治的な信念としての西欧的な価値観をロシアに導入したいという西欧主義者の考えが根づいております。ロシアにおける土着的なものを重視したスラヴ主義を思想的な同胞に据え、マルクス・エンゲルスの唱えた共産主義の社会を築こうとしたボリシェヴィズムとの距離感というものが、知識人としての資質を見定める上で非常に大切な要件と見なされていた時代でしたので、最終的にボリシェヴィズムの唱える方向性に自らの政治信条を合わせていったロシア・フォルマリズムの批評家たちは、ナボコフとは政治的理由で折り合うことは決してありませんでした。

　しかし、ナボコフの芸術作品に直接的な影響を与えたのがロシア・モダニズムであることに疑いの余地はありません。ロシア・モダニズムのなかでも先駆的な役割を果たしたロシア象徴主義者は、フランスのサンボリズム（象徴主義と同じ意味）の形成の基盤を作ったと言われるアメリカのエドガー・アラン・ポー、そして、フランスのボードレールの作品を精力的に翻訳し、自身の創作の糧にしていきました。ポーは、日本の江戸川乱歩がペンネームをそこからもらったことで有名ですが、推理小説、怪奇小説、SF といったそれまでの小説の常識を根底から覆すような創作に取り組んだことで有名でした。

しかし、本国のアメリカではしかるべき評価を勝ち得ることができず、フランスのボードレールによるフランス語への翻訳で世界的名声を獲得したと言われております。ロートレアモン、ヴェルレーヌ、ランボー、ポール・ヴァレリーといったフランスのサンボリストは、ボードレールが翻訳したポーの詩や詩論を熱心に学び、さまざまな実験的創作に取り組んでいきます。では、これらの象徴主義の作品における特徴とは何かというと、一言で言えば、神秘主義（合理主義を嫌い、宇宙・自然との融合、一体性のなかに美を見出していくこと）、音声実験的（一つ一つの音に対して意味づけを行う）、言葉をリアルなものとして伝達する手段としてみなすのではなく、唯美主義、耽美主義的な価値を第一義として据える、というものです。

そしてその文学的な血縁関係は、イギリス、ドイツ、フランスを経て、アメリカにわたったのちに母語のロシア語ではなく英語の作家に転身を遂げたナボコフの作品の代表作に受け継がれることになります。

注

1) 『ロリータ』（若島正訳、新潮文庫、2006）解説、pp.607-623.
2) V. Nabokov. *The Defense*. New York, First Vintage International Edition, 1990, p.7.
3) ナボコフ、『ディフェンス』、若島正訳、河出書房、2008、p.275。訳者解説において。
4) 若島正は、『ディフェンス』のなかでルージンの名前と父称が小説の最後で示されるという円環性を指摘している。事実、「アレクサンドル・イヴァノヴィチはいなかった」の文言はルージンが窓から飛び降り、この世から消え去ったことに加え、初めからルージンなどいなかった、というメタフィクション性を暗示しているようにも思われる。
5) 『ロリータ』、p.10。
6) 『ロリータ』、p.9。
7) V. Nabokov. *Novels 1955-1962*. New York, The Library of America, 1996, p.3.
8) В. Набоков. *Лолита. СПб*. 2001, C.27.
9) V. Nabokov. *Novels 1955-1962*. p.7.
10) B. ボイド、『ナボコフ伝　ロシア時代　上』、諫早勇一訳、みすず書房。

第 1 講

p.104 のなかで 15 歳までに、「彼は『同時代の詩人たちのほとんどすべての詩を読破し、消化した』」と述べられている。

11）E. Alexandrov. *The Garland Companion to Vladimir Nabokov.* New York, 1995, p.322. A. Dolinin. *Lolita in Russian.*

12）シクロフスキー、ヤコブソン、エイヘンバウム他『ロシア・フォルマリズム論集──詩的言語の分析』、新谷敬三郎・磯谷孝編訳、現代思潮社、1971、pp.117-118. なお、原文の圏点は省いた。

第2講

構造主義と記号論をつかって

二項対立で考える

　文学とは何かを考える上で、構造主義以来の伝統的な方法である二項対立的な観点で整理してみたいと思います。そもそも二項対立とは何か。構造主義では、ロマン・ヤコブソンという言語学者がレヴィ=ストロースという文化人類学者との交流を通じて、言語現象のみではなく社会現象すべてにこの二項対立が応用されるようになりました。言語において二項対立というものを説明するために、次のような例を挙げると理解しやすいかもしれません。「あの山の高さは何メートルですか」と言いますが、「あの山の低さは何メートルですか」とは決して言いません。なぜならば、山の「高さ」には、相対的な「高低」という意味と絶対的な「高さ」という意味の両方が含まれているからです。しかし、その山の「高さ」が相対的な「高さ」を意味する場合、それよりも低い山とその山が比べられなければならない。そのように相対的存在が示されるということは、「高さ」のもつ2つの意味が対立概念の存在によってしか顕在化されないことを意味します。その際に指し示される対立概念は「低い」という意味しか持ち得ません。そのような記号を有標というのに対して、対立概念によってしか示されない記号のことを無標と言います。ヤコ

ブソンはロシア語をはじめとするスラヴ諸語の言語の文法事項に対して、この二項対立を応用していきます。しかし、現代においては、このような原則的な二項対立よりもより広範な状況に二項対立的思考を適用させているように思われます。たとえば、男と女、右翼と左翼、保守主義と革新主義のような場合です。もっと言えば、私たち人間は二項対立を使わずに物事を考えないほうが珍しいと言えるかもしれません。

　ここでみなさんにぜひとも鑑賞していただきたい映画として『愛と青春の旅立ち』を紹介します。原題は "An Officer and a gentleman"、直訳すると「ある士官とある紳士」になります。文字通り2人の男性が主人公で、海軍の士官学校を出てパイロットになることを夢見ています。そこに週末のパーティで知り合いになろうと2人組の女性が駆けつけてきて、士官学校で教練を受けている間おつきあいをすることになります。ザックとシドという2人の男性が、ポーラとリネットという2人の女性とそれぞれ恋人関係になりますが、男性の方も女性の方も性格が対照的です。そのような性格描写の対置がなされるなかで、パイロットになるまでの期間に、相手を利用し・利用される。あるいは、本気の恋にはまるか、遊びとして留まるかの間で駆け引きがはじまり、本気の恋にのめり込んだ男がパイロットの道を断念し紳士の道を歩む。その反対に、恋愛関係を断ち切ってパイロットになる道を歩む男性の生き方がまさしく対照的に描き出されます。一方の女性たちは、片方は恋愛そのものに対して真剣で、たとえ相手が一時的な関係性であることを主張しても、それに対して卑劣なまねをしてまで恋愛関係を継続させようとは思わない。もう一人の女性は、偽装妊娠をし、相手に結婚の約束をさせようとする。この「真面目・不真面目」の好対照の女性が、それとは正反対の恋愛に対して「不真面目・真面目」の男性とそれぞれつきあいをする。

　この恋愛関係が一つの軸になっていますが、もう一つの軸として、

士官学校に置ける非常に厳しい教練の様子も、この映画を面白くさせている仕掛けとなっています。この映画でフォーリー軍曹役をつとめたルイス・コゼット Jr. はアカデミー助演男優賞を受けましたが、学校の規律を破り、退学を迫ってお仕置きをするフォーリーとそれに耐えぬき、見事士官の座を手に入れるザック（リチャード・ギア）の鬩ぎ合いが見物で、士官学校を卒業すると中尉になり、軍曹は下士官になるという、上下関係の転覆も実に鮮やかに描かれています。

　この作品は 1982 年に公開されたものですが、構造主義的、あるいは、二項対立の明瞭な図式のもとで描かれます。もちろん、そのような単純化した二項対立が面白いという人とそうでないという人に分かれるとは思うのですが、文学作品、あるいは、映画作品を、このような単純な図式で解釈していくという見方が主流となった時期があったのは事実です。そして、この映画では、偽装恋愛を自分に仕掛けた女性の術中にはまりながらも士官の道をあきらめ非業の死を遂げる友人シドの紳士的な生き方に触れて、育ちも悪く、女性を一時的な慰みの相手としか見ていないザックに対して紳士のあり方をも教え、最終的に一時的な恋人を生涯の伴侶としてプロポーズさせるというハッピーエンドに終わる点は、単純な二項対立構図が転覆し、主人公のザックに士官でありながらも紳士の道を歩ませる運びとなるのです。

　ここで、そのような一見単純で明晰な二項対立的な図式を用いながら、文学とは何かという問題に向かってみたいと思います。

宗教的文学と世俗

　文学は歴史的に見て宗教と切っても切り離せない歴史があります。したがって宗教的要素を完全に無視して文学を論じることはできま

第 2 講

せん。おそらく、ヨーロッパ諸国の言語の成立の歴史を考えれば、必ず始まりに聖書があり、聖人による聖書の講釈、聖書の外伝があり、その後に民族の建国叙事詩のようなものがあります。リテラトゥーラ（Literatura）が意味する文献は即宗教的文献を意味していたと言っても言い過ぎではないでしょう。しかし、歴史を経るにしたがって、非宗教的、つまり、世俗的文学が生まれました。世俗的文学の生成の裏には、神の論理に支配され、宗教性に牛耳られた言説形態に対して、聖職者たちの腐敗を告発する、いわゆる人間復興（ルネサンス）は文学のみならず美術、音楽においても見受けられました。

散文と韻文

　仏教徒が勤める朝晩の礼拝のなかにも散文と韻文が混合しています（散文＝長行のこと、韻文＝偈）。散文と韻文、それは一見当たり前のようですが、なかなか理解してもらえません。一番簡単な分け方として、文学には散文と韻文があります。わかりやすい言葉で言えば小説と詩のことです。しかし、日本語の話者にとっては韻文と言うと俳句の5・7・5など音節数を合わせる韻律のことだけしか思い浮かばないかもしれません。また、詩（＝ Poetry）は韻文のことで音韻や音節、アクセントなど、何らかの規則性をもって書かれたものであるという記述を正当化するなら、定型詩という日本語が「頭痛が痛い」と述べるのと同じような変な日本語の用例に数え上げられる可能性もあります。日本語で言えば、自由詩、散文詩などがこれ以外のタイプとしてあげられていますが、欧米詩の伝統から言えば、やはり詩は定型であることが基本であり、その定型性を乗り越えるために規範の逸脱や破壊が起きたと考える方が妥当です。つまり、はじめに自由詩があったのではなく、定型があったのです。散文詩は、散文に近い書かれ方でありながら、詩としての中身を重視

した書き方とも言えます。脚韻や韻律はないが、それに代わる押韻が見受けられる場合もあります。散文と韻文の二項対立は、日常的言語と詩的言語の二項対立に相応するものと考えられます。

リアリズムとモダニズム

　リアリズムとモダニズム、それは言葉を変えると、宗教的なたとえとして次のように言い換えることができます。キリスト教で言えば十字架信仰とイコン信仰、仏教で言えば、仏像信仰と曼荼羅信仰の違いである、と。もちろんはたして短絡的にそのように述べてしまっていいのかは議論の余地があるでしょう。たとえば、キリスト教はさまざまな宗派に分かれますが、最も大きな分裂としてはローマ帝国の東西分裂にともなうカトリック（西）と東方正教会（東）との分裂が思い浮かびます。歴史的経緯はさておくとし、カトリックと東方正教の違いとして、偶像崇拝を認めるか否かという観点があげられます。

　偶像崇拝とは何か、そして、偶像崇拝の何がいけないというのでしょうか。それは絶対的な神は可視化してはいけない、そもそも可視化できるのものではないから偶像化してはいけないという問題に連なります。それでは十字架の上に磔にされたイエスは偶像とは言えないのでしょうか、イコン、つまり、聖像画は偶像とは言えないのかと問われると難しい問題です。さらに聖書第一主義を説くプロテスタントでさえ、文字を偶像化してはいないかと言われたら、偶像化を完全に否定することはできないかもしれません。磔刑像が受難にあったイエスを思い出させるという意味では偶像ということになります。つまり、偶像はリアリティ（現実）を体現することに重きが置かれるという意味です。

　それに対して、イコンはどうでしょうか。イコンはたしかにイエス

や聖母マリアが描かれているが、それがリアリティに近いかどうか、つまり、近似性が問題にされるのではなく、それ自体が尊いということになります。それ自体が尊いというのはフェティシズム（呪物信仰）と類似します。文学作品もそれと関連して考えることができます。リアリズム文学はリアリティが読者の心を打つものとされます。文学はあくまでも虚構であるが、その虚構に混ざるリアリティに読者は感動する。それに対して、モダニズムをはじめとする自己価値性が重視される文学がありますが、about something ではなくて something それ自体であるという点に、モダニズム文学のリアリズムとの違いがあります。

　では、リアリズムの文学にはどのようなものが存在し、モダニズムの文学にはどのようなものがあるのでしょうか。リアリズムの作品で有名なのはソルジェニーツィンの『イヴァン・デニーソヴィチの一日』や、ショーロホフの『静かなドン』が有名です。それぞれの作家は、ノーベル文学賞を受賞しましたが、その受賞の理由は、前者がソ連時代の収容所の生活を、後者がロストフ・ドン地方に住むコザックの生活を、それぞれありありと描き、世界に広く周知したことでした。それに対して、モダニズムの作品とは何か。世界でモダニズム文学を打ち立てるために最も貢献した作家のなかで忘れてはならない存在は、先述のエドガー・アラン・ポーでしょう。おそらく、ポーという存在がなければ、モダニズム文学は欧米社会に生まれなかったかもしれません。

　この世には数多くのリアリズムと目される文学があり、同じくリアリスティックな描写があります。「事実は小説よりも奇なり」であり、現実の猟奇的な出来事を探ることの方が、小説よりも面白いと考える人がいる。何らかの「現実」なくして「虚構」が生まれることはない、とも言えます。

日常的言語と詩的言語

　言葉には 2 つの種類があります。それは、日常的言語と詩的言語のことです。このことをおそらく近代理性哲学の形成以降にはっきりと明示したのは、20 世紀初頭にロシアで活躍した文芸学サークル、ロシア・フォルマリズムであったはずです。ロシア・フォルマリズムは、ヴィクトル・シクロフスキー、ロマン・ヤコブソン、ボリス・エイヘンバウム、ユーリー・トゥイニャーノフなどを中心とするグループであり、モスクワとサンクト・ペテルブルグにおいてそれぞれ活動をしました。フォルマリズムを簡単に説明すると、文学作品の書かれている内容を重視するのではなく、書かれ方、つまり、技法面にこそ個々の文学作品の「文学らしさ」（文学性）が宿る、という考え方です。では、フォルマリズムが登場する以前はどうであったかというと、文学作品を研究する、あるいは、批評にはまったく方法論がなかったと言ってもいいような状況だったのです。

隠喩と換喩

　隠喩と換喩は、ギリシャ・ラテンの古典修辞学で定義されたものですが、20 世紀以降の研究ではロマン・ヤコブソンが書いた「パステルナークの散文に関する覚書」における説明が有名です。簡単に言うと、韻文においては隠喩、散文においては換喩が支配的なのに対して、パステルナークの作品の場合、散文において顕著な換喩が韻文においても見受けられるというものです。

　ヤコブソンは、換喩について説明するのにチャップリンの『巴里の女性』という映画を紹介します。両親に反対されて駆け落ちを試みる。駆け落ちは男の父親が急に倒れることによって果たされず、女性だけが列車に乗り込む様子が示されるのですが、列車は実際に

は映し出されません。プラットフォームで列車を待つ女性と列車の影が映り、女性が影に向かって前進するシーンでもって女性が目に見えない列車に乗り込む様子を示す。これが換喩の例であります。

　換喩について説明するのに身近な例として、サザンオールスターズの歌で「夏をあきらめて」という歌があります。真夏に恋人二人がビーチに行く。海水浴を楽しもうと思ったはずが、次第に雨雲がおとずれる。それはきっと恋に破れた誰かが二人の仲を羨んで「噂のタネに邪魔する」かのようだ。やむを得ず、恋人二人はビーチの近くのパシフィックホテル（湘南に実在した固有名詞）に駆け込むというストーリーが歌詞になっている。これはただの歌詞かもしれません。されど、その歌詞を馬鹿にできない部分は、夏らしい風景描写と静かなメロディラインを奏でながら、それなりに「文学」的と思える技法が使われていることです。「熱めのお茶を飲み意味シンなシャワーで恋人も泣いているあきらめの夏」。桑田佳祐の技法は見事です。まず、なぜお茶は熱めなのか。それは夏でも雨に濡れて体が冷えているから温めなければいけない、ということです。そして、さらにシャワーは外の雨との、対応関係になっている。つまり、外に行って楽しみの海水浴が台無しになる悲しみがホテルのなかのシャワーという雨の類似物によって表現されている。このシャワーは、外の雨と同時に、「恋人の涙」を連想させます。さらにどうして意味深なのか。それは言葉にするのも野暮な話で、恋人がホテルに入ったのは当然シャワーを浴びるためではない。隣接的に次の恋人たちの行為を予兆します。つまり、シャワーの後の行為は示さずに、シャワーという語によって後の行為を連想させます。隠喩と思われていた技法が換喩としても解釈されるのです。

構造主義と記号論をつかって

思想伝達的小説と芸術至上主義的小説

　文学作品の価値とは、そこに描かれる思想内容が重要であって、そこに込められた作者の人生観や思想・信条を読み取り、自身の人生観の肥やし、あるいは糧にすることが最も重要なことであるという誰でも言いそうなありきたりのことを教えるために大学に「文学」という教科が設置されているのではありません。

　おそらく、そのようなことを述べると、「何」が書かれてあるかという要素を無視した偏った読み方を伝える文学観が伝えられようとしていると危惧される向きがありますが、決してそういう単純なことではありません。文学作品ではそこに「何」が書かれてあるかと同様にそれらの「思想内容」がどう伝えられているかということが重要です。もちろん、本書は作品の思想的価値を否定する立場にありません。ただ、たとえばトルストイの作品を読んで、トルストイは農奴制に反対をしていたとかそのような思想内容を汲み取ることは、誰にでもできることであり、そのような思想内容を伝えるためだけにトルストイが『戦争と平和』や『アンナ・カレーニナ』を書いたとするのであれば、それは作品の持つ芸術的価値をないがしろにしたトルストイそのものへのこの上ない冒瀆につながるのではないかとさえ危惧されます。

　だが、トルストイ自身は人の作品も貶しますが、それ以上に自己自身に対して批評の刃を当てることを厭いませんでした。彼自身が思想的価値に比べて芸術的価値など意味がないものであるとの考え方に取り付かれ、自身の作品を否定して、哲学者・思想家、あるいは教育者としての道を歩んでいったことは間違いのない事実であります。おそらく、トルストイという芸術性豊かな作品の書き手が最後は自身の作品さえをも否定する方向に歩んでいってしまったのは、芸術家トルストイを尊ぶ人にとっては非常に残念なことと言わざるを得ません。

第 2 講

　以上二項対立的に文学というものを宗教的文学・世俗的文学、リアリズムとモダニズム、散文と韻文、思想伝達的小説と芸術至上主義的小説というふうに、文学作品を二分法で考えてみました。

　ではここで、ナボコフの作品を通じ、詩人が小説を書く際に見受けられる詩の散文化、あるいは、散文の韻文化という問題について考えてみたいと思います。

散文作品におけるパラレリズム

　まず、『ロリータ』の冒頭箇所におけるハンバートの父親と母親についての並列的な描写を読んでみようと思います。

　　I was born in 1910, in Paris. My father was a gentle, easy-going person, a salad of racial genes: a Swiss citizen of mixed French and Austrian descent, with a dash of the Danube in his veins. I am going to pass around in a minute some lovely, glossy-blue picture-postcards. He owned a luxurious hotel on the Riviera. His father and two grandfathers had sold wine, jewels and silk, respectively. At thirty he married an English girl, daughter of Jerome Dunn, the alpinist, and granddaughter of two Dorset parsons, experts in obscure subjects—paleopedology and Aeolian harps, respectively.[1]

　　私は一九一〇年、パリに生まれた。父はやさしくて、呑気（のんき）な人物であり、人種の遺伝子がサラダのように混ざっていた。つまり、フランスおよびオーストラリアの祖先を持ち、血管にはドナウの水を数滴ふりかけてあるスイス市民だった。もうすぐみなさんに、つやつやした青色の美しい絵葉書を回覧いたします。父はリヴィエラにある贅沢（ぜいたく）なホテルの経営者だった。その

父親と二人の祖父は、それぞれワイン、宝石、絹を商っていた。三〇歳のときに結婚した相手が英国人女性で、その父親はジェローム・ダンという登山家であり、祖父二人はどちらもドーセット州の牧師で、それぞれ古土壌学およびエオリアン・ハープというあまり知られていない分野の専門家だった。[2]

　ここでは「もうすぐみなさんに、つやつやした青色の美しい絵葉書を回覧いたします」[2] と述べられています。絵葉書はハンバートが陪審員に見せるためのものであり、おそらくはハンバートが生まれたパリの様子を物語るものです。その後に父および父の結婚した女性、つまり母についての記述がそれぞれになされます。細かさと粗雑さが混ざり合ったような表現です。リヴィエラにある贅沢なホテルの経営者であった父、ワインと宝石と絹をそれぞれに (respectively) 売っていたその父と2人の祖父。おそらくは、（父の）父と祖父と祖父がそれぞれに (respectively)「ワイン」と「宝石」と「絹」を売っていたと解釈できます。またその細やかな粗雑さによる母親の生い立ちをめぐる記述においてもまったく同じです。たとえば原文の gentle, easy-going person が後の parsons（牧師）と韻を踏んでいます。原文の respectively は、ロシア語版で распределяйте сами となっていますが、これは日本語に訳すと「勝手に分けてください」と言う意味になります。つまり、その父と2人の祖父が商っていた品目がそれぞれどれに当たるかこちらはいちいち説明しないので、ご自分で適当に判断してください、という意味です。それは母親の生い立ちについても同じです。ジェローム・ダンという登山家の娘であることはかまわない。その祖父が2人とも「ドーセット州の牧師」という世にも珍しい設定で、それぞれ古土壌学とエオリアン・ハープの専門家であったと言います。これについても"распределяйте сами"（ご自分で分けてください）と、読者、あるいは陪審員に「勝手な解釈」を促しております。もちろん、ユーモア

第2講

であると同時に同音反復韻としての効果を狙い、散文内で韻文的効果を作りだしているのです。この箇所は原作者・翻訳者が『ロリータ』の英語版・ロシア語版で、「韻文の散文化」（本来詩として書かれるべきテクストを散文にした）あるいは「散文の韻文化」（散文を韻文のように書く）した実例であると考えられます[3]。

注

1) V. Nabokov. *Novels 1955-1962*. New York, The Library of Ameica, 1996, p.7.
2) 『ロリータ』（第1講注1))、p.18。
3) 韻文の散文化、あるいは散文の韻文化について、たとえばエイヘンバウムはプーシキンの散文は自身の韻文を基にして作られていると指摘する（Б. Эйхенбаум. *O поэзии*. M.1968. C.32.)。特徴的な『ベールキン物語』の「その一発」の冒頭箇所が、散文家特有の散文ではなく、音節数をそろえて韻律をともなう詩のような書き方をしていることに注目する。ナボコフについても本来の執筆活動が詩作から始まったことからも、詩のような散文が意識的に書かれていることに注意すべきであると考える。

第3講

新批評で読むポーの「黒猫」

　次頁の文はエドガー・アラン・ポーの書いた「黒猫」の抜粋箇所です。以下、アメリカ新批評が言うパラドクス（矛盾）、撞着語法、あるいは誇張表現を指摘し、この作品の文学性について考えてみます。

　まず、アメリカの新批評について説明します。1920年代のエリオットやリチャーズの影響を受けながら1960年代までに発展したグループのことです。このグループの理論的前提としては意図の誤謬性（Intentional Fallacy）という考えがあります。つまり、国語の入試問題において、このなかで作者の意図することと近いものを一つ選びなさい、という、あの類の話です。作者の意図を論証することは厳密に言えば不可能です。このグループは論証不可能なことは論じる必要がない。また社会・政治、歴史的要素も作品を読むにあたっては考慮する必要はないという立場でした。ロシア・フォルマリズムと同じく「文学性」を重要な柱としました。つまり、作品を論じるためには作品の外的要因ではなく内的要因に着目すべきだというものです。では、新批評ではどのように文学作品を批評していったのでしょうか。

　たとえば、パラドクスとは矛盾する表現です。「彼は女なんて最低の人種だと言いながら、女性なしでは生きられなかった」。これは、チェーホフの「小犬を連れた奥さん」の一節ですが、矛盾をあえて

述べることによって、セルゲイ・グーロフという主人公がいかに女性が好きだったかを逆説的に語ることに成功しております。アイロニーは、距離化して冷静に判断・考察する要素のことです。アイロニーと言えば、ソクラテスの無知の知が有名です。自分は無知ですと自分より博識の人の前で言えば正直な告白になりますが、自分は無知でとあきらかに自分より無知な人の前で言うとそれは皮肉になります。～先生は教育熱心ですね、と言うことも、文字通りとらえることもできますが、研究をまったくしていない教授に対して言うと皮肉にもなりえます。つまり、誉め言葉が誉め言葉として受け取られないときに皮肉と言われるのです。曖昧性とは一つの語の意味がそれ自体では確定できず、いくつかの解釈を持ちうるというものです。たとえば、夏目漱石の『こころ』における先生とはどういう意味か。学校の先生なのか、何らかの技能の師匠なのか、先輩格に対する人間への敬称なのか、もしくは、それ以外の意味なのか、いくつかの解釈を可能にする。これ自体が曖昧性ということです。

　作品を読む際に、社会・文化的コンテクストや作者の伝記的事実から作品を読むのではなく、作品に込められた文学性（Literary）に立脚して作品の面白味を解き明かさなくてはならないということです。少し唐突かもしれませんが、作品を読みながら、詳しい説明についても試みてみます。

　(1) <u>For the most wild yet most homely narrative</u> which I am about to pen, <u>I neither expect nor solicit belief.</u> [1]
（<u>私がこれから書こうとしているきわめて奇怪な、またきわめて素朴な物語については</u>、<u>自分はそれを信じてもらえるとも思わないし、そう願いもしない。</u>）［新潮文庫、佐々木直次郎訳（1951年）参照、以下同］

　小説の冒頭は古典修辞学の伝統的な撞着語法ではじまります。アメリカの新批評が述べる文学性とはいったいどういうことを言

新批評で読むポーの「黒猫」

うのでしょうか。つまり、所与のテクストが文学作品という体裁で書かれている以上は、日常的な言語で書かれている言葉とは違ったように書かれていなければいけないということです。たとえば、イデオロギーの言語（宗教や政治的プロパガンダのために用いられる言葉）は、思想を伝えることが目的として書かれるものですから、同じ内容を繰り返すことやメッセージを強調することが尊ばれます。それに対して、文学的言語は、過度な繰り返しや直接的なメッセージの伝達は避ける傾向にあります。つまり、ここでは語り手であり主人公でもある「私が」述べようとする「きわめて奇怪な、またきわめて素朴な物語」（この 2 つの概念は二律背反（アンチノミー）、矛盾し合っており新批評が述べるパラドックスに相当します）を「信じてもらえるとも思わないし、そう願いもしない」と述べることによって、だからこそ信じてもらいたいという反語的な意味が強調されるということになります。また、ここで述べられる wild（奇怪）で homely（素朴）な narrative という言説も 2 つの意味に解釈することができると思います。narrative には「話」という意味と「語り」という意味の 2 つがあります。つまり、この小説の「主人公」（あるいは、語り手）がはじめようとしている「話」という意味と、「主人公」（＝語り手）の背後にいる作者本人（ポー自身）の「語り」が語りそのものが the most wild（奇怪きわまるもの）であり the most homely（素朴きわまる）であるという意味になるのです。さらに、この言説はメタフィクションとして読み取ることも可能ではないかと思われます。つまり、「主人公」（＝語り手）の背後にいる作者（ポー）が「それを信じてもらえるとも思わないし、そう願いもしない」と述べることによって、元々この作品は本当の話ではないから信じる必要はない、あるいは信じてはいけないという意味が込められているとも解釈できるのです。

(2) Mad indeed would I be to expect it, in a case where my

very senses reject their own evidence. Yet, mad am I not—and very surely do I not dream. But to-morrow I die, and to-day I would unburden my soul. My immediate purpose is to place before the world, ① plainly, ② succinctly, and ③ without comment, a series of mere household events. In their consequences, these events have terrified ① —have tortured ② —have destroyed me ③ . Yet I will not attempt to expound them. To me, they have presented little but horror—to many they will seem less terrible than *baroques*. Hereafter, perhaps, some intellect may be found which will reduce my phantasm to the commonplace—some intellect ① more calm, ② more logical, and ③ far less excitable than my own, which will perceive, in the circumstances I detail with awe, nothing more than an ordinary succession of very natural causes and effects.[2]

（自分の感覚でさえが自分の経験したことを信じないような場合に、他人に信じてもらおうなどと期待するのは、ほんとに正気の沙汰とは言えないと思う。だが、私は正気を失っている訳ではなく、——また決して夢見ているのでもない。しかし明日私は死ぬべき身だ。で、今日のうちに自分の魂の重荷をおろしておきたいのだ。私の第一の目的は、一連の単なる家庭の出来事を、①はっきりと、②簡潔に、③注釈ぬきで、世の人々に示すことである。それらの出来事は、その結果として、私を①恐れさせ－②苦しめ－③そして破滅させた。だが私はそれをくどくどと説明しようとは思わない。私にはそれはただもう恐怖だけを感じさせた。——多くの人々には恐ろしいというよりも怪奇（バロック）なものに見えるであろう。今後、あるいは、誰か知者があらわれてきて、私の幻想を単なる平凡なことにしてしまうかもしれぬ。——誰か私などよりも①もっと冷静な、②もっと論理的な、③もっとずっと興奮しやすくない知性人が、私が畏怖をもって述べる事がらのなかに、ごく自然な原因結果の普通の連続以上のものを認めないようになるであろう。）

原文および翻訳において下線部と①②③の番号に注意してくださ
い。副詞的語句、動詞、形容詞的語句を 3 度重ねるという言い回し
はフォークロア的でもあり、神話的でもあり、修辞学的な用法でも
あります。

　　　(3) <u>From my infancy I was noted for the docility and humanity
of my disposition. My tenderness of heart was even so conspicuous
as to make me the jest of my companions. I was especially fond of
animals, and was indulged by my parents with a great variety of
pets.</u> With these I spent most of my time, and never was so happy
as when feeding and caressing them. This peculiarity of character
grew with my growth, and, in my manhood, I derived from it one
of my principal sources of pleasure. To those who have cherished
an affection for a faithful and sagacious dog, I need hardly be at the
trouble of explaining the nature or the intensity of the gratification
thus derivable. <u>There is something in the unselfish and self-
sacrificing love of a brute, which goes directly to the heart of him
who has had frequent occasion to test the paltry friendship and
gossamer fidelity of mere *Man*.</u>[3]
（<u>子供のころから私はおとなしくて情けぶかい性質で知られていた。
私の心の優しさは仲間たちにからかわれるくらいにきわだっていた。
とりわけ動物が好きで、両親もさまざまな生きものを私の思いどお
りに飼ってくれた。</u>私はたいていそれらの生きものを相手にして時
を過し、それらに食物をやったり、それらを愛撫したりするときほど
楽しいことはなかった。この特質は成長するとともにだんだん強く
なり、大人になってからは自分の主な楽しみの源泉の一つとなった
のであった。忠実な利口な犬をかわいがったことのある人には、そ
のような愉快さの性質や強さをわざわざ説明する必要はほとんどな

い。動物の非利己的な自己犠牲的な愛のなかには、単なる人間のさもしい友情や薄っぺらな信義をしばしば嘗めたことのある人の心をじかに打つなにものかがある。)

<u>From my infancy I was noted for the docility and humanity of my disposition</u> 以下の下線箇所は、その後の残虐な行為といかに矛盾するかを示している箇所です。

(4) I married early, and was happy to find in my wife a disposition not uncongenial with my own. Observing my partiality for domestic pets, she lost no opportunity of procuring those of the most agreeable kind. We had birds, gold-fish, a fine dog, rabbits, a small monkey, and a cat.[4]
(私は若いころ結婚したが、幸いなことに妻は私と性の合う気質だった。私が家庭的な生きものを好きなのに気がつくと、彼女はおりさえあればとても気持のいい種類の生きものを手に入れた。私たちは鳥類や、金魚や、一匹の立派な犬や、兎や、一匹の子猿や、一匹の猫などを飼った。)

自分と妻がいかに動物好きであったかを強調する箇所です。

(5) This latter was a remarkably large and beautiful animal, entirely black, and sagacious to an astonishing degree. In speaking of his intelligence, my wife, who at heart was not a little tinctured with superstition, made frequent allusion to the ancient popular notion, which regarded all black cats as witches in disguise. Not that she was ever *serious* upon this point—and I mention the matter at all for no better reason than that it happens, just now, to be remembered.[5]

（この最後のものは非常に大きな美しい動物で、体じゅう黒く、驚く
ほどに利口だった。この猫の知恵のあることを話すときには、心で
はかなり迷信にかぶれていた妻は、黒猫というものがみんな魔女が
姿を変えたものだという、あの昔からの世間の言い伝えを、よく口
にしたものだった。もっとも、彼女だっていつでもこんなことを本
気で考えていたというのではなく、――私がこの事柄を述べるのは
ただ、ちょうどいまふと思い出したからにすぎない。）

(6) Pluto——this was the cat's name——was my favorite pet
and playmate. I alone fed him, and he attended me wherever I went
about the house. It was even with difficulty that I could prevent him
from following me through the streets.[6)]
（プルートォ――というのがその猫の名であった――は私の気に入
りであり、遊び仲間であった。食物をやるのはいつも私だけだった
し、彼は家じゅう私の行くところへどこへでも一緒に来た。往来へま
でついて来ないようにするのには、かなり骨が折れるくらいであっ
た。）

Pluto——this was the cat's name——was my favorite pet and playmate.

Pluto の語と favorite pet、playmate の頭韻に注意してください。こ
の箇所は言葉遊びであると同時にプルートォがいかに「私」にとっ
て「お気に入りのペット」であり「遊び仲間」であったかを P の音
で強調している箇所です。ちなみに P は破裂音です。唇と唇を合わ
せて破裂させるように発せられるこの音は、B の音が爆発（ばくは
つ）や爆弾（ばくだん、英語でも bomb）を連想させるのと同じように、
血や水がほとばしり出るイメージと連結すると考えても決して不合
理ではないはずです。

第 3 講

(7) Our friendship lasted, in this manner, for several years, during which my general temperament and character—through the instrumentality of the Fiend Intemperance—had (I blush to confess it) experienced a radical alteration for the worse. I grew, day by day, more moody, more irritable, more regardless of the feelings of others. I suffered myself to use intemperate language to my wife. At length, I even offered her personal violence. My pets, of course, were made to feel the change in my disposition. I not only neglected, but ill-used them. For Pluto, however, I still retained sufficient regard to restrain me from maltreating him, as I made no scruple of maltreating the rabbits, the monkey, or even the dog, when by accident, or through affection, they came in my way. But my disease grew upon me—for what disease is like Alcohol!—and at length even Pluto, who was now becoming old, and consequently somewhat peevish—even Pluto began to experience the effects of my ill temper.[7]

(私と猫との親しみはこんな具合にして数年間つづいたが、そのあいだに私の気質や性格は一般に――酒癖という悪鬼のために――急激に悪いほうへ（白状するのも恥ずかしいが）変ってしまった。私は一日一日と気むずかしくなり、癇癪もちになり、他人の感情などちっともかまわなくなってしまった。妻に対しては乱暴な言葉を使うようになった。しまいには彼女の体に手を振り上げるまでになった。飼っていた生きものも、もちろん、その私の性質の変化を感じさせられた。私は彼らをかまわなくなっただけではなく虐待した。けれども、兎や、猿や、あるいは犬でさえも、なにげなく、または私を慕って、そばへやって来ると、遠慮なしにいじめてやったものだったのだが、プルートォをいじめないでおくだけの心づかいはまだあった。しかし私の病気はつのってきて――ああ、アルコールのような恐ろしい病気が他にあろうか！　――ついにはプルートォでさえ――

いまでは年をとって、したがっていくらか怒りっぽくなっているプルートォでさえ、私の不機嫌のとばっちりをうけるようになった。）

　この箇所は、冒頭において、主人公の性格が非常に穏やかであり、動物好きであったことに比べると、いかにこの性癖がそれまでのものと対照的なものであったかを強調します。「私」の性格は極端（おとなしい、動物好き）から極端（乱暴、動物虐待）に向かって変節するわけですが、その変節の原因は酒癖にあるとされます。

　　(8) One night, returning home, much intoxicated, from one of my haunts about town, I fancied that the cat avoided my presence. I seized him; when, in his fright at my violence, he inflicted a slight wound upon my hand with his teeth. The fury of a demon instantly possessed me. I knew myself no longer. My original soul seemed, at once, to take its flight from my body; and a more than fiendish malevolence, gin-nurtured, thrilled every fibre of my frame. I took from my waistcoat-pocket a penknife, opened it, grasped the poor beast by the throat, and deliberately cut one of its eyes from the socket! I blush, I burn, I shudder, while I pen the damnable atrocity.[8]

（ある夜、町のそちこちにある自分の行きつけの酒場の一つからひどく酔っぱらって帰って来ると、その猫がなんだか私の前を避けたような気がした。私は彼をひっとらえた。そのとき彼は私の手荒さにびっくりして、歯で私の手にちょっとした傷をつけた。と、たちまち悪魔のような憤怒が私にのりうつった。私は我を忘れてしまった。生来のやさしい魂はすぐに私の体から飛び去ったようであった。そしてジン酒におだてられた悪鬼以上の憎悪が体のあらゆる筋肉をぶるぶる震わせた。私はチョッキのポケットからペンナイフを取り出し、それを開き、そのかわいそうな動物の咽喉をつかむと、悠々と

第 3 講

その眼窩から片眼をえぐり取った。この憎むべき凶行をしるしなが
ら、私は面をあからめ、体がほてり、身ぶるいする。)

　下線部のところにご注目ください。先ほど、⑥のところでＰとい
う破裂音が Pluto（プルートォ）、pet（ペット）、playmate（遊び仲間）
と頭韻を踏んでいると言いました。ここでは、それがさらに、pocket
（ポケット）、pen-knife（ペンナイフ）、opened（開き）、grasped（つか
む）、poor（かわいそうな）という語に連結しているのがわかります。
さらに p と無声子音・有声子音で対立する b の音が blush（面をあか
らめ）、burn（体がほてり）と続いております。奇怪で残酷であから
さまな描写に驚かれるかもしれませんが、ここでポーは p と b とい
う破裂音の対立に、血がほとばしり出る様子、あるいは、自分の身
体に血が流れ顔や体があからめる様子を表そうとしたに違いありま
せん。
　以上、「黒猫」の途中部分までを読んで参りましたが、詩と同様に
小説に対しても練り上げ抜かれた音韻に自己価値的な意味を追求し
たところに、全ヨーロッパにモダニズムの流れを築き上げた礎とな
るポーの技法の真骨頂が見受けられるのです。

注

1) 　E. Poe. *The Complete Tales and Poems of Edgar Allan Poe*. New York, Vintage
　　Internationl, 1975, p.223.
2) 　*ibidem*. p.223.
3) 　*ibidem*. p.223.
4) 　*ibidem*. p.223.
5) 　*ibidem*. pp.223-224.
6) 　*ibidem*. p.224.
7) 　*ibidem*. p.224.
8) 　*ibidem*. p.224.

第4講

「構成の原理」から読むバリモントの「雨」

　ロシアの象徴主義者がエドガー・アラン・ポーやボードレールの詩学から何を学び、何を取り入れていったのか、そして、それがどのようにウラジーミル・ナボコフの作品に受け継がれるようになったのか。そのことを論証するために、ロシア象徴主義者のなかでも、コンスタンチン・バリモントの翻訳と創作を引き合いに出しながら、それがどのようにウラジーミル・ナボコフの作品に、直接的あるいは間接的な影響関係を持つに至ったのかについて論証を試みてみたいと思います。

　コンスタンチン・バリモントはヴァレリー・ブリューソフ、メレシコフスキー、ギッピウスと並ぶ前期象徴主義の詩人と位置づけられております。バリモントは 1903 年に『太陽のようになろう』という詩集を発表し、文壇において成功を収めます。象徴主義者は、このあと後期に入り、アレクサンドル・ブローク、アンドレイ・ベーリィ、ヴァチェスラフ・イヴァノーフ、フョードル・ソログープなど錚々たる面々によって隆盛を極め、亡命したバリモントの作品は次第に忘れ去られていきますが、驚異的な語学力で 18 言語に及ぶ言語を学び、各国の代表的な詩を精力的に翻訳し、同時に創作活動にも従事したバリモントがロシア・モダニズムの生成に対して計り知れぬ功績を残したことは否定することができません。そのバリモントが数ある翻訳作品のなかでも最も精力的にてがけたのはエドガー・

41

ポーの作品でした。スコーピオン社というところから、エドガー・ポーの散文作品、韻文作品、そして、詩論のほぼすべてを翻訳した時期と、バリモントが最も生産的に自身の創作活動に従事した時期は重なります。

　そのなかで彼が翻訳したエドガー・ポーの最も代表的な詩「鴉」と「構成の原理」という詩論についてここでは紹介したいと思います。

　「鴉」は1845年1月29日に発表された長篇詩です。嵐の夜、主人公が部屋のなかで本を読んでうとうとと眠っていると、そこでトントントンと扉を叩く音がする。「誰かな、ただの来客かな」主人公の男には、失った恋人レノーアという女性の面影がつきまといます。レノーアがこの世にはいない現実を男はまだ受け止めることができず、耳にするあらゆる音ももしかしたら恋人が実は生きていて帰って来たのかもしれないと思えてくる。来客、風の音、こだま、一つ一つの音が男には「ノー・モア」という音に聞こえます。さらにそれが「レノーア」という語と韻を踏み、「レノーア、ノーモア」（レノーアはもういない）とも聞こえてくるのです。さらに「ネヴァー・モア」（絶対に帰らない）という強調する語となって主人公の胸に畳みかける。そして、その語を何度も繰り返す犯人が実は人間でも自然の音でもなく大きな鴉であった。これがこの長篇詩の内容になります。内容を聞くと、いかにも物悲しい話です。

　この物語は、詩という形式（つまり、本来黙読でなく声に出して読むことを目的に書かれたもの）をともないながら、恋人を失った男の悲哀が読む人に臨場感をもって伝わる仕組みが埋め込まれています。彼は、この詩を書くのみならず、この詩がどのように書かれたのか、魔法の種明かしを論文という形式で書き上げました。「構成の原理」'The Philosophy of the Composition' が発表されたのは「鴉」を発表した翌年にあたる1846年のことです。

　この詩論のなかで、ポーは、まず作品を書くためには初めから終わ

りまで作品がどうなっていくかという構想に基づく首尾一貫したプロットというものが考えられていなければならない。そして、そのためには、文学作品とは何か説教がましい思想を伝達することを目的にして書かれるべきものではないことを述べます。その上で、究極の美とは何か、それは悲哀のことであり、どんな人にも等しく感動させる悲哀とは、愛する人を失ったときにもたらされるものであることを述べていきます。

そして、その上で、詩という形式を用いて、その悲哀を誘うためのある語を効果（Effect）として定めて、その一語を何度も繰り返させることによって悲哀の感情が増幅されるような詩を書いていけば、読む人をしてどんな人でも感動させる作品に仕上げることができると述べるのです。その悲哀の情を催すために考えだされた一語が "Nevermore"（決してもどりはしない）というものなのです。そこでその一語が自然に反復されるような状況を設定しなければいけない。そこで考えだされたのは、愛する人を失った一人の男が、閉ざされた部屋に居るというものです。次に、その一語を語る張本人を人間ではなく人間の言葉をしゃべる動物にさせようとします。もちろん、人間の言葉を真似る鳥と言えば鸚鵡が一番先にピンときますが、鸚鵡ではなく、鸚鵡と同様に人の言葉をまねできる鳥として鴉が選ばれたのでした。

すでに紹介したロシアを代表する言語学者で、ロシア・フォルマリストの一人であったロマン・ヤコブソンは、『言語の諸相』という論文のなかで、この鴉（Raven）が Never の語と対応関係にあることを指摘しております [1]。

Raven　　← →　　Never

（Raven をひっくり返すとほぼ Never の語に近くなる）

第4講

　ポーはこのような言葉遊びを交えながら、nevermore と繰り返す長篇詩の真の主人公を設定していく訳です。この「鴉」とそれがどのように書かれたかを種明かす論文は、現代においてある意味、二つに一つでモダニスティックな言語実験の源流と考えてもいい、世界文学における不朽の価値を保っていると考えていいかもしれません。

　そして、さすがに「鴉」はアメリカでも高く評価され読まれましたが、前に述べたように、その文学的な価値を真摯に評価し、それを世界的に高く宣揚したのはフランスのロマン主義詩人であるシャルル・ボードレールでした。そして、フランスのみならず、イギリス、ドイツ、その他の欧米諸国でも、ポーの詩学というものは高く評価されるようになりますが、ここではロシアにおいて象徴主義の先駆者となったコンスタンチン・バリモントの作品において、このポーのポエチカ（ここでは作品の作られる技法、あるいは、その集大成も言える美学という意味合い）がどのように理解され、作品のなかに取り込まれていったかについて考えてみたいと思います。

　　　　　Дождь[2]

　　В углу шуршали мыши,
　　Весь дом застыл во сне.
　　Шёл дождь, и капли с крыши
　　Стекали по стене.

　　Шёл дождь, ленивый, вялый,
　　И маятник стучал.
　　И я душой усталой
　　Себя не различал.

　　Я слился с этой сонной

Тяжёлой тишиной.
Забытый, обделённый,
Я весь был тьмой ночной.

А бодрый, как могильщик,
Во мне тревожа мрак,
В стене жучок-точильщик
Твердил: «Тик-так. Тик-так».

Равняя звуки точкам,
Началу всех начал,
Он тонким молоточком
Стучал, стучал, стучал.

И атомы напева,
Сплетаясь в тишине,
Спокойно и без гнева
«Умри» твердили мне.

И мёртвый, бездыханный,
Как труп задутых свеч,
Я слушал в скорби странной
Вещательную речь.

И тише кто-то, тише,
Шептался обо мне.
И капли с тёмной крыши
Стекали по стене.

第 4 講

雨

部屋の隅でネズミのきーきー言う音。
家中が夢の中で凍りついてしまった。
雨が降っていた。そして、屋根から雨粒が
壁を流れ落ちていた。

雨が降っていた。けだるく、物憂げな雨が、
そして振り子時計が音を打っていた。
そして私は疲れた亡霊となり、
我を忘れた。

私はこのまどろんだ
重苦しい静寂に溶け合った。
忘れられ、取り残されて
私すべてが夜の闇だった。

かたや、墓掘人のように元気に、
私の中の闇を騒がせて、
壁の向こうに、死番虫が、
「チック、タック。チック、タック」と繰り返していた。

音を点にし、
全てのはじまりのはじまりへと並べながら、
虫は、細い小槌でもって、
叩く、叩く、叩く。

そして旋律の原子は、
静寂の中で組み合わさり、

静かに、そして怒ることもなく、
「死ね」と私に繰り返した。

そして、死人のように、息も絶え、
吹き消された蝋燭の屍のように、
私は、奇妙な悲哀にあって、
予兆の声を聞いていた。

そして、誰かがより静かに、より静かに
私についてささやいていた。
そして、黒ずんだ屋根からしずくが、
壁伝いに流れ落ちていた。

　以下、それぞれの詩節ごとに分析を試みたいと思います。この詩はロシア語で書かれたものですので、原文を参照しないとわかりにくい部分がありますが簡単に概要を説明します。

　В Углу шуршали мыши.（ロシア語の原文）

　部屋の隅でネズミのきーきーいう音。

　V uglu shurshali myshi.（ラテン文字綴り）

　この詩のタイトルはロシア語でДождь（雨、ラテン文字綴りでDoSht'）です。ロマン・ヤコブソンが『言語の作動相』においてRavenとNeverの対が「一連の互いに対応する音序列によって昂められている」と述べていることは前に説明しましたが、バリモントの詩においても、第1詩節の第1詩行は、前半においての母音字 y（英語の U）の音が繰り返され、後半においての内的韻 sh の音が繰り返さ

れるのが見て取れると思います。つまり、この詩は、部屋の隅でが
さがさと音を立てるネズミの音が shurshali という擬音語によって
表現されておりますが、それは SH の音のイメージを増幅させるこ
とによって一定の印象を与えるために意図的に使われていると考え
ることができます。この詩節においては sh と s が shurshanie という
擬音語と音韻的に結び合わさっています。そのことによって、「雨」
のしとしとと降る音も、ネズミの音と連結されます。ここで多用さ
れる一つの複合的な音韻（第 1 詩節の第 1 第 3 詩行女性韻の弱強格にお
いては sh の音が中心的な役割を演じており、それにつづいてロシア語の
原文テクストにおいては、第 2 第 4 詩行男性韻に s の内的韻が使用され
る）が、ネズミのがさつき、雨の音、屋根から雨の滴が壁を伝って
滴り落ちる音のイメージがそれに連なって、冷たく、寂しいものと
なっていくという仕組みになっています。

　最初僕がこの詩を読んだとき、バリモントは象徴主義によくある
言語実験の意味合いで、この最初の一行を書いているのだとしか理
解できませんでした。しかし、この詩が 1903 年に発刊され、それが
バリモントがポーの作品の翻訳に精力的に従事していた年代的符合
という事実を考慮し、エドガー・ポーの作品との何らかの関連性を
見出すべきではないかとの考えからこの詩の再読を試みました。つ
まり、ポーが「鴉」（The Raven）を書き、その「鴉」の書き方を種明
かしした論文「構成の原理」を書いた。そして、ロシアのバリモン
トが、「鴉」も「構成の原理」も翻訳した。その事実を踏まえてこの
作品を読んだ場合に何が言えるのかもう一度考えてみようと思った
のです。最初に読んだ自分の読み方はもしかすると非常に表面的な
読み方かもしれない。つまり、単なる sh と s の音韻的な言葉遊びと
してこの詩を読んでしまっていいのだろうかということです。むし
ろ、この一文における母音に付与された意味を考えるべきではない
か、と。もしかすると、この詩がポーの「構成の原理」にヒントを
得た「鴉」の擬似作品としての意味合いを持つとしたならば、「鴉」

にとって、タイトルの「鴉」を意味する Raven よりも、最も重要な語が nevermore であり、never の語から raven の語が生まれたのと同じように、「雨」を意味する Dosht' という語以上に、重要な語が元々あって、それからの派生物としてこのタイトルが生まれたのではないかと考えるようになっていったのです。

つまり、V uglu shurshanie myshi の語は sh の語と音を近づけるために生まれたものであると考える前に、myshi（мыши）「ネズミ」を生んださらにもとの親がいると考えるべきではないだろうか。それは詩の表題「構成の原理」（ポー）から読むバリモントの「雨」以上に、大切なものであったと言えるのではないか。そして、この詩を何十回と読み込んでいくうちに、ポーにとって、初めに nevermore という１語があったように、バリモントのこの詩においてはＵＭＰＨ（ラテン文字表記で Umri、ロシア語で「死ね」）の１語が存在したという結論にいき着いたのでした。ポーが nevermore の語を「鴉」の最大の「効果」としたように、バリモントは umri（умри）の語をこの詩の最大の効果としたのだ。つまり、V uglu shurshanie myshi の箇所は、umri の語を象徴するための一文であった、という風に解釈できるのです。

U, M, R, I

shurshanie の sh は「ネズミのがさつき」の放つ不吉なイメージであると解釈することは間違いではないにしても、それだけだとどうして sh という音に「不吉」なイメージを与えたのかということは説明されません。そこで初めに sh の音があったと考えるのではなく、初めに、umuri の語があったと考えることで、ポーの「鴉」と同じように効果となる一語が選定され、その一語から連想される「死」のイメージによって、連結される音の一つ一つが「不吉」な印象を

第 4 講

　与えていくことがわかるのです。また、バリモントの詩とポーの詩を比較してみると、場面の設定が孤立して、閉ざされた部屋のなかであるという点が共通しているのがわかります。

　実際に、ポーの「構成の原理」には次のように書かれてあります。

　　次に考察すべき点は男と鴉の取り合わせをどう提示するかであった。そしてこの考察の第一段階は場所であった。場所として最も自然に思いつくのは森とか野原であるかも知れないが、孤立した事件の効果には、空間を限定することが絶対必要であるとぼくはいつも思っている。それは絵に対する額縁の働きをするのである。それは有無を言わせず注意力の集中を持続させるだけの力をもっていて、勿論単なる場所の一致と混同されるべきではない。

　　そこでぼくは男の居場所を彼の部屋に決めた。その部屋は、度々訪れた女の思い出のために彼にとって神聖なものになっている。部屋は高価な家具調度を備えたものとして描写する。これは、かけがえのない真の詩的主題として、ぼくが前に美を問題にしたときに既に説明済みの考えに従ったまでのことである。[3]

　しかし、不吉な印象を与える登場人物はポーの詩においては、鴉であるのに対して、バリモントの詩においてはネズミであることが相違点であります。また、ポーの詩が「嵐の夜」であるのに対して、バリモントの詩は「雨の夜」となっていることも違います。ポーが「嵐の夜」を設定した理由としては、「一つには鴉が入室をせがむ理由を説明するためと、二つには室内の静けさとの対照（コントラスト）の効果を得るためだった」と書かれてあります。

　バリモントの詩において、ネズミは入室をせがむまでもなく、家の中でがさがさと音を立てているのがわかります。「ネズミ」と「雨」が家の中の静寂を突き破る音としての効果を放っています。

次に第2詩節目を見てみたいと思います。雨の放つ音のイメージが、形容詞2つの結合によって、より鮮明なものとなります。そして、その後に出てくる振り子の音は、本来は聞こえなくてすむはずの雨の滴る音と連鎖的に表現されるという効果をもたらしているとも考えられます。

次に主人公の疲労する様子が、同じ詩節のけだるい雨の滴る音と重ね合わさります。この辺のポーの詩との関連性はどうでしょうか。ポーの詩において、雨の音さえ描写されることはありませんが、鴉が雨戸を打つ音と外の描写は決して無関係なものとは言えません。「構成の原理」では次のように述べられています。

　　こうして場所が決まったので、いよいよ鳥を導入する段になった。そして極く自然に鳥を窓から入れることを思いついたのである。雨戸を打つ鳥の翼の音を、最初はドアをノックする音だと男に思いこませるという着想は、長びかせて読者の好奇心を煽りたい気持と、それに男がドアを開けてみると一面の暗闇なので、ノックしたのは愛人の霊魂だったのだろうかと半信半疑になるところから、付随的な効果をあげたいという欲求に発したものである。[4]

バリモントの詩において音がある種のメッセージを主人公に伝えてはいてもその根源が何かは示されません。そして、規則的な振り子時計の音が死へと誘う働きをします。では、この「振り子時計」の音と死のイメージのつながりは何に起因すると言えるでしょうか。僕は、それをやはりバリモントが翻訳したポーの作品に見出すことにしました。ポーには、"The Pit and the Pendulum"『陥穽と振り子』と題する作品が存在します。異端審問者によって死の宣告を受けた主人公が、牢獄の暗闇のなかに閉じこもっています。牢獄の天井を観察すると高さ3、4フィートはある「古風な壁時計に掛かれるよう

な巨大な振り子の絵らしいもの」が動くような気がする。半時間か1時間か過ぎ振り子の振動は次第に大きくり、その速度も大きさも増大し、その下が三日月形の刃物となって近づいてくる、という話です。つまり、バリモントの詩は、この作品が書かれたと同時期に精力的に翻訳されたポーの作品の紡ぎ合わせによってできていることがわかるのです。

　ところで、この「紡ぎ合わせ」については、後でも詳しく触れることになりますが、インターテクスチュアリティという用語で説明できるとここでは申し上げておきたいと思います。

　第3詩節にいきますと、主人公の「私」は静寂と一体化します。孤独という悲哀なのか、物理的「闇」と心情的な「闇」が溶け合ったのかはわかりません。それとも、けだるい雨の音やネズミの音が主人公の心情に何かしらの影響を与えたのでしょうか。いずれにせよ、孤独な倦怠感とそのような気分を作り出す環境が、一つのものとなっているのがわかります。

　第4詩節において、快活なシバンムシ（死番虫）＝「墓掘人」が登場します。「憂愁」、「疲労」もしくは、「不吉」という詩全体のイメージに加えて、「死の予感」というイメージが連結するのでわかります。シバンムシが奏でる音は死の予兆であり、その音を耳にしながら、「私」は死の衝動へと駆られていきます。ただ、それはこの詩のテクストを読む人誰もが持ちうる印象にすぎません。私たち文学を学問として学ぶものにとっても、時折そのような印象というものがこのテクストの生成のより本質的なものを見落とす原因にもなりかねません。さきほど僕がこのテクストは、ポーのテクストがいくつも「紡ぎ合わさって」できていると言いました。勘のいい方はすぐにおわかりになると思いますが、この詩における「シバンムシ」の登場も実はバリモントが翻訳したポーのテクストの翻訳に由来するものなのです。バリモントが翻訳したポーの短編小説のなかに "The Tell-Tale Heart"「告げ口心臓」という作品が存在します。こ

の作品は、主人公の男がある老人と親密な間柄となるが、その老人の放つ眼光を見たことをきっかけに、その老人に殺意を抱き、殺すという話です。

この第5詩節では、シバンムシの放つ音が線のように長引くものではなく、点として切り離され、原子のように、一回的な意味が付与されていきます。

第6詩節においては、旋律の一つ一つ、個々の音が静寂にあって、一つに合わさり、「死」へのメッセージと化して様子が示され、さらに第7詩節目において主人公の「私」が、「奇妙な悲哀の中で、／予兆の声を耳にする」の一節は、ポーの「鴉」における "Prophet!" said I,（「おまえは予言者か」と私は言った）へのオマージュです。

最後の詩節において、雨の滴り落ちる様子が再現されます。この詩は「雨」の音に始まり、「雨」の音に終わるという構造をしています。「雨」が「ネズミ」の音、「振り子時計」の音、シバンムシの音と連結し、「死」のイメージと結合するわけですが、それは「死ね」という語から生まれてきたものであることがわかるのです。

以上、バリモントが 1903 年に執筆した『太陽のようになろう』に収められた詩の一編について、そのテクストが執筆されたのと同時期に翻訳がなされたポーのいくつかの作品との関連性という視点で分析をしてきました。

皆さんは、これを読まれて何を考えられたでしょうか。考えによっては、バリモントは創作をするにあたって翻訳をしていたポーの作品からいろいろなものを借用しながら（もちろんこれはいい意味ではありません）自分の作品を書いた。だから、バリモントは大したことがない、という風に考えられなくもないかと思います。しかし、僕は、この問題はそれほど単純ではなく、文学のテクストが生成される過程についてのより本質的な問題が横たわっているのではないかと考えるのです。つまり、それはどういうことか。一つのテクスト

は実は別の無数のテクストのモザイクとして成り立っている、ということです。そして、それは単純に、似ている、あるいは意識的に先達者の作品に敬意を払って作られた、あるいは、パロディとして書かれたという問題だけでもありません。たとえば、ポーの「鴉」とバリモントの「雨」がただ似ているということを述べたいために以上の分析をまとめたわけでもなければ、前者が後者に対して影響を与えた結果、後者が生まれたという単一的な影響関係を述べたかった訳でもありません。事実、この2つの作品は、相違点もあります。たとえば、「鴉」においては、恋人に先立たれた男の哀愁があり、恋人の名前 Lenore と no more（もう、いない）の対比が、死の悲しみを男に強く煽り立てるのに対して、バリモントの「雨」においては、「私」が孤独感、憔悴感に満ち、死への衝動に駆られているのは明白ですが、その原因が何であるか、解明することはできない、という点に違いがあります。「雨」の音も、「振り子時計」も、「シバンムシ」も、直接「死ね」と語りかけているように「私」には聞こえますが、それは実際にそう言っているわけではないことは明白です。静寂を破るそれらの音を「死ね」の意味に解釈する「私」の心がすでに「死」に向かっているに過ぎない点、つまり、ここで一つ一つの音が発する「死ね」という響きは、実は「私」が「私」に対して話しているに過ぎない、という点は、「鴉」が「私」に対して、Nevermore と話すのと同じようでもあり、違うようにも思われます。

注

1) ロマーン・ヤーコブソン、『ロマーン・ヤーコブソン選集 3』、川本茂雄編、大修館書店、1985、p.77。

2) К. Бальмонт. *Булем как солнче.* М. 1903. С.37-38. 以下、訳者の表記のない日本語訳は筆者による拙訳。

3) E・A・ポオ『ポオ 詩と詩論』福永武彦ほか、創元推理文庫』、1979、p.231。

4) 同書、p.232。

第5講

ボードレールのコレスポンダンスから読む
バリモントの詩学

　ボードレールの詩学を説明するにあたって「コレスポンダンス」
は、初歩的であると同時に最重要の作品です。ボードレールの詩学で
ある「コレスポンダンス」を日本語で紹介した書物として福永武彦
の書いた『ボードレールの世界』[1]があります。これによると、「コ
レスポンダンス」は2つの概念、つまり、「普遍的類推」"analogie
universelle"、"analogia entis"と「共感覚」"synesthésie"に分かれるも
のであり、この概念を自らの詩学としてマニフェスト的に書き上げ
た「照応」と題されるソネの前半2つの4行詩節と後半2つの3行
詩節に、それぞれ反映されています。「普遍的類推」はスウェーデ
ンボリによって説かれた概念であり、天と地、神と人との間にある
宇宙的交感を意味しており、ボードレールの論文「ヴィクトル・ユ
ゴー」には、次のような記述がなされます。

　　…フーリエよりもはるかに偉大な精神の持主であったスエーデ
　　ンボルグは、すでにわれわれに天は一人のきわめて偉大な人間
　　であるということを教えていた。あらゆるものが、つまり形態、
　　運動、数、色、香りなどが自然の内部においても精神の内部に
　　おいても、ある種の意味を持ち、相互に作用し、相呼応しなが
　　ら語りあうということを教えていたのである。[2]

第5講

　福永の指摘によると、「普遍的類推」はおのずと第2の概念「共感覚」にわたり、この方は、異なった感覚が共鳴しあうことを指していますが、五感のなかで匂いを強調した点にボードレールの独創を認めることができます[3]。つまり、ボードレールにとっての「コレスポンダンス」とは、一つは垂直に天と地、神と人間との間におこり、もう一つは水平に、五感の相互間に存在するものです。福永は例証を挙げながら、水平に起こる「共感覚」について説明を加えていますが、視覚、聴覚、触覚、味覚が最終的に嗅覚にまで及ぶことを「ボードレール的」なものと結論しているのです。ボードレールの代表的な詩「照応」は、前半2つの4行詩節が人間と自然（神）の交感、つまり、普遍的類推を表し、後半2つの3行詩節を水平的な感覚の移行、つまり、共感覚を表している。しかし、それぞれの詩節を見てみると、それぞれが独立した役割を担っていることがわかります。

　ボードレールの「照応」の内容を見てみましょう。

　　　　　照応[4]

〈自然〉はひとつの神殿、その生命（いのち）ある柱は、
時折、曖昧な言葉を洩らす。
その中を歩む人間は、象徴の森を過（よぎ）り、
森は、親しい眼差しで人間を見まもる。

夜のように、光のように広々とした、
深く、また、暗黒な、ひとつの統一の中で、
遠くから混じり合う長い木霊（こだま）さながら、
もろもろの香り、色、音はたがいに応（こた）え合う。

ある香りは、子供の肌のようにさわやかで、

オーボエのようにやさしく、牧場のように緑、
──またある香りは、腐敗して、豊かにも誇らかに、

無限な物とおなじひろがりをもって、
龍 涎、麝香、安息香、薫香のように、
精神ともろもろの感覚との熱狂を歌う。

　第1詩節において、神殿とされる自然のイメージは、具体的には
林立する木々です。森の中で聞こえるすべてが渾然一体となった声
となって人に聞こえてきます。森を通り抜ける人が、反対に森の象
徴から見まもられると表現することによって、「見る」－「見られ
る」の照応関係を表しているのです。
　第2詩節において、森の中で、香り、色、音が融け合う様子が示
され、しかし、これは厳密に言うと、まだ感覚の移行を意味する共
感覚には到達していません。では、何を持って「共感覚」とすべき
なのでしょうか。次の詩節を見てみましょう。
　第3詩節の初めに「ある香りは、子供の肌のようにさわやかな」
（原文は、frais comme des chairs d'enfants.[5]）とあります。より厳密に
言うと、「幼児の肌のようにすべすべした」と解釈すべきです。つ
まり、幼児の肌のような触感をもつ香り、というように嗅覚が肌の
触感のようにたとえられ、ある感覚から別の感覚への移行が示さ
れるのです。それはオーボエの音色のようにやさしい（ここでいう
doux[6] は聞こえてくる音感の心地よさを意味すると同時に、「甘い」味
覚をも表す）。つまり、嗅覚が聴覚のようにたとえられ、「牧場のよ
うに緑」"verts comme les prairies"[7] において、嗅覚は視覚にたと
えられます。第3詩節の最後の詩行から第4詩節にかけて、さまざ
まな匂いが示され、嗅覚のみが強調される。五感のなかでも嗅覚が
最も強調される様子が明らかです。
　この「コレスポンダンス」は、バリモントの詩を読む際にも適用

第 5 講

できる理論ですが、必ずしもその現れ方は、ボードレールのそれと一致するわけではありません。むしろ、ボードレールの作品を読み、感化されつつも、ボードレール的ではないバリモント的な「コレスポンダンス」が成立する様子を、バリモントの作品のなかにあるきわめてボードレールの影響が顕著な作品の技法を分析するなかで概観してみたいと思います。

Аромат солнца[8]

Запах Солнца? Что за вздор!
Нет, не вздор.
В Солнце звуки и мечты,
Ароматы и цветы
5 Все слились в согласный хор,
Все сплелись в один узор.

Солнце пахнет травами,
Свежими купавами,
Пробуждённою весной,
10 И смолистою сосной.

Нежно-светлоткаными,
Ландышами пьяными,
Что победно расцвели
В остром запахе земли.

15 Солнце светит звонами,
Листьями зелёными,
Дышит вешним пеньем птиц,

Дышит смехом юных лиц.

Так и молви всем слепцам: ——
20 Будет вам!
Не узреть вам райских врат.
Есть у Солнца аромат,
Сладко внятный только нам,
Зримый птицам и цветам!

太陽の香り

太陽の匂い？　そんな馬鹿げたこと！
いやそれは馬鹿げたことではない。
太陽には音があり、夢がある。
香りがあり、色があり、
すべては溶け合い共鳴する合唱となり、
すべては一つの模様の織物となる。

太陽は草の匂いが、
瑞々しい睡蓮の匂いが、
春に目覚めた故に、
松脂くさい匂いがする。

柔らかく透き通った織物のような
酔う鈴蘭の匂いがする、
それは誇らかに開花した、
つんとくる土の匂いに囲まれて。

太陽は音を出して輝き、
緑葉となっては輝く、
春に鳴く鳥のさえずりを息づき、
幼児たちの笑い声を息づく。

ならばすべての盲人たちに言うがいい：
汝らよ、もういいだろう！
汝らには天国の門を見ることはできないが、
太陽には香りがあるのだ、
その香りは我々にだけは甘いと感じ、
鳥や花々にだけ見えている、と。

　バリモントの『燃える建物』（1902）«Горящие здания» 所収の「太陽の香り」において共感覚はどのように現れているのでしょうか。この詩は共感覚のなかでも嗅覚が強調されている点において、ボードレールの共感覚を彷彿させるものです。この詩は6詩行、4詩行、4詩行、4詩行、6詩行の5詩節から構成されていますが、初めと終わりの6行詩節が互いに呼応しており、2つの6行詩節と3つの4行詩節の2分法、もしくは、3つの4行詩節が2つの6行詩節に囲まれていることから、第1詩節の冒頭部、第2から第4詩節の中心部、第5詩節の結論部の3分法から分析が可能です。脚韻は第1詩節と第5詩節のすべての詩行が男性の隣接韻であり音節数も一緒です（ともにそれぞれの音節数は7・3・7・7・7・7）。中心部の各詩節は強弱弱韻と男性韻（第2、第3、第4詩節）の隣接韻となっており、各詩行が7音節に整えられています。タイトルの「太陽の香り」に見られるように、「太陽」を嗅覚でとらえる試みが、「音」（聴覚）、「色」（視覚）というように五感に連鎖して示されます。第5詩節において、「薫香」（嗅覚）に「甘く」という味覚が重なり、水平的な感覚の連鎖が成立します。詩節ごとに見てみましょう。

1．第1詩節は、句読法から見ると、疑問符で終わる1文、感嘆符で終わる1文（第1詩行）、そして、その後に続く、打消しの1文（第2詩行）、その後に続く4行（第3詩行から第6詩行）の1文と、全部で4つの文から構成されます。その後に続く詩節が1詩節につき1文という構文を厳守しているが故に、文構成において、第1詩節は他の詩節と異なっています。第1詩行で、запах солнца「太陽の匂い」についてвздор「ばかげたこと」ではないかとの疑念が提示され、次の詩行においてすぐさま否定されます。このような自問自答を第1詩節においてした後、詩節を追うごとに、具体例によって自答の論拠を示していく。マルコフの注釈によると、この詩は、レフ・トルストイにも関連しています[9]。

トルストイがこの詩をどのように理解したかはともかくとして、我々がまず「太陽の匂い」をばかげたものとする自問自答をどのように解釈すべきかについて考えたいと思います。太陽に匂いがあるのを否定する立場はきわめて写実主義的な感性です。目の前にある事物をありのまま観賞する写実主義的技法に異を唱えるかのように、リアリストたちにとって非常識たる「太陽の香り」をあえて提示したと考えることもできます。第1、第2詩行のвздор（馬鹿げたこと）は同語反復韻でありますが、それに対応して xop（合唱）、узор（模様）が韻を踏んでいることもきわめて興味深いと言えます。自問自答のвздорを否定する論拠として、聴覚でとらえる xop（合唱）と視覚でとらえる узор（模様）が示されるのです。視覚、聴覚が水平的に移行して最後に嗅覚にたどり着くというボードレール的な共感覚とは違って、バリモントの詩ではいささか唐突に「太陽の匂い」が示されます。嗅覚でとらえる主体である詩人と知覚の対象である太陽は、垂直的な関係にある。通常、視覚でとらえるべき太陽が嗅覚によってとらえられることによって、間隔の連鎖が示されていきます。そして、その太陽のもつ、音、色、香りが示され、それらは一つのも

のに融け合わされます。しかし、第1詩節における感覚のもろもろ
の提示は、観念的なものであり、理解が困難です。そこで、第2詩
節において、「匂い」の具体例が示されます。

　2. 2詩節においては、「太陽の匂い」の具体例として示されます。
まずは、第7詩行において、пахнет「匂う」の補語として形容詞のな
い травами「草」の一語が示されます。第8詩行において Свежими
купавами「瑞々しい睡蓮」の形容詞と名詞2語になり、第9第10
詩行において、Пробуждённою весной / И смолистою сосной[10]　で
は、一つの形容詞と名詞の対が2つ重なり、4語になる。第9詩行
の Пробуждённою весной の解釈に2つの可能性があります。Пахнет
の補語として、「目覚めた春」と「松脂」をそれぞれ別の匂いとして
とらえるべきか、それとも「春に目覚めた松脂」というように一つ
の匂いとして解釈すべきか、の2つです。以下の論拠により後者の
意味と考えたいと思います。

　まず第1に、「草」、「睡蓮」、「松」と匂いを放つ植物の名詞が次々
と示されるのに対して、「春」だけが単一の匂いとして提示されてい
るとは考えにくいからです。

　第2に順を追って考えると形容詞をともなわない一つの名詞
травами（第7詩行）の後に、一つの形容詞と一つの名詞 Свежими
купавами（第8詩行）というように次第に強く匂い、植物の匂いの
イメージが増幅します。その後につづく сосной が Пробуждённою
весной と смолистой という2つの形容詞に導かれていると解釈する
ことによって、詩行を追うごとに形容詞を追加させ（第7詩行－形容
詞なし、第8詩行－1形容詞、第8第9詩行－2形容詞）、個々の匂い
のイメージが音楽でいうクレッシェンド（だんだん強く）のように漸
増している様子が示されるからです。匂いの増加は、次の詩節にお
いて一層顕著になります。これは、ボードレールの「照応」におい
て、匂いが増幅されるのに似ています。

つまり、ボードレールは、一つの香りについて一つの詩行で、「子供の肌のようにさわやか（すべすべとしている）」"frais comme des chairs d'enfants"[11] と一つの形容詞と一つの比喩で表現し、その次の詩行において、「オーボエのようにやさしく、牧場のように緑」"Doux comme les hautbois, verts comme les prairies" と、2つの形容詞と2つの比喩でたとえています。そして最後に、3つの形容詞「腐敗して、豊かにも誇らかに」"corrompus, riches et triomphants" と、4つの比喩「龍涎、麝香、安息香、薫香のように」"Comme l'ambre, le musc, le benjoin et l'encens" によって「匂い」を表現しているのです。つまり、個々の匂いのイメージについて、詩行を追うごとに膨れ上がらせる技法をボードレールが駆使しています。一方、バリモントの詩においても、ここで述べられているのは、本来は、「太陽」という一つの匂いに過ぎません。それを、「草」、「睡蓮」、「松脂」と、たとえを挙げるのみならず、個々の匂いをたとえる形容詞を膨れ上がらせているのです。「照応」における、匂いの増幅する手法を、自らの詩の創作に取り入れたのだと考えられます。

3. この詩節全体が主語も動詞もない1文ですが、前の詩節の Солнце пахнет を受けています。第11、第12詩行において、Нежно светлотканьми, Ландышами пьяными は、1つの副詞、2つの形容詞と1つの名詞でできていますが、そのうちの Нежно светлотканьми は、нежно、светло、ткаными という3つの修飾語からできており、前詩節の個々の匂いが詩行を追うごとにだんだん強くなる様子が、この詩節において一層顕著になるのです。これらの語は、第13、第14詩行において、Что（つまり英語で言う接続詞の that）以下の関係代名詞節につながります。これは、ボードレールの「照応」の最後の詩行、「精神ともろもろの感覚との熱狂を歌う」"Qui chantent les transports de l'esprit et des sens." において、匂いのイメージが Qui 以下の関係代名詞節に連なるのと、同じです。

第 5 講

第 13 詩行の победно の語に注目したいと思います。この победно は、ボードレールの「照応」のなかの一節、Et d'autres, corrompus, riches et triomphants「ある香りは、腐敗して、豊かにも誇らかに」における triomphants（誇らかに）を彷彿させます。「照応」における匂いのイメージが、バリモントの作品に反映されています。

4. 第 4 詩節では、「太陽」を聴覚でとらえる試みが示されます。第 15 詩行において、Солнце светит「太陽が輝く」の頭韻の後に、звонами の語が続きます。Звон「響き」は金属を打つことによって鳴り響く音の意味がありますが、視覚的な светит の後に聴覚的な звон を加えることによって、太陽－地上という垂直軸に水平的な共感覚を成立させています。それに、第 16 詩行の Листьями зелёными「緑葉」によって、自然の音を加え太陽－自然の音が共鳴します。Светить は造格を補語として、「～で照らす」（「電灯で照らす」светить фонариком のように）という意味があります。むろん、太陽が実際に、音を出すというよりは、地上に住む人間が聞き分ける音を太陽の音としているわけですが、音を聞く受動の主体者である太陽を、音を出す能動の主体に変えることによって、太陽－地上の垂直軸と視覚－聴覚の水平軸の交感が可能になるのです。

続いて、第 17、第 18 詩行において、вешним пеньем птиц「春に鳥の囀り」、смехом юных лиц「幼児達の笑い声」という音のイメージが表されます。Юных лиц がボードレールの「照応」における「少年の肌のようにすべすべした香り」を暗示しています。ボードレールはここで香りを肌にたとえることによって嗅覚と触覚を交差させているわけですが、バリモントはあえてそれを踏襲せずに、視覚（太陽）と聴覚（笑い声）の交感にとどめているのです。

5. 最後の詩節には、第 2、第 3、第 4 詩節において嗅覚や聴覚を強調していたのに対して、味覚、視覚、嗅覚を一つのものとして溶

け合わせています。それは、第1節の提起した問題に答える格好となり、自問自答の結論部分になるのです。この箇所は、ボードレールの Les Aveugles[12]「盲人たち」[13] の一節と呼応します。

Vois! je me traîne aussi! Mais, plus qu'eux hébété,
Je dis: Que cherchent-ils au Ciel, tous ces aveugles?

見よ、私もまた蹌踉（そうろう）として歩む！　だが彼らよりも惚（ほう）けて、
言うのだ、「〈天〉に何を探すのだ、これらすべての盲人たちは？」と。

　ボードレールの作品における au Ciel「天に」を、バリモントは райских врат「天国の門」によって暗示しています。言うまでもなく、「盲人たち」こそ目に見えない心眼の持ち主のことであり、目の前にあるものしか認識できない一般認識を揶揄しているとも解釈できます。

　また、сладко は、ボードレールの「照応」においては doux「甘い」に対応しています。

　この詩全体の構成は、先に述べたように、2つの6行詩節が3つの4行詩節を抱擁しています。ある感覚から別の感覚へと連鎖する様子を示す最初と最後の6行詩節に対して、第2、第3詩節で嗅覚を現す匂いのイメージが詩行を追うごとに強まりいく様子を示しており、第4詩節では聴覚が強調されます。第2詩節から第4詩節まで強弱弱と男性の隣接韻が繰り返されますが、匂いの形容は詩節を追うごとにいっそう強いものとなっています。最後の詩節において、第1詩節音と同じ男性の隣接韻となり、それぞれの詩節がそれぞれの特徴を有することが明らかになります。

第 5 講

注

1) 福永武彦、『ボードレールの世界』、講談社、1989、p.133。

2) 『ボードレール全集』3、福永武彦編訳、人文書院、1963、p.48。1861 年 6 月 15 日号の『幻想派評論』 *La revue fantaisiste* に発表した「ヴィクトル・ユゴー」の第 2 章の 1 節。

3) 福永武彦、前掲書、p.134。

4) 『ボードレール全集』1、阿部良雄訳、筑摩書房、1983、pp.21-22。

5) К. Бальмонт. *Избранное, переволы, стихи.* М. 1980, С.110.

6) C. Baudelaire. *Opt. cit.* p.40.

7) *Ibidem.*

8) *Ibidem.*

9) Vladimir Markov. *Kommentar zu den dichtungen von K. D. Bal'mont 1890-1909.* Böhlau. 1988, p.120. バリモントがトルストイ邸を訪問した際、トルストイはバリモントに何かの詩を歌って聞かせるよう促した。バリモントが声を出して読み上げたのがこの詩であった。トルストイは、ゆり椅子に揺られながら、ゆり椅子に身体をもたらせながら、まもなく薄笑いを浮かべる。「なんて、ばかげたこと、太陽の匂い、なんてばかげたこと」と。バリモントは、その部屋にかけられていた春の朝と森を描いた絵を指し示し、たとえば、この絵には香りや光が漂っているではないかと説明した。すると、レフ・トルストイはそれなりの理解を示してくれたという。П. В. Куприяновский, Н. А. Молчанова. *Поэт с утренней душой.* С.118 にも同じエピソードが記されている。

10) バリモント没後に出版されたテクストに、Пробуждённою весной の後に、コンマが入り、Пробуждённою весной, / И смолистою сосной となっているものも見受けられる。

11) C. Baudelaire. *Opt. cit.* p.40.

12) *Ibidem.* p.133.

13) 前掲『ボードレール全集』(阿部良雄訳)、p.179。

第6講

記号論をつかってナボコフの詩 (ロシア時代) を読む

表現・外延・内包

　構造主義と連動して 20 世紀に隆盛を誇った学術的な潮流の一つに記号論があります。記号論は、構造主義がある作品を閉ざされた構造体として考えていたとすれば、その構造が顕然化する記号を通して作品が作られた文脈、あるいは、歴史的社会的背景までも詳らかにしようする試みに発展していきました。ここではその記号論が何かをすべて詳細に説明することはできませんが、記号学者であるウンベルト・エコが用いた三角形の図式を用いながら、文学作品に現れる記号を意味・意義、あるいは象徴・指示物・指示と分解しながら、それを作品解釈に応用する試みを行っていきたいと考えます。

　たとえば、同じ記号学者のパースは、記号を①類像（アイコン）記号、②象徴（シンボル）記号、そして、③指標（インデックス）記号に分けました。簡単に説明すると、類像記号とは表象されるものと類似性を持った記号（絵のモデルと肖像画）ということです。象徴記号は、表象されるものと、表象するものとの間には約束事に基づいた関係がある、ということ（たとえば、ある人を赤シャツと名づけるのは約束に基づきます）。そして、最後の指標記号とは、その約束事を証明する何かということです。

67

第6講

　ある人が、ペンが欲しいと言います。しかし、そのペンとは書けるものという意味で、必ずしもペンでなくてもよかった。そこに、書けないペンと書ける鉛筆が2つ渡されたとします。人は書けないペンをこれはペンではないと言い、書ける鉛筆のことをこれこそペンだと言います。なぜならば、その人にとってペンとは書けるもののことであり、それ以外の形態はどうでもよかったからです。ここで言っている人が最初にもとめたペンがペンの類像記号（ペンらしきもの）だとすると、書けないペンは不適格であり、書ける鉛筆こそが象徴記号にかなったペンだとします。ただ、それは書かれた事実によってペンになり得るわけですから、指標記号とはむしろ書かれた文字になります。

　ウンベルト・エコは、『テクストの概念——記号論・意味論・テクスト論への序説』において、フレーゲの記号・意味・意義の三角形Ⅰ、そして、オグデンとリチャーズの象徴・指示物・指示の三角形Ⅱを踏まえながら記号を表すための次の三角形を提起しています。

☆ウンベルト・エコの提起する三角形

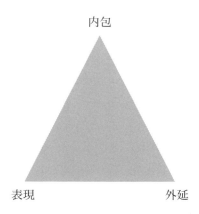

記号論をつかってナボコフの詩（ロシア時代）を読む

　エコは、ソシュールの言語学講義で用いられるシニフィアンと
シニフィエの一致を表す「樹木」のスケッチについて説明しながら、
スケッチをシニフィエと位置づける滑稽さについて論究しています。
つまり、我々がある事物を指し示すとき（シニフィアン）、指示され
るもの（シニフィエ）とは別のイメージがすでに形成されていること
をソシュールの弟子たちは気づいていなかったのではないかという
ことです。それに対し、オグデンとリチャーズの三角形は象徴（記号、
シニフィアンに当たる）を指示（つまり、シニフィエ）と指示物に分け
ていますが、この分け方にも問題があります。たとえば「犬」を一
つの記号とした場合、「指示物」というのが厳密に話されている対象
になるかどうかは不明瞭です。オグデンとリチャーズの三角形につ
いては、フレーゲの「記号・意義・意味」の三角形の焼き直しとも
言えますが、彼らが考えているのは「犬」という一つの対象である
かもしれない遊離した記号であるのに対して、フレーゲの三角形が
考えているのは真理の諸条件の問題です。つまり、エコによると、フ
レーゲの言う「意味」とは記号の対象についてではなく、ある表現
の真理を成立させる条件を問題にしているのです[1]。それに対して、
エコは「表現・内包・外延」の三項をたてることによって、外延に
よって、その表現が適用されうる真理の条件が生み出されることが
可能になると言います（書かれた事実によって、ペンがペンになる）。

　ここではエコの三角形を援用しナボコフの作品分析のために適用
できると考えてみたいと思います。ただ、より問題点を明らかにす
るために、『ロリータ』という小説において書かれる次の一説を想起
しながら、考えてみましょう。

　　視覚的な記憶には二種類ある。目を見開いて、心の実験室でイ
　メージを見みごとに再現する場合の記憶（そして私はアナベル
　を、「蜂蜜色の肌」とか「細い腕」とか「茶色のショートヘア」とか
　「長い睫毛」とか「大きくてきらきらした口」といった、一般的用語

で思い浮かべてしまう)、それと、目を閉じると瞼の暗い内側にたちどころに浮かんでくるのが、愛する人の顔の客観的でまったく視覚的な復元であり、自然色で描いた小さな亡霊である場合の記憶だ（そして私はロリータをそんなふうにみる）。[2]

　ロリータとアナベルは2人のようでいて2人ではない。ハンバートにとって、ロリータはアナベルの死から24年後になって現れた転生であった、ということです。つまり、ハンバートにとって、ロリータという少女はアナベルの別人格ではなく、アナベルの生まれ変わりであり、ロリータという少女を愛したのは、ロリータのなかにアナベルの復元を見出したからということになります。このことは、ナボコフにとっての「見る」ことの意味についての考察を促してくれます。たとえば、ナボコフのような芸術至上主義的作家にとって、「見る」という行為は目の前の事物を認識するためでなく、認識のプロセスを遅延化させることによって新しい表現を見出していく「異化」のプロセスのようなものであると考えられがちであります。ロシア・モダニズムの空気を満喫したナボコフにとって、ロシア・フォルマリストの考えは十分に理解されうるものであったことは想像に難くありません。ただ、ナボコフが「見ること」についてフォルマリストたちとまったく同じような考え方を抱いていたかどうかについては、さだかでありません。むしろ、フォルマリストが旧来のシンボリストやポテブニャなどの理論家たちのイメージ中心主義に反対して「異化」を唱えたのに対して、ナボコフは、シンボリストに近いイメージ性を重視した立場にあったのでないかと思われるのです。では、ナボコフの作品において主人公たちは何のために見るのか。それは、目の前の事物（あるいは人物）を目にしながら、いまは目にすることのできない記憶（つまり、イメージ）を復元するために見るのではないか、ということになるのではないかと思われます。その仮説にたちながら、ナボコフが亡命直後に書いた詩を読

んでみたいと思います。

訳出と分析

① 「湖」

　　　Озеро

　Взгляни на озеро: ни солнце, ни звезда,[3]
　ни мощные дубы, ни тонкая осока,
　хоть отражаются так ярко, так глубоко,
　не оставляют в нем следа.

　Взгляни и в душу мне: как трепетно, как ясно
　в ней повторяются виденья бытия!
　Как в ней печаль темна, как радость в ней прекрасна...
　　... и как спокоен я!

　　　24 августа 1918

湖を見てごらん、太陽も、星も
どっしりした樫の木も、ほっそりとしたスゲも
こんなにも明るく、こんなにも深く映し出されてはいても、
湖には痕跡を残しはしない。

僕の心のなかも見てごらん、こんなにも目映く、明るく、
そこに生存の幻が再現される！

第 6 講

その悲しみはどんなに暗く、その喜びはどんなに美しいか……
……そして僕はどんなに穏やかであるか！

2つの詩節が風景を見る「まなざし」（第1詩節）と内面を見る「まなざし」（第2詩節）との対立項を形成しています。ナボコフの作品において風景を見る、とはどういうことなのでしょうか。この抒情的主人公は目の前の事物をただ認識するために「見ている」のではありません。見ている対象は「湖」であるが湖面に浮かぶ対象が実は「みせかけ」であり美しくても痕跡を残すものではない、と述べられます。つまり、詩人のまなざしは、記号である「湖」に向けられますが、そこで実際に目にしているものは湖面に漂う「太陽」、「星々」、「樫の木」そして「スゲ」なのです。ただ、それらは所詮幻影にすぎず、いずれは消えてしまうというはかなきものです。ここに映し出される風景描写は、詩人の記憶に沈殿する記憶を生み出す「鏡」としての役割を演じています。この詩における「見る」対象、そして、「見られる」対象についての関係は以下の三角項にまとめられます。

幻の再現〔第2詩節〕

見る対象＝湖　　　　　　　見られる対象＝太陽、星、スゲ
　　　　　　　　　　　　　〔第1詩節〕＝湖面に映る幻

この詩はそれぞれの詩節が6脚（それぞれの第1詩行〜第3詩行）と4脚（第4詩行）のヤンプであり、行数と脚数においてパラレリズムを形成します。ただ、脚韻は第1詩節が男性韻と女性韻の抱擁韻であるのに対して、第2詩節は女性韻と男性韻の交差韻となっています。

　この詩では、湖面、つまり、鏡に浮かぶ情景をとらえるのに異化、つまり、認識への過程を難渋化させるというのではなく、鏡に映る情景は一時的な幻に過ぎないとしています。その幻に対置され、残りゆくイメージは心の中にあるもの、つまり、記憶であり、記憶に残る視覚こそが、現実の視覚よりも重要であることが示されるのです。これは本講の冒頭で提起した『ロリータ』における視覚的記憶の問題と関連づけることができます。ナボコフにとって重要な視覚性とは、現実に目の前にあるものを視覚的にとらえること以上に、現実に見えるものから派生し呼び起こされる視覚的記憶である、ということです。つまり、ナボコフの作品にとって、見るために見るという芸術的明視性以上に視覚によって呼び起こされるイメージの復元の方が重要であるという考えに行きつくのです。

②無題（「何を僕は思うか？」）

　　　О чём я думаю? О падающих звездах...[4]
　　　Гляди, вон там одна, беззвучная, как дух,
　　　алмазною стезей прорезывает воздух,
　　　　　　и вот уж путь её——потух...

　　　Не спрашивай меня, куда звезда скатилась.
　　　О, я тебя молю, безмолвствуй, не дыши!
　　　Я чувствую——она лучисто раздробилась
　　　　　　на глубине моей души.

第6講

　僕は何を思うか？　流れ落ちる星々を……
　みてごらん、そこには星が一つだけ、霊魂のように音も立てず、
　大気中にダイアモンドの道となって突き抜けていく、
　そしてしまいにはその道は消えてなくなった……

　僕に聞かないでおくれ、どこに星が流れていったか。
　お願いだから、沈黙を守り、息を止めて！
　　僕は感じる、星がきらきらと千々切れて消滅した
　　　僕の魂の奥底で。

　②の詩においても、①と同様に2つの4行詩節によって成り立っています。第1詩節も第2詩節も男女の交差韻であり、6脚（それぞれの詩節の第1～第3詩行）と4脚（それぞれの詩節の第4詩行）で成り立つという意味でそれぞれの詩節がパラレリズムを形成します。脚韻は第1詩節がabbaの交差韻（aが女性でbが男性）であり、第2詩節がcdcd（cが女性でありdが男性）の交差韻です。
　詩の主題は流星、つまり彗星です。そして第1詩節で、それぞれの星が消えてなくなる、視界から消滅する様子を描写しています。それに対して第2詩節においては、消滅していった彗星が「僕」の心の中に記憶として沈殿していく様子を叙述します。ここでは星の消滅を題材とすることによって、消滅したものが魂の奥深くに埋もれていき記憶という不死の生命を獲得することになります。登場人物には「僕」と「君」がいます。星を見る自分に話しかけようとする「君」の問いかけを打ち切り、星が消滅する瞬間を自分の目でとらえようとします。いずれはなくなるものが記憶による視覚イメージの対象として残り続けるのです。

内包（「魂の奥底」での消失→記憶化〔第2詩節〕）

表現（星々）　　　外延（ダイアモンドの道〔第1詩節〕）

③「オオグマ座」

Большая медведица[5]

Был грозен волн полночный рев...
Семь девушек на взморье ждали
невозвратившихся челнов
и, руки заломив, рыдали.

Семь звездочек в суровой мгле
над рыбаками четко встали
и указали путь к земле...

　　Сентябрь　1918　Крым

第 6 講

オオグマ座

真夜中の波の音が轟いていた……
7 人の娘が波打ち際で待っていた
帰ることのない丸木舟を、
そして、手を重ね、泣きむせんでいた。

7 つの星が激しい霧のなかで
漁夫たちの上にくっきりと浮かび上がり、
地上へ帰る道を教えた。

　　　　1918 年 9 月 23 日、クリミア

　これまでの詩が 2 詩節の 8 行詩だったのに対して、この詩は 2 詩節の 7 行詩です。ロシア詩の形式に 7 行詩は存在しますが、奇数詩をこのように 2 つの詩節に分けるケースは珍しいとも言えます。なぜ、このような形にしたのでしょうか。言うまでもなく詩行の数はオオグマ座の一部である北斗七星の数に合わせたことは容易に見て取れますが、この詩を 4 詩行と 3 詩行の 2 詩節にあえて分けることによって、14 行詩（ソネット）の 4・4・3・3 の形式を意識しながら、あえて 14 行にはせず 7 行に集約したと考えることができます[6]。その論拠として、それぞれの詩節において「7 人の娘」と「7 つの星」がシンメトリーを形成することが指摘できます[7]。この詩の韻律と脚韻は 4 脚ヤンプの aabbcbc と男性韻と女性韻の交差韻ですが、第 2 詩節の 3 詩行は第 1 詩節の 4 詩行目の脚韻から始まる詩節を跨いだ脚韻構造ができています。テクスト上は 7 つの娘が海上を放浪する丸木舟の帰還を祈りながら待っていた様子が示されます。
　北斗七星は北極星を見つけるための目印となります。ギリシャ神

話においてはアルテミスにつかえながら、ゼウスの子を身ごもった
カリストが、熊に代えられ、子供と離れ離れにさせられます。その
後それを憐れんだゼウスによって、親子してオオグマ座とコグマ座
として、空に祭り上げられ、まさしく、愛する者たちの「別れ」と
「出会い」のテーマが命名の由来となっています。

　詩節の2分法は、意味論的には第1詩節の地上で丸木舟の帰りを
祈る娘たち（陸の上）の様子と、北斗七星に導かれて陸に戻ろうと
する丸木舟の動き（海上）の二項図式に相応します。それはあくま
でも平面的には同じ地平上の動きですが、その一方で、天体と地上
の相応関係という別の二項図式が浮かび上がります[8]。そして、そ
れ以上に、天体の北斗七星（7つの娘）とその周辺（つまり宇宙の大
海に漂う丸木舟）という天体における二項図式とも考えられます。つ
まり、テクストの表面から浮かび上がる解釈と、それぞれの動きが
比喩となって天体の星座に見えるというように、平行的で垂直的な
相応関係が成立しているとも解釈できるのです[9]。

　では、この詩のテクストには一度も登場することのない詩人の「ま
なざし」という観点からは何が言えるのでしょうか。オオグマ座の
北斗七星の表現は、一記号（シニフィアン）ですが、それは7人の娘
が目で見るもの（あるいは7人の娘と見られるもの）というシニフィ
エです（第1詩節）。7人の娘の見る「丸木舟」とそこに乗る「漁夫
たち」の不在が象徴されるのです。それが、第2詩節において、北
斗七星が海上をさまよう「道しるべ」となって、切り離された両者
を引き合わせる役目を演じることになるのです。つまり、第1、2詩
節において「北斗七星」はともにみられる対象ですが、第1詩節に
おいてそこには、いまは目の前にないものとそれを恋い慕う追憶の
対象となって現れ、その「北斗七星」に込められた面影が浮かび上
がり、第2詩節においてそれらの相貌が追憶、あるいは願望となっ
て視覚的に復元していくという構図を成しています。ウンベルト・
エコの三角形に当てはめると、次頁のように図式化できます。

第 6 講

視覚的復元（道しるべ〔第2詩節〕）

見るもの（北斗七星）　　　　見られたもの
　　　　　　　　　　　　（7人の娘の見るもの〔第1詩節〕）

　この詩が1918年にクリミア滞在中に書かれたという時代的背景を考えると、もしかすると、ナボコフにとっての祖国ロシアと、これから旅立つ世界というのが2つの世界として分断され、あてもなき放浪へと旅に出る自らの運命というものがいつしか星座、あるいは、丸木船というモチーフに重ね合わされていたのかもしれないと考えられます。

④「復活祭」

　　　Пасха[10]

　　　　　　　　　　　　　　　　　　На смерть отца

　　　Я вижу облако сияющее, крышу
　　　блестящую вдали, как зеркало... Я слышу,
　　　как дышит тень и каплет свет...

記号論をつかってナボコフの詩（ロシア時代）を読む

Так как же нет тебя? Ты умер, а сегодня
сияет влажный мир, грядет весна Господня,
　　растет, зовет... Тебя же нет.

Но если все ручьи о чуде вновь запели,
но если перезвон и золото капели——
не ослепительная ложь,
а трепетный призыв, сладчайшее «воскресни»,
великое «цвети», ——тогда ты в этой песне,
　　ты в этом блеске, ты живешь!...

　　16 Апрель 1922

復活祭

　　　　　　　　　　父の死に

僕は輝く雲を見る。それは屋根であり、
遠くに鏡のように光っている。僕は耳にする
影が息づき光の粒がぽたぽたと滴り落ちるのを……
どうしてあなたはいないのか？　あなたは死んでしまい、今日は
じとじとと世界が青くなり、主のものである春が顔をだす、
　　それは膨張し、呼び声をあげる。あなたはいない。

だがもし川のすべてが奇跡を歌い始めたら、
だがもし雪解けや金の音がし始めたら
それは目映い虚偽などではなく、
心躍る呼び声であり、この上なく甘美に「蘇りたまえ」と音がし、
偉大な「花咲け」との声が聞こえる。すると、その歌声の中に

79

第 6 講

その輝きの中にあなたは、あなたは生きているのだ！

1922 年 4 月 16 日

　ウラジーミル・ナボコフの息子であるドミトリー・ナボコフの翻訳詩を参照しながら確認します。容易に想起されるのはポーの「鴉」です。「構成の原理」のなかで「鴉」が書かれた手法をポーは解き明かしていますが、最も近しい人間の死についてのテーマがこの世の中で涙をそそらずにはいられない憂愁をもたらす美であることをポーは述べます。その上、一つ一つの音が 'Nevermore' という一語を繰り返し、哀愁を呼び起こすために使われることが説明されます。ここではそのようなエフェクトとなる音は出てきません。ただ、やはり見る対象や耳にする音が「父の不在」を知らせる音の働きをします。第 1 詩節において「僕」が見る「空」が実はただの「見る」対象ではなく、光を反射する鏡の役割を演じていることに触れています。

　第 1 詩節は、見る対象がすべて「父の不在」を告げる形象として使われています。それに対して第 2 詩節は、雪解けの音や色が新しい春の到来を象徴し、一つ一つの描写が新しい生命の出現を描写しています。そして結語に「父は生きている」とし、「父はいない」というポー的な憂愁に対するアンチテーゼとなります。それぞれの詩節が 6 詩行で、前半の物理空間と後半の心理空間が対置します。

　次に音韻を見てみましょう。原文の第 1 詩節では、'вижу (see)' に加えて、'крышу', 'блестящую (a rooftop glisten)', 'слышу', 'дышу' の音が前半の 3 詩行に、同じ詩節の後半の 3 詩行では 'же', 'влажный', 'же' の音が反復し、ш-ж という無声と有声の子音が二項対立を形成しています。それに対して、後半の詩節では、前半の 3 詩行で 'если', 'запели', 'если', 'капели' と 'ли' の音韻が繰り返され、後半の 3 詩行で

80

記号論をつかってナボコフの詩（ロシア時代）を読む

も 'ослепительная дожь' が繰り返されたその後に、'воскресни', 'цвети' と命令法の語尾が и の音で反復します。

ちなみに、この詩のタイトルは「復活祭」であり、キリストの復活が意味されます。ただ、自然の営みが冬から春、死から生へと変化していく様子は、あらゆる生命が終焉を迎える運命を持ちつつもいずれは姿を変えて新しい生命を獲得してこの世に再来する点において、キリスト教よりは仏教的な輪廻転生、あるいはニーチェ的永劫回帰のイメージに近いことが理解できます[11]。

これまでの詩の分析において、2つの詩節が形式上、あるいは意味上のパラレリズムを形成し、それぞれが、目に見える対象とは別に、本来詩人が目にすることを願う対象の不在を冷酷に告知する一方で、記憶による復元という形で、不在の対象が蘇る図式を持っている点で共通しています。つまり、〈死・生〉、〈別れ・出会い〉、〈非在・存在〉の相反するものの相称性を作りあげているのです。ただ、父への追悼のために書かれたこの詩においては、近しいものの不在を歌うポーの「鴉」とは逆に、父が再来することが記憶としての復元のみならず、季節的な循環という宇宙の運行のリズムとして再来するというように描かれているのです。

内包（雪解けと音、父の「復活」〔第2詩節〕）

表現（復活）　　　外延（雲〔屋根〕→鏡のイメージ
　　　　　　　　　が父の不在を告げる〔第1詩節〕）

81

第6講

総合、そしておわりに

　2章におけるナボコフによるロシア語韻文テクストの分析を踏まえ、『ロリータ』の謎の解明に戻りたいと思います。『ロリータ』において、ロリータは、アナベル・リーの記憶的復元の対象としてハンバートの前に姿を現します。アナベル・リーとの死別から24年後の「転生」という表現に輪廻転生という主題が用いられています。アナベル・リーは現にハンバートが愛した女性であることとは別にポーの「アナベル・リー」の主人公であると言いましたが、それは冒頭でも述べたようにあくまでも表層的解釈です。ハンバートにとってアナベル・リーは目を見開きながらありありと思い浮かべることのできる視覚的イメージ（つまり生きた人間のイメージ）なのです。それに対して、ロリータはあくまでも目を閉じて浮かんでくる亡霊に過ぎません。アナベル・リーに比べてリアリティの薄い存在にすぎないのです。つまり、ロリータが生きた形象であり、アナベルが死んだ形象という解釈はここで論をなさなくなります。むしろ、逆なのです。ハンバートにとって、アナベルこそ生きた人間に対する追憶の対象となり、それに対するロリータがメタフィクション的な存在に逆転します。虚構のアナベル（ポーのテクスト「アナベル・リー」と同一名）が現実的ヒロインとなり、小説内の現実的ヒロインであるはずのロリータが虚構的存在に転化する、という逆説的なメタフィクション性が論証できます。

　ここで、小説『ロリータ』におけるロリータの面影とアナベル・リーとの関係を、エコの三角形を援用して次頁のように表してみました。

記号論をつかってナボコフの詩（ロシア時代）を読む

内包（アナベル・リーの再現）

表現（ロリータ）　　　　　外延（ロリータの面影）

　この論文において取り上げた詩はナボコフのロシア語時代、それも 1918 年のクリミア滞在時からベルリン滞在時に書かれたものです。音韻的要素、形式上、あるいは意味上のパラレリズムとシンメトリー、ポー的要素の 3 点にわたって論究しながら、『ロリータ』で言及される視覚と記憶の関係性について言及してみました。

注
1) ウンベルコ・エコ、『テクストの概念――記号論・意味論・テクスト論への序説』、谷口勇訳、而立書房、1933、pp.18-21。
2) 『ロリータ』若島正訳、新潮文庫、2006。
3) В. Набоков. *Стихотворения*. СП. С.95.
4) Там же. С.95.
5) Там же. С.97.
6) このような手の込んだ形式をナボコフは好んだ。たとえば、『賜物』の第 4 章はソネットの 2 つの 3 行詩節から始まり、2 つの 4 行詩節で終わっている。
7) 4 詩行と 3 詩行をそれぞれの詩節とする 2 分法についての考えは、ソネットの読み方について構造主義的に分析したロマーン・ヤーコブソンとレヴィ=ストロースによるボードレールの「猫たち」を分析した論文が参考になる。「Charles Baudelaire の「猫たち」」（川口さち子訳）、川本茂

83

第6講

　　雄編、川本茂雄・千野栄一監訳『詩学』（ロマーン・ヤーコブソン選集）、
　　大修館書店、1985、pp.237-261。

8)　ボードレールの詩学であるコレスポンダンス（万物照応）における普遍
　　的類推では、天上の動きと地上の動きが相応する。ジョルジュ・ブラン、
　　『ボードレール』、阿部良雄・及川馥訳、牧神社、1977。

9)　ちなみに、アラビア地方では北斗七星を棺桶とそれを引く 3 人の啼き女
　　にたとえている、という。

10)　Стихотворения. С.76. V. Nabokov. *Collected Poems*. p.9. Translated by Dmitri
　　Nabokov.　ロシア正教の復活祭はユリウス暦の 3 月 21 日。1922 年 3 月
　　28 日復活祭の休暇でケンブリッジからベルリンに帰っていた折、ナボコ
　　フの父 V. D. Nabokov は、政治上論敵ミリュコーフが講演する政治集会
　　で、ミリュコーフを襲う暗殺者を取り押さえようとし、暗殺者の味方に
　　発砲され即死した。その様子は、前掲（第 1 講注 10）の『ナボコフ伝
　　ロシア時代』上の p.232 から p.238 に詳しく書かれている。

11)　ナボコフが生まれた当時のロシアでは世紀末思想、ニーチェ主義と共
　　に、人智学、ネオ・ブッディズムが蔓延していた。

エッセイ①

カルヴィーノの「見ること」、世界文学としての村上春樹「象の消滅」を読む

　秋の夕闇、僕は研究棟の裏側から階段を下りて茜色に包まれた駐輪場に向かっていた。すると薄暗がりを足早に、怪しげな物体が丘の中腹を移動していく。興味津々とその面影を見守ると、それは僕が下りていく階段のちょうど真下で立ち止まると振り返り、こちらの方を見つめた。照明の薄暗がり。それに照らされて物体がほかならぬ狸であることがわかるのに時間はかからなかった。そうして僕は、2つの驚愕、こんな都会で野生の動物に出会えたという喜びと、それは、ほかならぬここが田舎であるという事実に同時に遭遇した。

　とにかく、この辺鄙な都会にあるキャンパス。C棟と呼ばれる建物の3階にその部屋はある。かつては豪放磊落な日本文学の教授が使っていた部屋。その教授の講義は有名で、廊下を通ると教室からビンビンと響き渡る声が聞こえてくる。「お前ら、よお、男も女も知らねえで、文学がわかるか」。気迫が緊張をぶち破る。その教授の退任後に、新任教員になったばかりの同じく文学の専門を自称する専任講師が、その部屋を割り当てられた。それがこの僕だ。専門はロシア文学、アラフォーにして、「男も女もオイラにはわからない、ましてや文学なんてわかるはずがない」と達観し

ていた。開店当初（つまり、この部屋を使い始めたころ）から多くの学生が入り乱れ、自由に勉強部屋として開放していた。学生のなかにはロシア語を勉強したいという者と文学を勉強したいという者がいた。学生が小説や詩を書いて見せに来る。教員も書いて学生に見せることもある。ちょうど世間にはSNSというのが流行りだしていたころで書いたものを発表する場所は至る所にあった。

この部屋で行われる演習は文芸理論を扱っていた。ロシア・フォルマリズムからはじまり、バフチンやロトマンの論文を読み、自ら読むテクストへの作品分析に当てはめていくことを学ぶ。そのゼミの学生たちは、自ら選んだ作品で卒論の執筆を試みた。文学テクストを読む、批評する、そして、創作する。同じく文学にまつわる営為であるにもかかわらず、この3つはまったく関連性のない別次元のことのようにこれまで扱われてきた。批評や研究はある意味人文科学のなかでも特殊の領域に属するもので、学問的知識の社会的還元を是とするような人たちにとって社会感覚の形成に必ずしも必要不可欠とはみなされない傾向にあることも否めない。ましてや、書くことは学べない。創作はほんの一握りの書くことが好きな能力を自覚する人間だけの専売特許とされ、大学で教わるものではないとも言われる。一般的読書から批評、そして、創作へ。同じく文学でもそれぞれのフィールドのようなものが横たわっている。おそらく、それぞれの領域には大きな垣根があり、それぞれを取り除くことは難しい。だが、それぞれの境界を超えた対話がなされなければ、それぞれの自己完結性に埋没するだけではないか。簡単なことではないけれども、その垣根を取り払っていきさえすれば、この部屋から、大文豪も、大文学研究者も陸続と育っていくのだ。そんな勝手な思いこみ、もしくは、傲慢な錯覚が、この研究室を工房的な空間に変えていった。

研究面で、我々が文学テクストに向かい合うにあたって気をつけてきたことがいくつかある。一つはロマン・ヤコブソンが述べる「文学性」についてである。文学史とはスーパーマーケットのように作家や作品の名前を陳列することではない。テクストそれぞれが、それぞれの作品を文学たらしめる「何か」をそれぞれのテクストのうちに包含している。その意味で、作品の何が優れている点なのかを読み味わい、それを自分の言葉で表現することを身に着けよう、ということだ。そして、文学理論や、名だたる作家の書いた文学講義を読む上で、「文学性」を拾い上げることが文学研究の基本となることを忘れてはならない、ということ。ただ、フォルマリズムは文芸学の出発点であるが、我々の研究は決してそれに留まるものではない。いわゆる批評理論、あるいは、文芸理論を真面目に読むゼミが大学に一つくらいあったってはいいではないか、ぐらいの話であった。

　もう一つ。ヴィクトル・シクロフスキーの「手法としての芸術」はもちろんのこと、ミハイル・バフチンの「ゲーテの作品における時間と空間」、イタロ・カルヴィーノの『アメリカ講義』における21世紀文学の諸要件についての言及にいたるまで、おそらく、19世紀はもちろん、21世紀の今日に至るまで、文学作品において「視覚性」という要素がどっしりと腰を下ろしている。認識するために見るのではなく、見るために見ることの重要性。いわゆる明視性が、文学作品と文学研究のなかで実に大きな比重を占めているという事実をないがしろにしてはいけないことも日ごろから強調している。だが、一方で見ることをめぐるエクリチュールの冒険は、見る行為への没入をほしいままにすることを許さない場合もある。たとえば、カルヴィーノの『パロマー』の一節を引用しよう。

エッセイ①

「海がかすかにさざめき、小さな波が砂浜に打ち寄せる。パロマー氏は浜辺に立ち、波を眺めている。我を忘れて波に見とれているわけではない。自分のしていることを充分わきまえている以上、我をわすれているわけではない。波をひとつ眺めようとして眺めているのだ」(『パロマー』、カルヴィーノ、和田忠彦訳、2001年、岩波文庫、p.11)。

　視覚性をめぐる問題は、対象だけを「見る」のではなく、「見る」自分をも同時に見つめようとしている俯瞰性へと移行する。20世紀はメタの時代であった。メタ・フィクションやメタ・ポエトリーという現象が頻出した時代とも言える。何かの行為に没入している自分と、それを傍から見ているもう一人の自分、即自・対自の二項性が問題にされる傾向にあったのではないか、ということ。これも文学研究をする上で重要な視点なのではないかと思い、そのことを常日頃から論じていた。

　「見ること」を巡ってはさらにナボコフの『ロリータ』における2種類の視覚的記憶の問題がある。ここでいう2種類とは、ハンバート・ハンバートが目を開きながら思い起こすアナベル・リーの面影と目を閉じながら思い出されるロリータの面影の2つである。この問題について、長々と論ずることはしないが、要するに、人間が何かを見ているとき、自分がいま見ている対象とは別に、目を見開いた状態でありありと思い起こされる対象とは別のもう一つの面影を見ていることがあるのではないか、ということだ。僕はこのことに関連して、マリーナ・ツヴェタエヴァの次の詩の一節を思い出す。

　　「目を釘づけにしたって無駄なこと。視線を黒土に貫通して

も。釘よりもズッシリとした手ごたえはあなたはここにはいない、そこには。瞳を周遊させても無駄。ぐるぐるとお空を一周させてみる。それは雨。水桶に映る雨の空、あなたはそこにもいない、そこにも」。(Марина Цветаева. *Стихотворения. Поэмы. Драматические произведения.* М. 1990. C.171.)

　詩人ニコライ・グロンスキー（1909-1934）への追悼詩群のうちの一編である。書き手は女性だから、一応「私」も女性であると仮定しよう。その眼は、グロンスキーに注がれている。その「眼」は詩人に注がれているが、水晶体にも網膜にもグロンスキーの面影は映らない。だが、おそらくそれを探している「私」の目、否、脳内の視覚野に埋め込まれた記憶的情報として、グロンスキーの像が明確に浮かんでいたのではないかと推測できるのだ。「いない、ここにいない」。もちろん、この詩にはエドガー・アラン・ポーの「鴉」に見られるように畳句にも匹敵するような脚韻構造があり、「不在」という悲しい現実を畳み掛けるように知らせてくるのだ。何を見てもあの人はいない。だけど、非在の現実はそれとは真逆のどこを見てもその人の幻影しか思い出されない、という別の見る対象を暗示しているとも言える。つまり、網膜に直接映るものではなく、視覚野に沈潜する記憶の面影を見続けるという現実に、対象の有無は何の影響も与えないということになる。
　村上春樹の「象の消滅」を読んだ時にも似たようなことを感じた。動物園が閉鎖された後ある町で引き取った象が象舎から飼育係員とともに姿を消す、という話だ。なぜ消滅したのか、またどのように消滅したのかは一切謎である。ある電機メーカーでセールス係を務める主人公が、その商品の特集記事を扱う雑誌編集の女性記者と知り合いになり、その象の消滅について話をする。そ

エッセイ①

の女性との話は、象の話と時間差はあるものの、ある種の平行線上に展開されるのであるが、キッチンの統一感とその喪失というテーマから、見慣れた象がいなくなることから生活のバランス感覚が喪失し、女性も口説けないといった事態に陥る羽目に。その作品のタイトルが「象の消滅」であることに思いをはせてみた。どうして、それは「象の消滅」でなくてはならなかったのか。「ペンギンの消滅」ではいけなかったのか。主人公が述べるように、もちろん、象の大きさは存在感の大きさにも直結する。だが、それだけでは解釈しきれないものがある。やはり、消滅したのは象だけではなく、飼育係と象、つまり、人と象であった事実に気を留める必要があるのではないかと思えてくる。人偏（にんべん）と象で、像の消滅。やはり、この短編小説も視覚的イメージにまつわる問題が中心に据えられているのではないかと思えてきた。そんなこんなで、どんな文学作品にも視覚性をめぐるさまざまな問題が渦巻いている、ということだが、そういう観点が、おそらく、知らず知らずのうちに学生の取り上げた論文の問題設定にも見受けられるかもしれない。

　再び、「男も女も」の話へ。最近はやりの脳科学の書物に、「恋愛」とは何かが云々されていた。一言で言うと、それは脳内ホルモンのことである、という。ドーパミンとかアドレナリンとか、人間の精神活動を活性化させる働きがそこには含まれる。脳内にある人物の像が植えつけられると、決して消せなくなる。何を見てもその人の顔が浮かぶ。それが恋愛だというのだ。ただ、それが精神活動を活性化させるならばいいではないか、とも言える。つまり、人間は自らの精神的活動を活性化させるドーパミンなどを分泌させるために、努めて恋愛をする。芥川龍之介も言っているように物書きは小説を書くために女を口説いたりするのである。「恋

は盲目」、というが、おそらく、恋愛している「私」はそれに没入しているのであって、自分が書くテクストと自分との距離感が取れなくなっている状態にも似ているのではないか、ということだ。それについて、研究の対象としてテクストに向かい合う私たちは、どうか。ある意味文芸批評は解剖にたとえられることもある。批評理論のメスでテクストを解剖し、医者が病人の体を病人以上によく知るのと同じように、時には作家以上に作家の書いたテクストの中身を知ることが求められるような気がする。

　ところで、冒頭の狸の話に戻ろう。古来、日本の民間伝承では狸は人を化かす生き物とされてきた。こんな現代にも狸が生息しているということに、破壊されつつある自然のなかで力強く生き続ける生命力が見せつけられる、うれしい限りだ。でも、待てよ。はたしてあれは絶対に狸であったと言い切れるのか。もしかすると、やっぱり犬か猫、もしくは、まったくの幻であったかもしれない。こうも考えられまいか。僕は狸を見たのではなく、ルソーのように自然に回帰したいあまり、自分の見るものに狸の面影を探していただけなのではないかと。あるいは、僕は狸の亡霊にだまされていたのか（この文章の書き手はこうして更なる妄想に取りつかれていく）。実は、僕自身が狸だったかもしれないのだ（はは、はっ苦笑ん）……。

第7講

芥川龍之介の『芋粥』はいかにして調理されたか
——ゴーゴリの『外套』との比較分析

インターテクスチュアリティー（間テクスト性）について

　私たちに身近な日本文学の作品と外国文学作品を比較する学問的方法は比較文学と言います。しかし、比較するというのはそれほど簡単なことではありません。つまり、純然たる影響関係が見受けられる場合とそれがそこまで明確に見受けられない場合があることを考えなければなりません。また、純然たる影響関係があった場合、それは影響を受けた作品の作者が、影響を与えた作品を明らかに意識して、作品を作ったか否かによっても多少分析の方法、あるいは、心構えが違ってくると考えられるでしょう。たとえば、音楽や絵画の場合にもそれは当てはまりますが、ある作品を聞いて、私たちはいとも簡単にこの作品はあの作品の「パクリ」だ、あるいは「パロディ」だと言ってしまう。もちろん、「パクリ」も「パロディ」もいい言葉ではありません。ただ、それ以外にも影響関係を論じた言葉があるのです。たとえば、「アリュージョン」（引喩）や「レミニッサンス」（「潜在的記憶の復元」のように心理学で使われることもありますが、ビリー・ジョエルが東京公演で自作の「ピアノマン」を演奏する前に坂本九の「上を向いて歩こう」を奏でる場合などもこれに当てはまります）、さらにはオマージュ（フランス語で文字通り「敬意を込める」と

いう意味のもので、「パロディ」のような茶化しの意味は含まれていません）という表現もあります。もちろん、そこにもアンビヴァレントな意図があり得るわけで、オマージュのように見せかけたパロディであるならば、より高等な芸能と呼べるのかもしれません（そのような多様な芸術形態で随所に見受けられる影響をすべて「パロディ」の言葉でひとくくりにするのは文芸学を知らない人間の物言いでしょう）。はてさて、前置きが長過ぎました。そろそろ本題に移ろうと思います。

　今回の講義で話したいテーマは、インターテクスチュアリティ（Intertextuality）ということです。「間テクスト性」と日本語では翻訳されますが、この言葉はブルガリア出身の文芸学者ジュリア・クリステヴァによって初めて使われました。ジュリア・クリステヴァは、『記号の解体学──セメイオチケ』（原田邦夫訳、せりか書房、1983）のなかでこの言葉を説明し、書物を宇宙にたとえたときに受け手は言説自体としてそこに含まれ（つまり、読者もテクストの一部であり）、作家がテクストを書くときに照合する別なテクストと融合する、と述べています。つまり、「テクストは、無数のテクストの交錯であり、そこには少なくとももうひとつのテクストが読み取れる」ということです。その考えをクリステヴァはロシアの文芸学者バフチンの書物から学びました。「あらゆるテクストがさまざまな引用のモザイクとして形成され、テクストは、すべて、もうひとつの別なテクストの吸収と変形にすぎない」。あらゆるテクストは無数のテクストのモザイクとして成り立つということは、ある作品について別の作品からの単線的な影響関係にとどまるものではないとの意味にも解釈できます。あるテクストAから影響を受けたと思われるテクストBが、実は他のテクストCからも影響を受けていた場合があります。元々、テクストが織物を意味していたように、無数の糸から紡ぎ合わさって一つのテクストができるという考えのことです。では、仮にAというテクストとBというテクスト、2つのテクストの関連性に絞って論じてみる場合、何が言えるでしょ

うか。それは、2つのテクストの相互的な影響関係、つまり、対話（類似性）と対立（差異）のアンビヴァレント（両面価値的）な共存性を証明するということになります。その上で、今回の講義では芥川龍之介の書いた『芋粥』とゴーゴリの『外套』の間テクスト性について論じてみたいと思うのです。

芥川龍之介の書いた『芋粥』は、『鼻』、『羅生門』に続く王朝物と言われる初期作品でありますが、冒頭箇所の人物描写の件がゴーゴリの『外套』に酷似していることが指摘されています。芥川の作品にロシア文学の断片が着想のモチーフとして使われていることは、『蜘蛛の糸』とドストエフスキーの『カラマーゾフの兄弟』における「一本の玉葱」との関連性、また、『鼻』とゴーゴリの『鼻』との関連性などが指摘され、ロシア文学が与えた芥川作品への影響として論じられることは少なくありません[1]。

ただ、それらの論及には、2つの傾向があるように思われます。一つは、一方から他方への「影響」にのみ縛られ、作品の独創性を汲み取ることができないこと。もう一つは、その反対に、作品の独創性を汲み取るために純然たる「影響」を過小評価することです。

作家が作品を書く際、あらかじめ練り上げられているはずの筋や登場人物、そして、書きながら膨れ上がる細部の描写。『芋粥』を分析する際にも、なぜ芥川は、小説の出だしをゴーゴリの『外套』を彷彿させる描写からはじめたのか。その狙いというものを理解する努力をしなければ、独創的で新しい解釈は得られないように考えられます。

芥川によるゴーゴリの『外套』理解についての研究は、ロシア文学研究の立場、あるいは比較文学研究の立場から、あるいは日本文学研究の立場からすでに多くなされています。なかでも、ロシア文学研究の立場から、ゴーゴリの作品に典型的な「ちっぽけな人間」、「誇張性」を『芋粥』の分析に適用したものがあります[2]。本講では、先行研究の指摘を踏まえつつも、『芋粥』の主人公五位の人物描写

が、作品全体のなかでどのような位置を占めているのかという視点に基づき、芥川がどのような意図で『外套』のアカーキー・アカーキィェヴィチ像を五位の人物描写に取り入れたのかを考察していきたいと思います。

「ゴーゴリの『外套』はいかに作られているか」(エイヘンバウム)

　『芋粥』についてしばしば議論される、この小説の前半部分は、主人公五位の人物描写を『外套』の主人公アカーキー・アカーキィェヴィチから模写し、後半は『今昔物語』(利仁将軍の若き時、京より敦賀に五位を将て行くたる語)、もしくは、『宇治拾遺物語』(利仁芋粥の事)を基にして作り上げた作品だ、との解釈がなされています。問題は、前半の五位の人物描写の箇所だけを『外套』から取ったということになりますと、後半部分、つまり、作品全体のストーリー展開において、『外套』の影響はない、ということになってしまいます。ゴーゴリの『外套』と芥川の『芋粥』は、構成においても、語りの手法においてもまったく異なる作品であることは事実です。ただ、2人の作家の共通点をあげるとすれば、「語り手が個々の文体上の手法を組み合わせるために題材を利用しているに過ぎない」[3]という点にあるのではないでしょうか。漱石が『芋粥』の前半部分について「細叙絮説に過ぎ」[4]たと評したことは有名な話でありますが、芥川がモデルにした箇所と思われるごてごてとした細部描写こそが、実はエイヘンバウムによると『外套』をグロテスク[5]な小説に仕立て上げている重要な要素になるのです。

　エイヘンバウムの論文での指摘によると、物語の構成を組み立てるものは作者の個人的な語りの調子がどのような役割を果たしているかによって左右される。つまりは、語り手が文体上の特徴を前面に押し出すために題材を利用している場合、小説の構成はまったく

違ったものとなり、重心は題材から語りの手法へと移されて、地口が喜劇的役割を果たすことになる、ということです。この喜劇的語りは（1）叙述的な語りと（2）模倣的な語りの2種類に区別され、前者は冗談、洒落等にとどまりますが、後者は言葉による表情や身振りの手法を導入して、独特の喜劇的な調音や音の地口、措辞などをともないます。ここでいう調音や地口についてはロシア語における語感の問題があり、それを『芋粥』の分析に適用するにはいささか無理があるでしょう。それよりもむしろ、ゴーゴリと芥川両者の関連性として、小説を書く際の素材の扱い方が問題にされます。

> ゴーゴリにおける構成は題材によっては決定されず——彼の題材はいつでも貧弱で、むしろ題材などまったくないといったほうがよいだろう——単にある一つの喜劇的な（だが時としてそれ自体ではまったく喜劇的ではない）状況、つまり喜劇的手法を作り上げていく上で単なる導火線あるいはきっかけとして、役立つような状況が採られている。[6]

ここでは論点を混乱させないために、あくまでもエイヘンバウムが指摘するゴーゴリの『外套』におけるグロテスク性についてのみ論及するものとしましょう。エイヘンバウムは論文のなかでゴーゴリの『外套』における次の3点をグロテスクなものと定めています。

1. 喜劇的な語りの要素が突然主情的メロドラマ的文体に変わること
2. 人物描写が「蝿」にたとえられたり、「亀の甲羅のような爪」などの誇張された比喩が用いられること
3. 作品を通じてリアリスティックな描写と展開がなされていたのに対して、突然の「幽霊」の登場によって幻想小説へと変わること。現実と幻想の入り組んだ世界観が提示されること

この最初の部分で暗示されている輪郭、つまり純アネクドート的な語りがメロドラマ的で荘重な朗誦と絡みついているということ、そしてそれは、『外套』の構成全体をグロテスクなものにしていることを指します。まず、描写される状況あるいは事件がファンタスティックなまでに芸術体験の小世界に閉じ込められ、巨大な現実から、また現実の精神生活からまったく切り離されることであります。第2に、それが教訓とか風刺の目的をもってではなく、現実を遊ぶための、つまり現実を諸要素に分解し、自由にその位置を置き換えるための、広い空間を形作るという目的をもってなされることであります。

ゴーゴリの小説においては、瑣末なことに重きが置かれます。たとえば、「「亀の甲羅のように厚くて堅い」ペトロヴィチの爪。あるいは彼のタバコ入れには「どこかの将軍の肖像がついていて、もっともどこの将軍かわからない、というのもその顔にあたる部分が指でひっかかれて剥げていて、その上四角い紙きれが貼りつけられていたからである」。グロテスクな誇張が地口、滑稽な言葉と表現、アネクドート等々を背景にして、依然として発展していく。アカーキー・アカーキィェヴィチの霊が乗り移った五位の人物描写の役割を明らかにするために、上記のグロテスクの概念を当てはめた場合、何が言えるか。それを検証することが本講の目的です。

芥川龍之介の『芋粥』はどのように調理されたか

いままで指摘されていることも含めて、ゴーゴリの『外套』と芥川の『芋粥』の主人公の紹介部分における類似性と差異を整理してみましょう。ちなみに、箇条は紹介される順番に従い僕がつけたものです。芥川龍之介が実際にモデルにしたと言われる英文の翻訳テ

クスト、それに該当する翻訳箇所、さらに芥川の『芋粥』のテクストを 3 つ並べてみることにします。

(1) 冒頭──職場と時代設定

In a certain Russian ministerial department—

But it is perhaps better that I do not mention which department it was. There are in the whole of Russia no persons more sensitive than Government officials. Each of them believes if he is annoyed in any way, that the whole official class is insulted in his person.[7]

ある役所での話です。でもそれがどの役所であるかは言わん方がいいでしょう。だって、あらゆる役所、連隊、官庁、つまり、一言で申しますと、ありとあらゆる役人階級にある人ほど、気の短いものはいませんから。[8]

一方の芥川の作品です。

元慶の末か、仁和の始めにあった話であろう。どちらにしても時代はさして、この話に大事な役を、勤めていない。読者はただ、平安朝と云う、遠い昔が背景になっていると云う事を、知ってさえいてくれれば、よいのである。──その頃、摂政藤原基経に仕えている侍の中に、某と云う五位があった。[9]

[以下、下線部は筆者による]

　冒頭箇所では、『外套』が主人公の働いている部局を問題にしたのに対して、『芋粥』では時代設定を問題にしています。両者の共通点は、はっきりとすべてを明示するのではなく、適当なごまかしで終わっていることです。ちなみに姓名の箇所について、ゴーゴリは主

第7講

人公の名前を独特の地口によって膨らませています。『外套』の主人公は万年の第九等文官です。それに対する『芋粥』の主人公は「某と云う五位」と表現されるにとどまっていることがわかるでしょう。

(2) 姓名

Our hero's family name was Bashmatchkin; his baptismal name Akaki Akakievitch. Perhaps the reader may think this name somewhat strange and far-fetched, but he can be assured that it is not so, and that circumstances so arranged it that it was quite impossible to give him any other name.[10]

　この官吏の姓はバシマチキンといった。この名前そのものから、それが短靴《バシマク》に由来するものであることは明らかであるが、しかしいつ、いかなる時代に、どんな風にして、その姓が短靴という言葉から出たものか――それが皆目分からない。

　これも、某と書かずに、何の誰（だれ）と、ちゃんと姓名（せいめい）を明らかにしたいのであるが、あいにく旧記には、それが伝わっていない。恐（おそ）らくは、実際、伝わる資格がないほど、平凡（へいぼん）な男だったのであろう。一体旧記の著者などと云う者は、平凡な人間や話に、余り興味を持たなかったらしい。この点で、彼等と、日本の自然派の作家とは、大分ちがう。王朝時代の小説家は、存外、閑人（ひまじん）でない。――とにかく、藤原基経に仕えている侍の中に、某と云う五位があった。これが、この話の主人公である。

　名前のつけ方において、王朝時代から名前が伝わる資格のないほど取るに足らない五位に比べると、アカーキー・アカーキィェヴィチ・バシマチキンは懲りすぎた名称と言えます[11]。ゴーゴリにとっ

て、名前はどうでもいいものではなかったということでしょう。む
ろん、名前の意味などはどうでもよかったかもしれませんが、ゴー
ゴリにとっては、それが地口になるか否かが重要な要素であったの
かもしれません。

(3) 人物描写

Well, in a certain chancellery there was a certain man who, as I
cannot deny, was not of an attractive appearance. He was short,
had a face marke'd with smallpox, was rather bald in front, and
his forehead and cheeks were deeply lined with furrows——to say
nothing of other physical imperfections. Such was the outer aspect
of our hero, as produced by the St petersburg climate.[12]

　さて、そのある部局に一人の官吏が勤めていた──官吏、と
いったところで、大して立派なものではなかった。背丈が低く、
すこしばかりあばたがあり、少しばかり赤毛で、それに見た所
近眼っぽく、額はちょっと禿げていて、頬の両側には皺、顔色
からするといわゆるどうも痔もちである。……しかし、なすす
べもない。悪いのはペテルブルグの気候なんだから！

　五位は、風采のはなはだ揚らない男であった。第一背が低い。
それから赤鼻で、眼尻が下っている。口髭はもちろん薄い。頬
が、こけているから、頤が、人並はずれて、細く見える。唇は
──一々、数え立てていれば、際限はない。我五位の外貌はそ
れほど、非凡に、だらしなく、出来上っていたのである。

　両作品に類似する特徴、というよりは、アカーキー・アカーキィェ
ヴィチの人物描写を彷彿させる五位の描写の細部は以下のようにな

ります。

アカーキー・アカーキィェヴィチ	五位
1. 大して立派なものではなかった	風采の甚だ揚がらない
2. 少しばかり背が低く	背が低い
3. 少しばかり赤毛で	赤鼻
4. 少しばかり目が悪そうで	目尻が下がっている
5. 頬の両側に皺	頬が、こけている

　両作品に固有のものとして、『外套』に「額のはげ」、「あばた（そばかす）っぽい」「痔もち」という描写があり、『芋粥』に「顎が人並みはづれて、細く見える」という表現がなされています。『外套』の原文を見ると、「背が低く、少しばかりあばたで、少しばかり赤毛で、見たところ少しばかり目が悪そうで、額がちょっと禿げていて、両方の頬には皺が寄り、顔色からするとどうも痔もちらしい」[13]。ただ、アカーキー・アカーキィェヴィチの人物描写と関連性の薄い描写が一つあります。それは、「口髭は勿論薄い」の箇所です。なぜ芥川は、五位の口髭を薄くしたのでしょうか。ここで口髭が五位のどういう特徴を表すために用いられたかについては、さらに考察を深めてみることにしましょう。

（4）職位（仕事内容）

　　In the chancellery where he worked, no kind of notice was taken of him. Even the office attendants did not rise from their seats when he entered, nor look at him; [14]

　いつ、どういう時に、彼が役所に入り、また誰が彼を任命したのか、そのことについて誰一人記憶しているものがなかった。局長や、課長連中が何人更送しても、彼は相も変わらず同じ席

で、同じ地位で、同じ役目で、十年一日のような文書係を務めていたので、しまいにはみんなが、てっきりこの男はちゃんと制服を身につけ、禿頭を振りかざして、すっかり準備をしてこの世へ生まれてきたものに違いないと思ってしまったほどである。

　この男が、いつ、どうして、基経に仕えるようになったのか、それは誰も知っていない。が、よほど以前から、同じような色の褪めた水干に、同じような萎々した烏帽子をかけて、同じような役目を、飽きずに、毎日、繰返している事だけは、確かである。その結果であろう、今では、誰が見ても、この男に若い時があったとは思われない。（五位は四十を越していた。）その代り、生れた時から、あの通り寒むそうな赤鼻と、形ばかりの口髭とを、朱雀大路の衢風に、吹かせていたと云う気がする。上は主人の基経から、下は牛飼の童児まで、無意識ながら、ことごとくそう信じて疑う者がない。

『外套』においては「同じ席」、「同じ地位」、「同じ役目」。『芋粥』においては、「同じやうな色の褪めた水干」、「同じやうな萎々した烏帽子」、「同じやうな役目」とそれぞれが３つの「同じ」ものを繰り返しています。ここでの「色の褪めた水干」と「萎々した烏帽子」についても、先ほどの「口髭は勿論薄い」と同様、実は作品全体において、後に非常に重要な役割を果たすことになります。

(5) 蝿との比喩

they took no more notice than if a fly had flown through the room. His superiors treated him in a coldly despotic manner.[15]

　役所では彼に対して何の尊敬も払われなかった。彼がそばを

通っても守衛たちは起立するどころか、玄関をたかだか蝿でも飛びすぎたくらいにしか思わず、彼の方を振り向いてみようともしなかった。

　こう云う風采を具えた男が、周囲から受ける待遇は、恐らく書くまでもないことであろう。侍所にいる連中は、五位に対して、ほとんど蝿ほどの注意も払わない。有位無位、併せて二十人に近い下役さえ、彼の出入りには、不思議なくらい、冷淡を極めている。五位が何か云いつけても、決して彼等同志の雑談をやめた事はない。彼等にとっては、空気の存在が見えないように、五位の存在も、眼を遮らないのであろう。下役でさえそうだとすれば、別当とか、侍所の司とか云う上役たちが頭から彼を相手にしないのは、むしろ自然の数である。(蝿を用いた比喩)

　先に述べたように、人物描写を蝿など通常結びつかない動植物、もしくは、虫などのたとえに用いるのは、エイヘンバウムが指摘する「グロテスク」に関連する場所です。ゴーゴリの『外套』では、アカーキー・アカーキィェヴィチを描写するのに「蝿」を何度も登場させます。その極めつけは、アカーキー・アカーキィェヴィチが死んだ際の描写でありますが、「誰からも庇護を受けず、誰からも尊重されず、誰にも興味をもたれずして、あのありふれた一匹の蝿をさえ見逃さずにピンでとめて顕微鏡下で点検する自然科学者の注意すら引かなかった人間」として描かれるのは、たかだか芋粥を飽きるまで食べたいだけの五位とは、憐憫の度合いにおいて、隔絶間を感ぜざるを得ないと言えるでしょう。

(6) 勤務態度

The assistant of the head of the department, when he pushed a pile of papers under his nose, did not even say "Please copy those," or "There is something interesting for you," or make any other polite remark such as well-educated officials are in the habit of doing. But Akaki took the documents, without worrying himself whether they had the right to hand them over to him or not, and straight set to work to copy them.[16]

ある課長補佐のごときは、いきなり彼の鼻先へ書類をつきつけ、「清書してくれ」とか、「こいつは面白い、いい書類だよ」とか、または、礼儀正しい職場で使われている心地よい愛想一つ言うわけでもない。すると、彼は書類を手にし、いったい誰がそれを差し出したのか、相手に果たしてそういう権利があるのか、そんなことは考えなかった。受け取るとすぐさま、その写しに取りかかったのだ。

彼等は、五位に対すると、ほとんど、子供らしい無意味な悪意を、冷然とした表情の後に隠して、何を云うのでも、手真似だけで用を足した。人間に、言語があるのは、偶然ではない。従って、彼等も手真似では用を弁じない事が、時々ある。が、彼等は、それを全然五位の悟性に、欠陥があるからだと、思っているらしい。そこで彼等は用が足りないと、この男の歪んだ揉烏帽子の先から、切れかかった藁草履の尻まで、万遍なく見上げたり、見下したりして、それから、鼻で哂いながら、急に後を向いてしまう。それでも、五位は、腹を立てた事がない。彼は、一切の不正を、不正として感じないほど、意気地のない、臆病な人間だったのである。

ここで、五位に対して「歪んだ揉烏帽子の先から、切れかかつた藁草履の尻まで、万遍なく見上げたり、見下したり」する様子は、

第7講

アカーキー・アカーキィェヴィチにおいては、職場の同僚のするしぐさとしてはではなく、仕立て屋ペトローヴィチの元に行ったときの次の描写を彷彿させています。

"What do you want, sir?" asked Petrovitch, scrutinizing him from top to toe with a searching look, and contemplating his collar, sleeves, coat, buttons—in short his whole uniform, although he knew them all very well, having made them himself.[17)]

「何でしょうか？」ペトローヴィチはそう言うと同時に、その一つきりの眼で相手の制服を残るくまなく、襟から袖口、背中から、裾やボタン穴にいたるまで、しげしげと眺めまわしたが、それは彼自身の手がけたものだけに、一から十まで知り尽くしていたのである。

(7) 冷笑

His young colleagues made him the butt of their ridicule and their elegant wit, so far as officials can be said to possess any wit. They did not scruple to relate in his presence various tales of their own invention regarding his manner of life and his landlady, who was seventy years old. They declared that she beat him, and inquired of him when hi would lead her to the marriage altar. Sometimes they let a shower of scraps of paper fall on his head, and told him they were snowflakes.

But Akaki Akakievich made no answer to all these attacks; he seemed oblivious of their presence. His work was not affected in the slightest degree; during all these interruptions he did not make a single error in copying.[18)]

若い官吏どもは、その官僚的な機知の限りをつくして彼をからかいまくりひやかしまくっては、彼のいる前で彼にまつわるさまざまな作り話を話して聞かせた。彼の宿のおかみで、七十歳にもなる老婆の話をし、その女が彼をぶつだとか、お二人の結婚はいつになるのでしょうかと訊ねたり、雪といっては紙切れを彼の頭に振りかけたり。しかし、アカーキー・アカーキィェヴィチは、まるで誰も彼の前にはいないかのように、そんなことには一言も答えない。彼の仕事には何の影響も与えなかった。そんなすべての邪魔があっても、彼は書類に一つの書き間違えもしないのだ。

　この箇所は、エイヘンバウムがいう喜劇的笑いの要素が含まれるアカーキー・アカーキィェヴィチに対する同僚の「いじめ」の場面です。この箇所を芥川は、次のように五位の描写に反映しています。

　ところが、同僚(どうりょう)の侍たちになると、進んで、彼を翻弄(ほんろう)しようとした。年かさの同僚が、彼れの振(ふる)わない風来を材料にして、古い洒落(しゃれ)を聞かせようとするごとく、年下の同僚も、またそれを機会にして、いわゆる興言利口(きょうげんりこう)の練習をしようとしたからである。彼等は、この五位の面前で、その鼻と口髭と、烏帽子と水干とを、品隲(ひんしつ)して飽きる事を知らなかった。そればかりではない。彼が五六年前に別れたうけ唇(くち)の女房(にょうぼう)と、その女房と関係があったと云う酒のみの法師とも、しばしば彼等の話題になった。その上、どうかすると、彼等ははなはだ、性質(たち)の悪い悪戯(いたずら)さえする。それを今一々、列記する事は出来ない。が、彼の篠枝(いばり)の酒を飲んで、後へ尿を入れて置いたと云う事を書けば、そのほかはおよそ、想像される事だろうと思う。
　しかし、五位はこれらの揶揄(やゆ)に対して、全然無感覚であった。少くもわき眼には、無感覚であるらしく思われた。彼は何を云

われても、顔の色さえ変えた事がない。黙って例の薄い口髭を撫でながら、するだけの事をしてすましている。

(8) 言語の遊びのあやゆる手法をもった喜劇的笑いがパセティックな朗誦に転換

では、上記の喜劇的笑いの要素がパセティックな朗誦に転換する箇所はどのように、芥川に取り入れられているでしょうか。まずは、『外套』から見てみましょう。

Only when the horse-play grew intolerable, when he was held by the arm and prevented writing, he would say "Do leave me alone! Why do you always want to disturb me at work?" These was something peculiary pathetic in these words and the way in which he uttered them.[19]

ただあまりいたずらが過ぎたり、仕事をさせまいと彼の腕を突っついたりされるときのみ、彼は口を開くのである。「かまわないでくださいよ、何でそんなに僕をいじめるんですか。」それにしても、彼が発する言葉と声には、なにか奇妙なものが含まれていた。

それに対する五位の描写は以下のようである。

ただ、同僚の悪戯が、嵩じすぎて、髭に紙切れをつけたり、太刀の鞘に草履を結びつけたりすると、彼は笑うのか、泣くのか、わからないような笑顔をして、「いけぬのう、お身たちは。」と云う。その顔を見、その声を聞いた者は、誰でも一時あるいじらしさに打たれてしまう。(彼等にいじめられるのは、一人、この赤鼻の五位だけではない、彼等の知らない誰かが——多数の誰かが、

彼の顔と声とを借りて、彼等の無情を責めている。）——そう云う気が、朧げながら、彼等の心に、一瞬の間、しみこんで来るからである。

　このパセティックな朗誦は、『外套』において、さらに強みを増してきます。

　...There was something peculiarly pathetic in these words and the way in which he uttered them.

　Only day it happened that when a young clerk, who had been recently appointed to the chancellery, prompted by the example of the others, was playing him some trick, he suddenly seemed arrested by something in the tone of Akaki's voice, and from that moment regarded the old officials with quite different eyes. He felt as though some supernatural power drew him away from the moment regarded the old official with quite different eyes. He felt as though some supernatural power drew him away from the colleagues whose acquaintance he had made here, and whom he had hitherto regarded as well-educated, respectable men, alienated him from them. Long afterwards, when surrounded by gay companions, he would see the figure of the poor little councillor and hear the words "Do leave me alone! Why will you always disturb me at work?" Along with these words, he also heard others: "Am I not your brother?" [20]

　そこには、あまりにも何かあわれみを乞うものがあったので、最近任命になった若い者は、他の人のまねをして、彼をバカにすると、突然胸を撃たれて、止めてしまい、それ以来、この若者の目にはすべてが一変し、別なものに見えるようなほどであ

る。何かしら超自然的な力が、彼が知り合い礼儀正しい社交人とみなしていた同僚たちから彼を突き放してしまった。それから長い間、きわめて愉快なときでさえも彼に額の禿げたちびの官吏の姿が思いだされ、胸に染み入るような、「かまわないでくださいよ、どうしてそんなに僕をいじめるんですか」という声が聞こえてくるのだ。そして、その胸に染み入る声に「私だって君の同胞なんだよ」という別な言葉が響き渡る。

　この箇所も『外套』に合わせるように、『芋粥』においても、次のように強調されています。

　　ただその時の心もちを、いつまでも持続（もちつづ）ける者ははなはだ少い。その少い中の一人に、ある無位の侍があった。これは丹波（たんば）の国から来た男で、まだ柔（やわ）らかい口髭が、やっと鼻の下に、生えかかったくらいの青年である。もちろん、この男も始めは皆（みな）と一しょに、何の理由もなく、赤鼻の五位を軽蔑（けいべつ）した。ところが、ある日何かの折に、「いけぬのう、お身たちは」と云う声を聞いてからは、どうしても、それが頭を離（はな）れない。それ以来、この男の眼にだけは、五位が全く別人として、映るようになった。

　余談になりますが、芥川がこの箇所で、「ある無位の侍」を登場させたのが『外套』における「ある最近任命になった若い者」と対照化されることは論を俟たないでしょう[21]。ただ、僕が強調したいのは、ここでも「ある無位の侍」を「まだ柔かい口髭が、やっと鼻の下に、生えかかつた」とひげの薄い様子を際立たせていることです。これは、風采の甚だ揚がらない「五位」に等しく、たいしたことのない人物であることを強調しているのです[22]。エイヘンバウムによれば、「メロドラマ的なエピソードが、喜劇的な語りと対照をなすものとして利用されている」のがこの箇所です。この箇所は、草稿に

はなく、感傷的な朗誦の諸要素によって初稿の純アネクドート的な文体を複雑なものにしています[23]。この箇所を芥川は次のように改変しますが、ゴーゴリほどの感傷性は、伝わってきません。芥川は次のように続けます。

栄養の不足した、血色の悪い、間のぬけた五位の顔にも、世間の迫害にべそを掻いた、「人間」が覗いているからである。この無位の侍には、五位の事を考える度に、世の中のすべてが急に本来の下等さを露すように思われた。そうしてそれと同時に霜げた赤鼻と数えるほどの口髭とが何となく一味の慰安を自分の心に伝えてくれるように思われた。……

(9) 服装

風貌のみではなく、服装の描写についても、アカーキー・アカーキィェヴィチのそれと五位のそれとは比較することができます。

Outside this copying nothing appeared to exist for him. He did not even think of his clothes. His uniform, which was originally green, had acquired a reddish tint. The collar was so narrow and so tight that his neck, although of average length, stretched far out of it, and appeared extraordinarily long, just like those of the cats with movable heads, which are carried about on trays and sold to the peasants in Russian villages.[24]

どうやら彼にはこの写しもの以外には何ひとつ仕事がなかったもののようである。彼は自分の着ている服装のことなどまるで気にも留めなかった。彼の着ている制服といえば、緑色が褪せて変なにんじんにカビが生えたような色をしていた。それに襟が狭くて低かったため、彼の首はそれほど長いほうではなかっ

第7講

たけどれど、襟からにゅうと抜け出して、例の外国人を気取りしたロシア人が何十と頭に乗せて売り歩く、あの石膏細工の首ふり猫のように恐ろしく長く見えた。それにまた、彼の制服には、いつもきまって、何か乾草のきれっぱしとか糸くずといったものがこびりついていた。おまけに彼は町を歩くのに、ちょうど窓先からいろんなごみくずを投げ捨てるときを見計らって、その下をとおるという妙な癖があった。そのために、彼の帽子にはいつも、パンくずだの、きゅうりの皮だのといった、いろんなくだらないものが引っかかっていた。

　しかし、それは、ただこの男一人に、限った事である。こう云う例外を除けば、五位は、依然として周囲の軽蔑の中に、犬のような生活を続けて行かなければならなかった。第一彼には着物らしい着物が一つもない。青鈍の水干と、同じ色の指貫とが一つずつあるのが、今ではそれが上白んで、藍とも紺とも、つかないような色に、なっている。水干はそれでも、肩が少し落ちて、丸組の緒や菊綴の色が怪しくなっているだけだが、指貫になると、裾のあたりのいたみ方が一通りでない。その指貫の中から、下の袴もはかない、細い足が出ているのを見ると、口の悪い同僚でなくとも、痩公卿の車を牽いている、痩牛の歩みを見るような、みすぼらしい心もちがする。それに佩いている太刀も、すこぶる覚束ない物で、柄の金具もいかがわしければ、黒鞘の塗も剥げかかっている。これが例の赤鼻で、だらしなく草履をひきずりながら、ただでさえ猫背なのを、一層寒空の下に背ぐくまって、もの欲しそうに、左右を眺め眺め、きざみ足に歩くのだから、通りがかりの物売りまで莫迦にするのも、無理はない。現に、こう云う事さえあった。

　『芋粥』の下線部に注目してください。ここで、五位の着物を描写

する際の「青鈍の水干と、同じ色の指貫とが一つずつあるのが、今
ではそれが上白んで、藍とも紺とも、つかないような色に、なって
いる。水干はそれでも、肩が少し落ちて、丸組の緒や菊綴の色が怪
しくなっているだけだが、指貫になると、裾のあたりのいたみ方が
一通りでない」は、小説の後半部分においては、藤原利仁と五位を
対照化するために、ことごとく利用されています。芥川が、アカー
キー・アカーキィェヴィチの描写を五位のそれに投影した理由は、ほ
かでも、利仁との対照化であったことを次に論証してみたいと思い
ます。

(10) 芥川の狙い

　では、芥川が目指した人物描写の狙いとはいったい何であったの
でしょうか。何度も繰り返すように前半部分の人物描写が単にア
カーキー・アカーキィェヴィチのそれに似ているというだけである
ならば、『芋粥』という小説の特徴は何も見えてきません。僕が考え
るに、この点を明らかにするためには、前半の五位の人物描写が小
説の後半部分にどのように継承されているかを見なくてはなりませ
ん。

　　　「大夫殿は、芋粥に飽かれた事がないそうな。」
　　五位の語が完らない中に、誰かが、嘲笑った。錆のある、鷹
揚な、武人らしい声である。五位は、猫背の首を挙げて、臆病
らしく、その人の方を見た。声の主は、その頃同じ基経の恪勤
になっていた、民部卿時長の子藤原利仁である。肩幅の広い、
身長の群を抜いた逞しい大男で、これは、焼栗を噛みながら、黒
酒の杯を重ねていた。もう大分酔がまわっているらしい。
　　「お気の毒な事じゃの。」利仁は、五位が顔を挙げたのを見る
と、軽蔑と憐憫とを一つにしたような声で、語を継いだ。「お望
みなら、利仁がお飽かせ申そう。」

113

第 7 講

　　始終、いじめられている犬は、たまに肉を貰っても容易によ
りつかない。五位は、例の笑うのか、泣くのか、わからないよ
うな笑顔をして、利仁の顔と、空の椀とを等分に見比べていた。

　下線部を見ると、五位の人物描写が、利仁のそれと対照的なもの
として描かれているのがわかります。ここにおいて見られる「猫背
の首を挙げて、臆病らしく」、「例の笑うのか、泣くのか、わからな
いような笑顔」等の、五位の様子は、小説の前半部分に描かれた性
格をそのまま引きずるものであり、それらは利仁の「錆のある、鷹
揚な、武人らしい声」や「肩幅の広い、身長の群を抜いた逞しい」
等の人物描写にことごとく対照化するために用いられているのです。
そのようなあからさまな人物の対照的描写は次にも見られます。

　　それから、四五日たった日の午前、加茂川の河原に沿って、粟
田口へ通う街道を、静に馬を進めてゆく二人の男があった。一人
は濃い縹の狩衣に同じ色の袴をして、打出の太刀を佩いた「鬚黒
く鬢ぐきよき」男である。もう一人は、みすぼらしい青鈍の水
干に、薄綿の衣を二つばかり重ねて着た、四十恰好の侍で、こ
れは、帯のむすび方のだらしのない容子と云い、赤鼻でしかも
穴のあたりが、洟にぬれている容子と云い、身のまわり万端の
みすぼらしい事夥しい。もっとも、馬は二人とも、前のは月
毛、後のは蘆毛の三歳駒で、道をゆく物売りや侍も、振向いて
見るほどの駿足である。その後からまた二人、馬の歩みに遅れ
まいとして随いて行くのは、調度掛と舎人とに相違ない。——
これが、利仁と五位との一行である事は、わざわざ、ここに断
るまでもない話であろう。

　服装は、「濃い縹の狩衣に同じ色の袴」（利仁）と「みすぼらしい
青鈍の水干に、薄綿の衣を二つばかり重ねて着た」「帯のむすび方の

だらしのない」（五位）、風貌は打出の太刀を佩いた「鬢黒く鬢ぐきよき」男（利仁）と「赤鼻でしかも穴のあたりが、洟にぬれている容子」（五位）、馬は「月毛」（利仁）と「蘆毛」（五位）の三歳駒という対照性を際立たせており、それは道行く人が振り返るほどのものでありました。これは、「芋粥を飽かせ申そう」と言った「嘲笑する」側の利仁とその言葉に見事につられた「嘲笑される側」の五位との<u>対比</u>構造を鮮明に描き出したに違いありません。

　ただ、ここでさらに考えたいのは、この対比構造がどのような意図によるものなのか、という点です。秦野一宏は、「『芋粥』には五位に相対する主要人物として利仁が置かれており、『外套』にはアカーキー・アカーキィェヴィチに相対する主要人物として「有力な人物」が配されている」とし、両作品の２人の登場人物を対照化させています[25]。秦野によると、「利仁」のなかに『外套』の「有力者」が融かし込まれているとし、有力な人物が部下たちの前で威風堂々としているのは、それは威厳を見せるための彼のシステム、つまり技巧によるものであった、と指摘しています。氏はまた、両者が威厳を見せるためにもちいた技巧、つまり、「わざとらしさ」について、「有力な人物」がアカーキー・アカーキィェヴィチを「何の用だね」と尋ねる語調は、実は今の立場に就任する一週間も前から一人自室にこもって鏡の前で練習したものであることを強調しているのです。それに加えて、利仁が、「微笑を含みながら、わざと物々しい声をだしてから云った。（……）」、また、「急に、鞭を鳴らせて、その方へ馬を飛ばし始めた……」、「突然、向うの家の軒を指して……」と述べる「技巧」面が共通している、としています。

　僕は、秦野の指摘を興味深く拝しつつも、ここで両者の類似性のみが指摘され、根本的違いが見落とされる危険があることを憂慮しているのです。第一、『外套』の有力者が、なぜ一週間も自室に籠もり、鏡の前で威厳を持たせる語調を練習したかと言えば、実は「この有力な人物も、つい最近に有力者になったばかりで、それまでは

第7講

いっこう無力な人間にすぎなかった」からでありましょう。さらに、
「彼の現在の地位にしても、さらに重要な地位と比較すれば、大して
有力なものとは言えなかった」という事実も見逃してはなりません。
ゴーゴリが描きたかった有力者とは、秦野が指摘するように「さま
ざまな手段を弄して、自分の偉さを強調しようと努める存在」に相
違ありませんでしたが、それは利仁が五位に見せた「わざと」らし
さとは文脈的にもその意図はまったく違うものです。芥川が描く利
仁は風貌や立ち居振る舞いからまったく「風采の揚がらない」五位
と対照的であり、その意味で「わざと」自分の偉さを五位に強調す
る必要はありませんでした。『外套』において、アカーキー・アカー
キィェヴィチに対するほど入念な細部描写を有力者に対してされて
はおらず、芥川が行ったような対照的な細部描写はまったくなされ
ていません。利仁の立ち居振る舞いや風貌は、誰から見ても明らか
に五位のそれとは対照的であり、それ故に、五位に自分を偉く見せ
るための練習はする必要がなかったのです。「五位は、ナイィブな
尊敬と賛嘆とを洩らしながら、この狐さえ頤使する野育ちの武人の
顔を、今更のように、仰いで見た。自分と利仁との間に、どれほど
の懸隔があるか、そんな事は考える暇がない」。利仁の場合、すべ
てがきわめて自然な颯爽とした振る舞いの元になされていたのです。
『外套』の「有力者」は、その反対に、すべてがぎこちない技巧の
凝り固まりでありました。そのぎこちなさは、ゴーゴリによって意
図的に付け加えられたものであり、アカーキー・アカーキィェヴィ
チとある意味等しく「笑い者」にされた点で同列の存在だったので
す。つまり、『芋粥』のような「笑う者－笑われる者」と言った対
照性は成さず、アカーキーと有力者は、書き手からすると、同じく
「笑われる」存在であったのです。『芋粥』における五位と利仁との
対比的描写は、『外套』のアカーキー・アカーキィェヴィチと有力者
との関係に等しいものではありません。むしろ、『芋粥』においては、
五位の感情の推移、つまり、芋粥を飽きるほど食べてみたいという

状態から芋粥を食べたくはない、という状態へ移行する感情の推移をより際立たせるために利仁との対照的な細部描写がなされたのだと考えられます。

グロテスクなイメージとしての「狐」

　海老井英次の書いた芥川龍之介論のなかで〈人間への旅路〉という視点から書かれた『芋粥』論があります[26]。ここでは、『芋粥』が『今昔物語』所収の説話（巻第26第17話「利仁将軍若時従京敦賀将行五位語」）を原典としながらも、ゴーゴリの作品『外套』の「主人公アカーキー・アカーキィェヴィチの姿を借りて、五位の風貌や性格を具体的にした」としています。「むしろ、人間としての五位のあり方は、アカーキー・アカーキィェヴィチのそれをそのまま写し採ったと言ってもよいほど、両者には類似が見られる。ただ、風采のあがらぬ者であるが故に周囲から冷遇されていても、書記官として書類作成に誇りを有するアカーキーに対して、五位の方は腹一杯の芋粥に人生を置換してしまうほど、人生を虚しくしてしまっている、その人間としての空白性にその性格があり、芥川の意図がそこに認められよう」。海老井は、五位の人物描写がそのままアカーキー・アカーキィェヴィチの生き写しであることを認めつつも、この作品を通じて芥川が描こうとした真意は、「五位が芋粥を飽食したいという欲望を充たし、〈理想の現実化にともなう幻滅〉という体の主題を読」み取るだけでは十分と言えず、それを端的に表現するならば、「五位と利仁との間に成立することが夢想されている〈人間〉としての関係に関心を抱く姿勢、また、〈自尊心〉という自己の根幹まで失い、孤独に漂泊する如く生きている五位が、よき同情者、よき理解者を見出し、真に人間的であるような関係の成立を求めて生きる、その姿を確認しようとしている作者の願いである」としてい

ます。

　海老井はアカーキー・アカーキィェヴィチを笑いつつも彼を笑えなくなった「近頃任命されたばかりの一人の若い男」と五位を笑うなかにあってただ一人笑えなくなった「ある無位の侍」を比較しつつ、「『人間』のあり方、すなわち、人と人との関係によって実体化される〈人間〉の本来的な関係のあり方こそ、五位が、利仁との間に成り立つやと思ったものであり、五位はそれを追って、遠い旅に出た」と解釈しています。

　海老井の『芋粥』分析では、敦賀行きにあたって変わりゆく自然描写に、利仁の心情の推移を重ね合わせています。利仁の誘いに「芋粥の馳走になった上に、入湯が出来れば、願ってもない、仕合わせである」と五位が応じて、東山辺までいく情景が、「物静に晴れた日」、「鞍の螺鈿を、まばゆく日にきらめかせながら」行く２人の姿が心の通い合う様子を示しているのに対し、粟田口を通り過ぎ、「両家の人家は、次第に稀になって、今は広々とした冬田の上に餅をあさる鴉がみえるばかり、山の陰に消残った雲の色も仄（ほの）かに青く燻っている。晴れながら、とげとげしい櫨（はじ）の梢が、眼に痛く、空を刺しているのさえ、何となく肌寒い」と情景が変化するにつれて、五位の胸中に利仁への疑念が生じつつある様子を指摘しています。海老井の分析は情景の推移を見事に掴み取っているのです[27]。

　ただ、その後「狐」の方に移して、利仁の視点から五位と狐の位置の交代がなされ、五位と利仁との関係における〈人間〉の矮小化が示唆されると指摘される箇所については、素直に頷けない点があります。海老井によると、五位は利仁のままに動く、狐と同じものに変わっていき、「犬のような存在」から〈人間〉への飛翔は失敗を遂げる、という。五位が後に敦賀の屋敷で一夜の眠りと芋粥のもてなしを受けるとき、再び、あの狐が登場し、「狐も、芋粥が欲しさに、見参したそうな。男ども、しゃつにも、物を食わせてつかわせ」と命令する言葉に、五位と狐が利仁の意識のなかで同列化されている、

と解釈できます。海老井によれば、この作品の（人間）の視点から五位と利仁の（人間）関係がどのように推移したかを考察し、最後に「狐」の登場によって、結局は五位が人間らしい存在になるばかりか畜生と同列に扱われたと指摘するにとどまっています。

　五位は利仁から狐と同等、もしくはそれ以下の存在に扱われたというよりは、むしろ五位は、利仁と狐の共謀によって、人間のなかにある畜生と同等、もしくは畜生以下の性根を見透かされるにいたったと考えます。なぜ海老井のあまりにも人間中心主義的解釈に賛同できないかと言えば、海老井の論文やその他の先行論文が示すように、『今昔物語』に描かれる五位の貧弱な人物描写を膨れ上がらせるためだけにアカーキー・アカーキィェヴィチの人物描写を取り入れたとするならば、『外套』と『今昔物語』が一つに結びつけられる理由はまったく説明されない、と考えているからです。この二つの作品が結び合わされたのはただの偶然だったのか。海老井論文のように『芋粥』に対して『外套』が与えた影響というものを五位の人物描写にアカーキー・アカーキィェヴィチの人となりを取り入れたとし、『芋粥』の独創性を導き出そうとしたものには、『芋粥』という作品の創作にいかなる動機で『外套』が取り入れられたのか、という根本的な問いかけが感じられません。

　『今昔物語』と『外套』が結び合わされる、両作品に共通する要素があったとすれば、それは『外套』がアカーキー・アカーキィェヴィチの死後、「亡霊」の出現によって、リアリズム的な世界から幻想的世界へ突然の飛躍を遂げる箇所にあります。

　アカーキー・アカーキィェヴィチと風貌がよく似た亡霊が、追いはぎとなって自分にぴったりの外套を探し求める。その外套が見つかるや否や、亡霊はもう二度と姿を現すことがなくなった。ところが、もう亡霊は出ないと思いきや、また別の場所で亡霊が出始める。その亡霊はそれ以前に出た亡霊よりもずっと大きく、口ひげをはやしており、追いかけると後ろを振り返り「何か用か」と拳を突き出

してくる。『外套』の結末に現れる登場人物ははたして別の亡霊で
あったのか、アカーキーそのものが肥大化した姿だったのかについ
ては何も語られません。ただ最後の亡霊の描写は、「口髭」、背の高
い、（アカーキーに似た亡霊が指を突き立てたのに対して）「拳を突き出
す」という点において、アカーキー・アカーキィェヴィチそのもの
以上にアカーキーの外套を盗んだ追いはぎ（つまり、2人組のうちの
一人）の人物描写を彷彿させるものです。そう仮定すると、次のよう
な作品の解釈が生まれてきます。もしアカーキーの外套を奪った追
いはぎが亡霊であったとすると、実はこの亡霊も外套をかつて盗ま
れた犠牲者だったかもしれない、というものです。ペテルブルグの
寒さによって引き起こされた事件が人間に終生ぬぐえない怨念を残
し、その怨念から別の事件が生まれてくるという復讐の流転劇——
ゴーゴリがこの作品によって描き出そうとしたのは、人間の心のう
ちに宿る怨念が次の不幸を生む流転のドラマということになります。
おそらく、そのような芥川による本質的『外套』理解（もし、そう解
釈することが妥当であるとするならば）は、復讐の連鎖というテーマ
のもとに書かれた別の作品（たとえば、『猿蟹合戦』）に見出すことが
できます。

　さて、ここで重要になってくるのは、ゴーゴリが『外套』のなか
で現出しようとした世界はリアルと幻想を行き来するグロテスクな
存在としての亡霊であったことです。この作品の最後に出てくる亡
霊の役割を芥川が理解したと仮定すれば、それは『芋粥』のどの登
場人物に投影されたと言えるのでしょうか。おそらく、『芋粥』のな
かで、『外套』における「亡霊」と同じくらい重要な役割を果たして
いるのは、利仁に捕まえられ用事を言いつけられたかと思うと姿を
消し、五位が芋粥にありついたときに再び登場する「狐」と言える
でしょう。狐は言うまでもなく日本の民間伝承においてあらゆるも
のに化ける生き物です。『芋粥』において「狐」が人に化ける瞬間は
まったく描かれず、この動物が幻想的な存在としては描かれていま

せん。そうであればあるほど、『外套』における「亡霊」が現実とも幻想とも言えぬグロテスクな領域を往来する登場人物として活躍するのと同じように、現実と幻想を行き来する動物である狐がこの作品に用いられていることを単なる偶然の一致ととらえるわけにいかなくなるのです。つまり、極論をあえて言えば、五位を敦賀まで導いた真意は、芋粥を飽きるまで食べたい五位の願いを叶えさせるために、利仁が狐と共謀した罠だったとも解釈できるのです。もしかすると、利仁も狐の一味、もしくは、狐そのものであったのかもしれない、という甚だ勝手な解釈にも拡大されるのです。

　芥川が『芋粥』を作りあげるのに『今昔物語』の下地の上に『外套』の素材を使って調理したのは偶然ではありませんでした。アカーキー・アカーキィェヴィチも五位も共に「もの」に執着する（むろん、ペテルブルグの寒さをしのぐためになくてはならない『外套』と五位の私腹を満足させるための『芋粥』では次元が異なりすぎるでしょうが）が故にバカを見る、という点においては共通しています[28]。海老井は『芋粥』の最後に五位がする「くさめ」を、「利仁的な〈笑う者〉の非常の論理に対して、〈人間〉であることの証を求める五位が為し得る最後の行為といえようが、それがまさしく『くさめ』という生理的反応でしかないことに、五位の寒々とした境地がうかがえよう」と、論じています。否、単なる生理的反応でしかないのであるならば、それは人間でなくとも、つまり、狐をはじめ犬畜生でもできましょう。五位が小説の最後にする「くさめ」は、利仁や狐、否、「何十人となく、そのまわりに動いている」白い布の襖を着た若い下司女や「あの軒まで積み上げた山の芋を、薄刃を器用に動かしながら、片端から削るように、勢よく切る」何十人かの若い男からも実は五位一人だけが「笑いもの」にされていたことを暗示するものであったかもしれないのです。

第7講

おわりに

では、芥川の『芋粥』はどのような目論見で書かれたものと言えるのでしょうか。同じく王朝物と言われ、『今昔物語』を題材とした作品に『鼻』があります。長さが五、六寸あって、上唇の上から顎の下まで下っている鼻があることを気に病んだ禅智内供が、さまざまな方法で、自分の鼻を短くすることに成功します。しかし、意外にも周囲の侍や童子などは長い鼻を笑ったとき以上に、おかしそうな顔をして笑い、じろじろと鼻を見はじめます。内供は「自分の顔がわり」がしたせいだと思いました。しかし、実際はこの解釈だけでは説明がつきません。「前にはあのようにつけつけとは晒わなんだて」。内供はどうしても笑われる理由がわからない。しまいには、鼻の短くなったのが恨めしくなり、鼻を長くしたいと思うようになる。『芋粥』は『鼻』と同じ大正5年に作られた作品ですが、欲望をかなえた（もしくはかなえようとした）瞬間に、かなえる前の自分がなつかしくなるという点で主題を同じくした作品と言えます。

> 五位は、芋粥を飲んでいる狐を眺めながら、ここへ来ない前の彼自身を、なつかしく、心の中でふり返った。それは、多くの侍たちに愚弄されている彼である。京童にさえ「何じゃ、この赤鼻めが」と罵られている彼である。色のさめた水干に、指貫をつけて、飼主のない尨犬のように、朱雀大路をうろついて歩く、憐むべき、孤独な彼である。しかし、同時にまた、芋粥に飽きたいと云う欲望を、ただ一人大事に守っていた、幸福な彼である。

アカーキー・アカーキィェヴィチが外套に翻弄されて非業の死を遂げるのに比べ、五位が翻弄された芋粥という欲望は、生きるための必然性という点から考えてもあまりにも贅沢で生活に困窮すると

いう切実感の足りないものです。同じく人にあざ笑われながらも仕事に対してひたむきに生きるアカーキー・アカーキィェヴィチに対するほどの同情を我々読者が感じられない理由を作者である芥川は「幸福な彼」という言葉でもって完全に「種明かし」してしまったわけです。したがって、内容、筋、構成の面から『外套』と『芋粥』は似て非なるものである、と断言することができるのです。アカーキー・アカーキィェヴィチについて喜劇的な語りが感傷的な物悲しさに変わるのと同じ程度のグロテスクを我々は決して五位の風貌や行為の描写に求めることはできません。ただ、このことは決して『芋粥』を過小評価するものではありません。

　芥川がなぜ五位の人物描写にアカーキー・アカーキィェヴィチの性格や風貌を取り入れたのか。おそらく、五位の人物描写は、彼が「芋粥」を飽くほど食べるという至福にありついたときの虚脱状態を表現するために費やされた誇張表現と言えます。すべてが「赤鼻め」と童子たちにも嘲笑された「風采の甚だ揚がらない」自分さえをも懐かしく思うほどの「虚しさ」を表現するために成された仕掛けだったのです。「人間は、時として、充されるか、充されないか、わからない欲望のために、一生を捧げてしまう。その愚を晒う者は、畢竟、人生に対する路傍の人に過ぎない」。『芋粥』という作品のテーマは、これ以上でも、これ以下でもありません。その人間の悲しき性を暴露する小説を書くために、アカーキー・アカーキィェヴィチも利用されたに違いないでしょう。

注

1)　宮崎覺の論文「『蜘蛛の糸』出典考ノート──CHRIST LEGEND へのメモを手掛かりとして」(『芥川龍之介作品論集成　第5巻　蜘蛛の糸──児童文学の世界』、翰林書房、1999) や関口収『芥川龍之介の小説を読む──『羅生門』、『蜜柑』、『蜘蛛の糸』と『カラマーゾフの兄弟』論』(鳥影社、2003) 等によって『蜘蛛の糸』がドストエフスキー作『カラマーゾフの兄弟』の一節を直接的なモチーフにしているという説が展開

されている。これらの研究でも認められるように実際には複数の出典らしきものがある。そのうちの一つに鈴木大拙訳『因果の小車』(ポール・ケーラス『カルマ』の翻訳)がある。

2) 『ロシア文化の森へ——比較文化の総合研究 日本におけるロシア文化研究の現在』(ナダ出版センター、2001)所収の「宇野浩二・芥川龍之介のゴーゴリの『外套』——「ちっぽけな人間」をめぐって」(秦野一宏) pp.505-516。

3) シクロフスキー、ヤコブソン、エイヘンバウム他『ロシア・フォルマリズム論集——詩的言語の分析』、新谷敬三郎・磯谷孝編訳、現代思潮社、1971の「ゴーゴリの『外套』はいかに作られているか」(エイヘンバウム、pp.243-271)。たとえば、エイヘンバウムの論文において、ゴーゴリが1835年にプーシキンに宛てた手紙のなかで、「後生ですから、何か題材を下さい。滑稽なものであろうとなかろうと何でもいいですから」と書いたことを紹介している (同書、p.245)。

4) 大正5年9月1日付書簡。

5) グロテスク (もしくはグロテスク・リアリズム) については、ヴォルフガング・カイザーの書いた『グロテスクなもの——その絵画と文学における表現』(竹内豊治訳、法政大学出版局、1968)、もしくは、ミハイル・バフチンの『フランソワ・ラブレーの作品と中世・ルネッサンスの民衆文化』(川端香男里訳、せりか書房、1974)が有名である。言うまでもなく、イタリア語のGrotta を語源とするこの言葉は、洞窟壁画に見られる固有の作品を意味するものであったが、派生的に美術作品や文学作品の特徴を描写するさまざまな文脈で用いられてきた。むろん、ここでカイザーやバフチンの論文をまとめて、「グロテスク」もしくは「グロテスク・リアリズム」の何たるかについて、すべてを紹介するつもりはない。グロテスクを一言で言うならば、本来連結することのないまったく異なる形象が結び合わされることであったり (たとえば、人間と動物、植物が合体すること)、または、現実的な世界と非現実的な世界の見分けがつかない領域が提示されることであったり、絵画、文学の領域において、通時的または共時的にもいくつもの例が提示されている。

6) エイヘンバウム、前掲書、pp.244-245。

7) 芥川が実際に使用した英語版を使用。N. Gogol (Translator: C. Field). *The Mantle and Other Stories*. New Yord, Frederick A. Stokes Co., 1916, pp.19-25.

8) ゴーゴリの『外套』については岩波文庫の平井肇訳を主に参照した。その他、光文社文庫の浦雅春訳を参照し、原文と照らし合わせながら、一部筆者なりに書き改めている。

9) 芥川竜之介『芥川龍之介〈ちくま日本文学全集〉』、筑摩書房、1991、pp.49-82。

10) N. Gogol. *Op. cit.* p.20.

11) Акакий Акакиевич は名前（имя）と父称（отчество）であり、ロシア語のкака（糞）を彷彿させる語が二度繰り返される（息子も親父もアカーキー）。名字（фамилия）の Башмачкин は、башмаки「短靴」の指小形の物主形容詞。エイヘンバウムによると、アカーキー・アカーキィェヴィチという一定の音が選択されることにより、「意味を越えた」（заумный）な言葉が独特の音の意味の空間を作る。また同じくエイヘンバウムによると、ゴーゴリは Башмачкин という音を選択したことによって音節をよりはっきり分けて表情豊かな表現力をもたせることに執着した。エイヘンバウム、前掲書（注3）pp.252-254。

12) N. Gogol. *Op. cit.* p.19.

13) エイヘンバウム、前掲書、p.256。「最後の言葉がそこに置かれているというのは、その音の形態が特殊で情動的な」表現力を持っており、喜劇的な音のジェスチャーとして、「意味とは無関係に把握されるように」なっているからである。この言葉は、「リズムを強めていく手法によって、また他方では、音の印象を知覚する聴覚を調整する」同音語尾（рябоват, рыжеват, подслеповат,）によって準備されている。むろん、芥川がロシア語を解したわけではなく、C. Field による翻訳 "The Mantle" を参照していることが確認されている以上、ロシア語の原文における巧妙な地口を芥川が理解しえたはずはない。ただ、ここでは両作品の違いを際立たせるために、細部の描写が地口を通してグロテスクに誇張される例を紹介するに留める。

14) N. Gogol. *Op. cit.* p.22.

15) N. Gogol. *ibidem*. p.22.

16) N. Gogol. *ibidem*. p.22.

17) N. Gogol. *ibidem*. p.33.

18) N. Gogol. *ibidem*. pp.22-23.

19) N. Gogol. *ibidem*. p.23.

20) N. Gogol. *ibidem*. p.23.

21) この箇所は、海老井英次『芥川龍之介論攷——自己覚醒から解体へ』（桜楓社、1988、p.120）などですでに指摘されている。

22) この箇所をロシア文学の「ちっぽけな人間」に当てはめる見方もあるが、そのような、ロシア文学における「ちっぽけな人間」を五位やこの侍に当てはめるのはそもそも無理である。なぜなら、プーシキンの『青銅の騎士』のエヴゲニーとピョートル像の対照性のように、ロシア文学の「ちっぽけな人間」は比類のない皇帝や国家の持つ権威と対照化された、あまりにも非力で、みじめで、不幸な人間に光を当てたものだからである。ペテルブルグの極寒を耐え偲び生き抜くアカーキー・アカーキィェヴィチとただ芋粥を飽きるまで食べたいだけの五位やその他の脇役とでは、その生きる切実さにおいて、比較にならない程度の違いが感

じられるからである。
23）エイヘンバウム、前掲書、p.259。
24）N. Gogol. *Op. cit.* p.25.
25）「芥川のゴーゴリ理解──『芋粥』を通じて」、『窓』、ナウカ、1984 年
12 月、pp.23-28。
26）海老井英次、前掲書（注 10）、pp.116-124。
27）情景が変わりゆくにつれ、心情を推移させるのは芥川の天才的な技法で
ある。それは『トロッコ』、『蜜柑』など、枚挙に暇がない。
28）ペテルブルグでアカーキー・アカーキィェヴィチに外套の新調を余儀な
くさせた極寒の「寒さ」〈ロシア語のモロース Mopoз〉と五位に最後に
「銀の堤」に向かって「大きくなさめ」をさせる「寒さ」は、たとえ同
じ「寒さ」と日本語に翻訳したとしても、まったく質が異なるものであ
ることは論を待たない。ペテルブルグのネフスキー大通りに吹きすさぶ
風や寒さは、ロシア文学においてはピョートル大帝が無数の人民の労働
によって沼沢地を開墾して作り上げたこの都市、つまり、実は「幻想的」
な街に吹きすさぶものであり、その幻想都市からプーシキンが題材にし
た「青銅の騎士」など、洪水などの悲劇によって幾多の人命が失われ人
間の運命が左右する（つまり、不幸の根本原因をこの都市を作らせたピ
ョートル、もしくは、この都市そのものに帰する）という題材が生まれ
るのだ。芥川の書いた作品は、あくまでも日本を舞台にしたものであり、
そこまで過酷な自然風土を小説に持ち込むことはできなかった。

第8講

新批評と受容理論　太宰治の「待つ」

　どうもロシア人らしいのに、名前は外国風である。かつては驃騎兵連隊に勤めて、相当の昇進をしたというが、それがなぜ職を退いて、こんな寂れた田舎町にひっ込み、貧乏くさい一方には金づかいの荒い生活をするようになったのか、その動機を知るものはひとりもなかった。古びた黒フロックを一着に及び、外出にも乗物を使ったことのないくせに、連隊の士官には誰彼の差別なく御馳走してくれるのだった。もっとも御馳走といっても、退役兵士のこしらえた二品か三品にすぎなかったが、その代わりシャンパンは大河を決するがごとくに出た。彼の資産や収入のことを知るものはひとりもなく、また無遠慮にそれを彼に尋ねるものもなかった。なかなかの蔵書家だったが、その多くは兵書と、それに小説類だった。……

　いきなりある小説の冒頭の件を紹介しました。この小説はプーシキンの「スペードの女王・ベールキン物語」（神西清訳、岩波文庫、1967）の「その一発」という短編小説です。この箇所を読んでおわかりのように、小説というものはある種の「謎」に包まれた書き出しからはじまるものが多いです。いまから説明するのは、文芸理論におけるまったく異なる2つの読み方についてです。小説を読むとは作者と読者によるゲームを楽しむことに似ています。「謎」として示

127

された場所はロマン・インガルデンの言う「不確定箇所」というものです。1960年代以降にドイツで発達した受容理論においては、本を読むという行為は読者によって不確定箇所を確定箇所に置き換えていく作業として説明されました。

　これから新批評、受容理論について説明をしながら、その分析の具体例として、太宰治の「待つ」を読んでみたいと思います。

　受容理論は、1960年代、西ドイツにおける教育改革で大学教育改革における新分野として発達したものです。1900～30年代にかけてドイツ現象学が栄えた後、ジュネーヴ学派によって現象学批評というものが生まれました。受容理論は、その現象学批評の影響を受けながら独自の発達を遂げたものです。現象学というとフッサールの名前が即座に思い浮かびます。そして、この現象学と親近関係にある批評のあり方に、すでに説明したロシア・フォルマリズムや構造主義的批評があげられます。ここで、新批評および受容理論を用いた解釈の実践をしてみます。題材は太宰治の「待つ」です（太宰治『太宰治全集5』所収、筑摩書房、1989、pp.41-44。以下、同書より引用）。

　　　　省線のその小さい駅に、私は毎日、人をお迎えにまいります。
　　　誰とも、わからぬ人を迎えに。

　「人」は 'a person' なのか 'a man' なのか。男女を識別しない無標なのか、男性を意識しているのかがまず「曖昧」（ambiguous）です。省線とは交通省線のこと、現在のＪＲです。もちろん、この小さい駅もまた「曖昧」（vague）ですが、太宰がこの小説を執筆した時期に最も頻繁に使用していた駅はいまの中央線三鷹駅と考えられます。しかし、それを考慮するか否かは解釈の方法によっても違ってきますので、ここでは一旦その事実をカッコに入れておきましょう。

　そして、「私」についてもここでは男女の別が示されないが、読者

が読みを進めることによって、最後に20歳の女性であることが示されるまで、「読者」（Real Reader）は、期待の地平をただただ歩み通していくしかありません。「私」は「誰とも、わからぬ人を迎えに」行くという。ただ、「私」自身が本当にその人が誰なのかを理解していないのか、「漠たる」気持ちで理解しつつも、それを明確に言葉に出して言えないだけ、もしくは、言いたくないだけなのかもしれないという可能性は残されていないのでしょうか。「お迎え」は尊敬語で、「まいります」は謙譲語、ここでは二重の敬語が使われており、「私」が迎えに行く相手は「私」が尊敬している相手、年上であるか社会的立場が上の相手に対して述べていることがわかります。

　　市場で買い物をして、その帰りには、かならず駅に立ち寄って駅の冷たいベンチに腰をおろし、買い物籠を膝に乗せ、ぼんやり改札口を見ているのです。

「私」が出かける場所は市場で目的は買い物である。したがって、駅に行くことは主なる目的ではない。相手が夫であり公然と認められた間柄なら、むしろ「迎え」に行くことを目的として駅に行くべきはずなのに「私」が買い物をした後に必ず駅に立ち寄り冷たいベンチに腰を下すのはなぜでしょう。「私」はおそらくたまたまばったりと出会ったようなふりをして「人」を待っているのではないでしょうか。「ぼんやり改札口を見ている」「私」の視線はあきらかにある場所に向けられており、「人」を人ごみから識別しようと見張るのす。この場合の「人」は「ある人」であり、漠たる存在ではありません。「ぼんやり」ながらも明らかにある意思をもって「見ている」点に注意してください。

　　上り下りの電車がホームに到着する毎に、たくさんの人が電車の戸口から吐き出され、どやどや改札口にやって来て、一様に

怒っているような顔をして、パスを出したり、切符を手渡したり、それから、そそくさと脇目も振らず歩いて、私の坐っているベンチの前を通り駅前の広場に出て、そうして思い思いの方向に散って行く。

　ここで語りは「私」についての描写から「私」のまなざしから見られる様子に移行します。「たくさんの人」がどやどやと戸口から改札口に吐き出され、「私」の前を通り過ぎている様子が描かれます。もちろん、〈複数〉を待っていた可能性も否定はできませんが、待っていた「人」がそこにはいなかった可能性も同時に否定することはできません（「曖昧」）。「私」は意中の「人」に出会おうという漠たる期待を胸に持っていますが、その期待は叶うわけではないのです。

　　私は、ぼんやり坐っています。

　「私は、ぼんやり坐っています」。それはぼんやりとではあるかもしれませんが、「私」という行為の主体者は、「坐る」という動作行為に対して明確な意思を持って臨んでいることが示されます。それに対して、

　　誰か、ひとり、笑って私に声を掛ける。

　ここでの「誰か」は、英語でいう'someone'、つまり、任意の「誰か」なのか、特定の「誰か」（つまり、'a person'）なのか明確でありません。複数ではなく単数で、「私に声を掛けること」が想定されます。ただ、もし「私」が待っていたのが完全に人ではなかったとしたら、「誰かが笑って声を掛ける」可能性をここでは想定しないはずなのではないかとも思えてきます。つまり、ここではある人を待っ

ていて、ある人に声を掛けられる瞬間を期待するのだけれども実際
にその人が現れて声を掛けられたら困るという両面的（アンビヴァ
レント）な感情、つまり、「会いたいのだけれども会いたくない」と
いう気持ちが読み取れるように思われます。

　　おお、こわい。ああ、困る。胸が、どきどきする。考えただけ
　　でも、背中に冷水をかけられたように、ぞっとして息がつまる。
　　けれども私は、やっぱり誰かを待っているのです。

　「こわい、どきどきする」待ってはいるのだけれども会いたくない、
会いたくはないけれども待っている。言葉で言う表とは別に心の奥
ではやはり会いたいという気持ちが見え隠れしています。ここでい
ままで用いてきた多義的な「曖昧」（ambiguous）という言葉を「両面
的」（ambivalent）という言葉と使い分けて考えたいと思います。な
ぜならば「両面的」（アンビヴァレント）はパラドクス（矛盾、撞着）、
あるいは、アンチノミー〈二律背反〉に近いのではないかと思われ
るからです。そういう話をするとみなさんは、それこそがますます
「曖昧」でわけがわかりませんと言うに違いありませんが、「曖昧」、
つまり、「多義的な」という側面は、この作品の芸術性、文学性がそ
れによって裏づけられるという意味です。文学的な言語、それは非
日常的な言語と言ってもいいですし、詩的な言語、芸術的な言語と
言ってもいいのですが、それは、日常的な言い回しのようにわかり
やすくないところに、意味の重厚感を生み出すという傾向がありま
す。では、文学を研究している人間、我々読者、つまり、この作品
を受け止める側の解釈が「曖昧」でいいかというと決してそうとは
思いません。つまり、研究者、あるいは読者の側は、多義的に思わ
れるテクストに対して、自分はそれをどういう意味で解釈するのか
を、しっかり明示し、なぜそのように解釈したか、論拠を示してい
かなければいけない。それができるかできないかが、実はプロの読

第 8 講

み手かどうかを決めるポイントになるのではないかと思います。

　いったい私は、毎日ここに坐って、誰を待っているのでしょう。どんな人を？　いいえ、私の待っているものは、人間でないかも知れない。

　もちろん、そう言ったとしても、この言葉（第2のパラドクス）は、先の欺瞞に満ちたパラドクスの後に来るものであるが故に、信ぴょう性はまったく感じられません。待っているけど、待っているのは人間でないかもしれない。それは明らかな嘘であり、人間を待っているに違いないと言っているようにも聞こえてきます。ところで、ここに出てくる「人間」はどういう意味でしょう。「人」を待っているのに「人間」を待っていないと述べることによって、「人」は待っているのだけれど、「人間」のことは待っていないと言い逃れをしているかのように迫ってきます。そもそも日本語の「待つ」という言葉自体が、英語の 'wait for'（確実に来る予定の人の帰りを待つ）と 'expect'（期待する）の意味が含まれる「両義的」（ambiguous）なものです。それに加えてその「待っている」のは、人間ではないかもしれないとなると、その曖昧さにますます輪をかけるということになります。

　私は、人間をきらいです。いいえ、こわいのです。人と顔を合せて、お変りありませんか、寒くなりました、などと言いたくもない挨拶を、いい加減に言っていると、なんだか、自分ほどの嘘つきが世界中にいないような苦しい気持になって、死にたくなります。そうしてまた、相手の人も、むやみに私を警戒して、当らずさわらずのお世辞やら、もったいぶった嘘の感想などを述べて、私はそれを聞いて、相手の人のけちな用心深さが悲しく、いよいよ世の中がいやでいやでたまらなくなります。

ここで「曖昧」の問題ではなくパラドクス、あるいはアンビヴァレンス、あるいはアンチノミー（二律背反）の問題に移りたいと思います。2つの相反する感情が同時にやどる、たとえば、好きな人に対して、「私、あなたのことなんか大嫌い、私が待っているのはあなたなんかじゃない」、こういう言い回しに文学性を見出すのが新批評的な読解と言えるのではないかと思います。「私、人間をきらいです」。たとえ、そう言ったとしてもそれを言葉通りに受け止めてはいけません。本当に「人間嫌い」であればそもそも人を待っているはずがない。人が好きで本当は心の底で会いたいに違いないんでしょ、という風に読まなければいけません。「嫌い」という発言を「好き」の意味と解釈するのがアンビヴァレンスです。

　　世の中の人というものは、お互い、こわばった挨拶をして、用心して、そうしてお互いに疲れて、一生を送るものなのでしょうか。私は、人に逢うのが、いやなのです。だから私は、よほどの事でもない限り、私のほうからお友達の所へ遊びに行く事などは致しませんでした。家にいて、母と二人きりで黙って縫物をしていると、一ばん楽な気持でした。けれども、いよいよ大戦争がはじまって、周囲がひどく緊張してまいりましてからは、私だけが家で毎日ぼんやりしているのが大変わるい事のような気がして来て、何だか不安で、ちっとも落ちつかなくなりました。身を粉にして働いて、直接に、お役に立ちたい気持なのです。私は、私の今までの生活に、自信を失ってしまったのです。

　この文章を読んでいると、いろいろなことが想像できます。先ほど、人に会うのが嫌だといった自分の気持ちを説明しているかのようにも思えます。戦時中、国民が一丸となって戦わなければいけな

いとき一人ぼんやりしているのが悪いような気がする、身を粉にして働いて直接にお役に立ちたいという気持ちに嘘がある、というつもりはありません。それを嘘だと言ったら、当時の人に何を失礼な、とこちらが怒られてしまいます。しかし本当にそれだけだったのでしょうか。その気持ち以外に何もなかったのかというと、それはそれで失礼なのではないかと思うのです。女性であれ男性であれ、本音は戦争ではなく平和、不幸ではなく幸福な状態を望んでいるはずです。たとえ戦時中だったにせよ、女性、それも年ごろの女性であれば何か期待に胸を弾ませるような感覚を同時に持ち合わせていたのではないかと思います。したがってこの言葉も「私」が言っている言葉を文字通り受け止めることに抵抗を覚えます。

　　家に黙って坐って居られない思いで、けれども、外に出てみたところで、私には行くところが、どこにもありません。買い物をして、その帰りには、駅に立ち寄って、ぼんやり駅の冷たいベンチに腰かけているのです。どなたか、ひょいと現れたら！という期待と、ああ、現われたら困る、どうしようという恐怖と、でも現われた時には仕方が無い、その人に私のいのちを差し上げよう、私の運がその時まってしまうのだというような、あきらめに似た覚悟と、その他さまざまのけしからぬ空想などが、異様にからみ合って、胸が一ぱいになり窒息する程くるしくなります。

　2つの相反する感情が同時に共存しうることを見事に表現した箇所です。もちろん、ここでは戦時下にあってお国のために役に立ちたいという気持ちだけではありません。もっと錯綜して、もっと入り組んでいます。人に会いたい、でも本当にあったら怖い、怖いけど、現れたらその人のために命をささげよう。「さまざまのけしからぬ」空想という文言には、出会った人と自分がもし世間的によから

ぬ関係に発展してしまったとしても、その人に自分をささげようという「不埒」な願望が見え隠れします。つまり、家にいるのはいけない、外に出なければ、あるいは、お国のために何かしなければという建前とは別に、自分が憧れている誰かに出会いたいんでしょう、という本音が見え隠れするのです。

　　生きているのか、死んでいるのか、わからぬような、白昼の夢を見ているような、なんだか頼りない気持になって、駅前の、人の往来の有様も、望遠鏡を逆に覗いたみたいに、小さく遠く思われて、世界がシンとなってしまうのです。ああ、私は一体、何を待っているのでしょう。ひょっとしたら、私は大変みだらな女なのかも知れない。

　その人が現実に現れたら、自分がどこに行ってしまうかわからない、あるいはどこに行ってしまってもいいという気持ち。人の往来が小さく遠く見えるというのは、本来眺めている対象であるはずの世界が、何かにすいこまれてどこか遠いところにでも行ってしまいそうな「私」自身と重なり合うのです。つまり、「私」は望遠鏡を覗き込むように駅から出てくる人を眺めながら、ほんとうに会いたい人と出会ったときにどうなってしまうかわからない自分自身に見入っているのです。それがまさしくこの言葉で表現されます。「私は大変みだらな女かもしれない」と。

　　大戦争がはじまって、何だか不安で、身を粉にして働いて、お役に立ちたいというのは嘘で、本当は、そんな立派そうな口実を設けて、自身の軽はずみな空想を実現しようと、何かしら、よい機会をねらっているのかも知れない。ここに、こうして坐って、ぼんやりした顔をしているけれども、胸の中では、不埒な計画がちろちろ燃えているような気もする。

第 8 講

　この辺で太宰治（1909-48）の生涯と少しだけ絡めながら考えてみたいと思います。この作品が書かれたのが1942年。第二次世界大戦のさなかです。1947年6月に『斜陽』が完成しますが、その年11月にこの作品のモデルとなった太田静子との間に治子が生まれます。48年に山崎富栄と玉川上水で入水自殺をしますが、『斜陽』で主人公かず子が憧れる作家上原と交わり、上原との間に子供が身ごもり、上原は別の女性と心中します。作品に描かれるのと同じ生涯を太宰が辿って行くのです。「人生が芸術を模倣する」（オスカー・ワイルドの言葉）。太宰はとんでもないナルチストでモテ男。その太宰に惹かれる女性は数多くいました。太宰とであれば死んでもいい、太宰との子供であれば産みたいと思っていた女性がいて、太宰はそういう女性を自分の作中人物にことごとく祭り上げ、太田静子が書いていた日記まで借りて、それを下地にして『斜陽』を書き上げます。その太宰が自分を慕い恋い焦がれる女性をヒロインの「私」に据え、その視点から待つ女性のプリズムを通して待たれる自分を描こうとしたのではないか、というようにも解釈できます。ただ、一方で、この作品に作者の自画像を投影させることについての戸惑いを感じるのも事実です。

　　一体、私は、誰を待っているのだろう。はっきりした形のものは何も無い。ただ、もやもやしている。けれども、私は待っている。大戦争がはじまってからは、毎日、毎日、お買い物の帰りには駅に立ち寄り、この冷たいベンチに腰をかけて、待っている。誰か、ひとり、笑って私に声を掛ける。おお、こわい。ああ、困る。私の待っているのは、あなたでない。それでは一体、私は誰を待っているのだろう。旦那さま。ちがう。恋人。ちがいます。お友達。いやだ。お金。まさか。亡霊。おお、いやだ。

「私」のなかにめくるめく感情。いろいろな思いが入り混じっても
やもやしている。ここで、この小説のなかの最も重要なキーワード
となるフレーズが見出せます。それは何か。「私の待っているのは、
あなたではない」。ここで述べているのは、好きな相手には嫌い、あ
るいは、嫌いな相手に好きだというのと同じで、自分の心で一番強
く思っている気持ちと自分のなかで最も認めたくない感情が入り混
ざっています。「待っている」のは事実だが「誰を」待っているかは
述べない。さらに待っているのは「あなたではない」と述べること
によって、「私」が待っている相手が「あなた」以外にほかならない
ことを強調しているようにも解釈できます。

　　もっとなごやかな、ぱっと明るい、素晴らしいもの。なんだか、
　わからない。たとえば、春のようなもの。いや、ちがう。青葉。
　五月。麦畑を流れる清水。やっぱり、ちがう。ああ、けれども
　私は待っているのです。胸を躍らせて待っているのだ。眼の前
　を、ぞろぞろ人が通って行く。あれでもない、これでもない。私
　は買い物籠をかかえて、こまかく震えながら一心に一心に待っ
　ているのだ。私を忘れないで下さいませ。毎日、毎日、駅へお
　迎えに行っては、むなしく家へ帰って来る二十の娘を笑わずに、
　どうか覚えて置いて下さいませ。その小さい駅の名は、わざと
　お教え申しません。お教えせずとも、あなたは、いつか私を見
　掛ける。

だけど「私」は当然それをあからさまに認めることはできません。
その気持ちの代弁として、自分の思いを「ぱっと明るいもの」、「春
のようなもの」、「青葉」、「五月」、「清水」のような言葉で飾り立て
ているのではないかとも解釈できます。この作品を戦時中の男を待
つ女性の心理の投影として解釈することもできます。つまり、ここ
に表現される、「春」や「青葉」や「五月」や「清水」は戦争の終

第 8 講

焉そのものであり、待ち望んでいたもので特定の人物ではなく「誰か」に形象化された「平和」それ自体であったとの解釈です。

第9講

メタフィクションとして読む「藪の中」
──精神分析、フェミニズム、ジェンダーを用いながら

　第9講を始める前にちょっと気晴らしに音楽を流してみましょう。椎名林檎の「浴室」です。この歌に巡りあったのは、学生から薦められたからです。ひょんなことから僕はポップソングの歌詞が文学作品の分析に非常に役に立つことに気づいたのです。

　　新宿のカメラ屋さんの階段を降りた茶店は
　　ジッポの油とクリーム　あんたの台詞が薫った
　　云ったでしょ？「俺を殺して」
　　今日は特別に笑ってばかりのあたしは丁度
　　さっき一度夢で死んだあんたを仕方無く愛す
　　どうか　見捨てたりしないで

　　洗って切って水の中
　　呼吸器官は冒される
　　あたしが完全に乾くのいまきちんと見届けて
　　磨いて裂いて水の中
　　無重力に委される
　　あたしが完全に溶けたらすぐきちんと召し上がれ

　　あんたが目の前で絶えて鳴叫を止められなかった

139

第 9 講

何だか浮世の全て恋しくて堪らなかった
あんな夢を見させないで

甘い匂いに汚された
御留守になっていた守備部隊
あたしが完全に乾くのいまきちんと見届けて
赤い嘘に汚された
自分で吐いて傷を見た
あたしが完全に溶けたらすぐきちんと召し上がれ

　この歌は一見何を歌っているのか訳がわかりません。ただ、この講義ですでに皆さんに伝えたように、訳がわからないということは日常的な言語の形態に対して暴力を用いている点で、詩的言語としての価値を有しはじめているとも言えます。そういう点で、この講義のなかですでに何度も取り上げている桑田佳祐や椎名林檎はポップシンガーですが文学作品におけるモダニストに近い立場にいるものとも考えられます。

　では、この歌詞のどこが文学作品の分析に使えるのか、一緒に考えてみたいと思います。まず、この歌詞には日常的な会話風景と非日常的な風景（あるいは比喩的な風景）に分けられると考えられます。そして、僕はこの歌の歌詞の日常性と非日常性の二項対立軸を、芥川龍之介の「藪の中」の分析に応用してみたいと考えます。

　まず椎名林檎の歌詞を見てみますと、「新宿のカメラ屋さんの階段を降りた茶店」で「ジッポの油とクリーム」と書かれています。そして、おそらくその匂いを放った張本人である「あんた」（男）が「俺を殺して」と「云った」と書かれてあります。もちろん、これは比喩的な意味であるととらえられます。まず第 1 に、実際に「言った」かどうかはわからない。そのジッポとクリームの匂いを放ちながら「俺を殺して」と言ったというふうにも受けとることができま

140

メタフィクションとして読む「藪の中」

す。そして、もう一つの比喩があります。それは「殺して」という
フレーズです。このフレーズは本当の意味での「殺し」を意味して
いるのでしょうか。新宿のカメラ屋さんの階段を降りた茶店で会っ
た男が本当の意味で自分のことを「殺して」ほしいと教唆していた
と解釈してよいのでしょうか。芥川龍之介の「藪の中」も、女性が
男性を殺すことがモチーフ（作品のなかの動機）となっている作品
です。この2つの作品、つまり、椎名林檎の「浴室」と芥川龍之介の
「藪の中」の共通性を、日常性と非日常性の対立構図、そして、「殺
し」の比喩に求められます。

　では、芥川龍之介の「藪の中」を読んでいきます。まず、この
「藪の中」というタイトルが換喩的な意味と隠喩的な意味に分けら
れることを確認したいと思います。換喩とはすでに説明しましたよ
うに、出来事の推移や状況の移り変わりを隣接的に示すことです。
この「藪の中」という小説の空間構造（もちろん、この空間構造と
いう言い方はすでにおなじみの構造主義的批評の言い回しになっていま
す）は、事件が起こった「藪」の外と中に分けられると考えていい
でしょう。そして、もう一つ、この「藪の中」のタイトルは、日本
語の言い回しで真相は「藪の中」と言われるように、実際には何が
おこったかは誰もわからないという隠喩的な意味にも解釈すること
ができるのです。どちらにしても「藪の中」は清濁、正邪、善悪が
渾然一体として状況がまったく説明できない状況をたとえとして表
現しています。

　今度は、小説内部の語りの構造を見てみたいのですが、この小説
はそれぞれ別の人間が殺人事件やその周辺を証言する語りから成り
立っていますが、この語りは前半と後半に分けられています。前半
の語りは「検非違使に問われたる木樵（きこり）の物語」、「検非違使に問われ
たる旅法師の物語」、「検非違使に問われたる放免の物語」、「検非違
使に問われたる媼（おうな）の物語」の4つです。遺体の第1発見者の証言
（木樵）、遺体の男を殺される前に見たという証言（旅法師）、盗人

多襄丸を逮捕した下役人の証言（放免）、遺体の男に嫁いだ娘の母親の証言（媼）です。ただ、実際に事件の現場で殺人事件の現場を目撃した人はおりません。それに対して、後半は「多襄丸の告白」、「清水寺に来れる女の懺悔」、「巫女の口を借りたる死霊の物語」の3つです。多襄丸は盗人であり殺人容疑で捕まっており男を殺したことを自白しております。清水寺にやってきて懺悔をする女性は殺された男の妻ですが、多襄丸に手ごめにされたところを夫に見られてしまいその屈辱から夫と心中をはかり、結果的に夫のみを殺害したことを自白するというものです。最後の巫女の口を借りた死霊とは殺された男のことであり、多襄丸に手ごめにされ言いなりになっている妻が自分を裏切ったのだと悟り、多襄丸に女を殺すかどうかを聞かれ殺すよううなずくのですが、妻は逃げ去ってしまう。薮に残された小刀で自殺するというものです。後半の3人の証言はそれぞれが矛盾していてそれぞれが（自殺も含めて）殺人の犯人であることを自白するものです。この芥川龍之介の作品は名作かどうかはわかりませんが、それなりの読み応えがあります。ただ、問題は文学というものをどういう感覚で理解するか、また理解できるかというのがこの作品の面白みを理解する上で非常に重要なのではないかと考えられます。

　では、その点を考える上で、手がかりにしたいのが精神分析批評です。精神分析批評と言えば、その主な潮流は、フロイトとラカンによって作られたと言っても過言ではありません。そして、このフロイトとラカンと精神分析批評は連綿とした流れでありながらも、大きな違いがあります。まずフロイトの精神分析批評に特徴的なのは、ラングとパロール、シニフィアンとシニフィエというソシュール以来の伝統的言語学的認識において、ラングよりもパロール重視、あるいは、シニフィアンよりもシニフィエを上部構造に置いた考え方であると言えます。また、意識をスーパーエゴ（超自我）、エゴ（自我）、エス（無意識）という三層構造に分けるとらえ方は、自我の上

メタフィクションとして読む「藪の中」

に社会的、あるいは、超越的な規範があり、意識の下には言葉では言い表すことのできない世界があるという考えです。その間に挟まれて自我というものが形成されるのですが、自我は、上の超自我と下の無意識によって挟まれた、表出された言語世界ということになります。では、ラカンはそのフロイト的な精神分析のあり方とどう違うかというと、ラカンの精神分析批評のあり方は、従来のパロールとラングの上下関係、シニフィエとシニフィアンの上下関係性を転覆させたものということができるかもしれません。あるいは、二項対立のところで隠喩と換喩の関係性においても、フロイトの場合は、隠喩が上部、換喩が下部構造に置かれていた批評のあり方であったと解釈することができます。それに対するラカン的精神分析批評は、換喩が上部で、隠喩が下部に転覆されたと考えることができるかもしれません。

　具体例を挙げて説明しましょう。ここに日米首脳会談における一つのアネクドートがあります。実際にあったかどうかは定かでありませんので、ここでは日本の総理大臣の名前もアメリカの大統領の名前も含めて登場人物はすべて仮名にしておきます。日本の総理大臣の名前は森尾四郎さんと言いました。アメリカの大統領の名前はビル・クリキントンと言いました。日本の森尾首相は、クリキントン大統領に会った際に英語で話しかけようと心に決めていました。そして、開口一番「お元気ですか？」'How are you?' と言うべきところを緊張のあまり、（あるいは、緊張感の欠如故に）「どちらさまですか？」'Who are you?' と言ってしまいました。総理大臣の側近は大慌て、ところがさすがのアメリカの大統領。多少いぶかしく思ったものの、咄嗟の判断で、「わたしはキラリー（大統領の奥さんの名前）の主人です」(I am Killary's Husband.) と答えたそうです。そこでとんでもないハプニング、この小話の最大のクライマックスが訪れます。森尾首相は何を間違えたかこのように述べたというのです。「私も同じです」'Me, too' と。このアネクドートは英会話の授業の雰囲

143

気を和らげるための心温まるエピソードとして一時期よく語られた
ものですが、真偽のほどはさだかでありません（否、その真偽をつき
とめるのが文学の仕事ではありません）。このエピソードほど、文学と
は何かを考える、あるいは、文学という学問の可能性を追求する上
で格好の話はないのではないかと僕は思うのです。

　僕は精神分析批評ほどこの言表を解くのにマッチした方法はない
と思います。まずは、どうして森尾首相は「ハウ・アー・ユー」と言
わず「フー・アー・ユー」と言ってしまったかです。これは単純な言
い間違いです。ただ、その単純な言い間違い、あるいは、独り言や
夢の中の出来事に、普段の日常では現れない無意識の考えが現れる
というのがフロイト的批評です。つまり、森尾首相がクリキントン
大統領に英語で話しかけようと決意するまではよかったのです。し
かし、おそらくその英語があまりにも付け焼き刃で練習不足であっ
たせいで、「ハウ・アー・ユー」と「フー・アー・ユー」はいつし
か混同されてしまった。もしかすると、その違いの大きさというも
のを森尾首相はそれなりに認識していた故に、心の奥底で、「フー・
アー・ユー」ではなく「ハウ・アー・ユー」でなければと、お題目
を唱えるように心の奥底で念じていたかもしれない。それが本番の
日米首脳会談で「フー・アー・ユー」と言ってしまったのは、まさ
しく「フー・アー・ユー」、そう言ってはならないという強い思い
込みが「ハウ・アー・ユー」と言うべきだとの意識的な働きかけに
勝ってしまったが故に、その言葉がふいに口から出てしまったと考
えられるのです。このようにふとした言い間違いのなかに意識下に
あった言葉が出てしまうと考えるのが、フロイト的な批評というこ
とです。では、次に、どうしてクリキントン大統領は、森尾首相の
言い間違えた挨拶の呼びかけに対して、「わたしはキラリーの主人で
す」と言ったのでしょうか。おそらく、クリキントン大統領は、日
本の首相からの「お前はいったい何者か」という冗談に対して答え
るように、「わたしは（決してモナ・ルワンスキーの愛人ではありませ

メタフィクションとして読む「藪の中」

ん)、キラリー・クリキントンの主人です」とアピールをせざるを得ない事情があったに違いない。このように言葉にしていないもの、あるいは、言葉にできなかったものに真意が隠されている。このように読むのがラカン的精神分析批評である、ということです。

さきほどの隠喩と換喩についてもう少し考えてみることにしましょう。「私を月(あるいは天空)に連れて行って」(趣旨)という歌の歌詞が多数ありますが、文字通りの意味ではなく、宇宙に行くような性的快感をおねだりするのが真意だと解釈するのがフロイト的批評です。それに対してラカン的解釈では「私を月や空に連れて行ってもらいたい」という無理難題を恋人にお願いするのは、無償の愛情を要求することだとします。たとえば、子供はおもちゃを買ってもらおうとして道で寝転んだりしますが、本当に欲しいのはおもちゃではなく、おもちゃを買うという行為によって示される親の愛情だというのです。同じように、月に連れて行ってほしいという難題はたとえ無理だとしても、距離的な移行を直接的に求めている点において隠喩的ではなく換喩であると言えます。

では、フロイト的あるいはラカン的な批評を踏まえた上で、「藪の中」の分析を試みてみたいと思います。「藪の中」の後半の3つの語りは簡単に言えば多襄丸、女、夫です。そして、3人の供述が3人とも自分が人を殺したと言っているのであり、真相はまさしく藪の中にあります。3人のうち嘘を述べているのは誰か。つまり、真実は一体誰の証言かと考えているうちは、この作品の面白さを本当の意味で理解することはできません。なぜならば、それは文学作品のなかに事実を求めるという、文学作品に対するきわめて大きな誤解をもとに作品を読んでいると言えるからです。文学作品は本来虚構であり、虚構自体に真理が宿っていると考えてしかるべきものなのです。したがって、その虚構に(真理ではなく)事実を求めてはいけないのです。

話は戻りますが、たしかにこの3人の発言はもしかすると三人三

145

様に嘘をついているかもしれません。しかし、それぞれの嘘には共通要素があります。つまり、3人は証言としてはまったく矛盾するものの、虚構的言説を作りあげながら、実は別の意味で真実を語っていると言えるかもしれないということです。まずは多襄丸の発言から見てみましょう。

> わたしは昨日の午少し過ぎ、あの夫婦に出会いました。その時風の吹いた拍子（ひょうし）に、牟子（頭巾）の垂絹（たれぎぬ）が上ったものですから、ちらりと女の顔が見えたのです。ちらりと、――見えたと思う瞬間（しゅんかん）には、もう見えなくなったのですが、一つにはそのためもあったのでしょう、わたしにはあの女の顔が、女菩薩（にょぼさつ）のように見えたのです。わたしはそのとっさの間に、たとい男は殺しても、女は奪（うば）おうと決心しました。（「藪の中」『芥川龍之介〈ちくま日本文学全集〉』筑摩書房、1991。以下、同書より引用）

多襄丸は女を見た瞬間、男を殺してでも女を奪おうと心に決めました。フロイトの有名な理論でオイディプス・コンプレックスというのがあります。母親を手に入れようと思い、父親に対して対抗心を抱き、父を殺して母親と結ばれたオイディプス（エディプス）王になぞらえて、どんな男子も自分の母親に初めて出会った異性として恋愛感情を抱くが母親には自分にとっての恋敵としての父親の存在がいることがわかります。その恋敵である父親に母親を奪われ幻滅するが、最終的には恋人である父親のような存在を目指し、母親を彷彿させる女性を生涯の恋愛相手として求めていくというものです。娘の場合はどうかというと、やはり同性の母親を愛の対象として求めるが、その母親には父親という相手がいることを知り、やはり同じように幻滅する。最後には母親を奪った父親のような存在を恋愛相手として求めていくものです。この場合、多襄丸が男を殺してでも奪おうと思った女は、オイディプスでいう母親に似た存在である

メタフィクションとして読む「藪の中」

ということです。「女菩薩のように見えた」となっているのは東洋的な思想をルーツにした作品だからであって、これがもし西洋文学の作品であるならば女が聖母マリアのような風貌をしていたと考えればしっくりくるはずです。

では、多襄丸に手ごめにされた以上は夫と生きていくことができずに心中を図ろうとした、と証言した女の方はどうだったのか。その証言をなぞってみます。

　「あなた、もうこうなった上は、あなたと御いっしょには居られません。わたしは一思いに死ぬ覚悟です。しかし、──しかしあなたもお死になすって下さい。あなたはわたしの恥を御覧になりました。わたしはこのままあなた一人、お残し申す訳には参りません。」

　女はなぜ自分の夫を殺したのか。それは自分の夫にほかの男に手ごめにされたという恥を見られたからこれ以上生きてもらうわけにはいかないというものです。フロイトのオイディプス・コンプレックスでは説明しづらい部分が出てきますので多少ラカンの用語を使わざるを得ないのですが、自分が絶対的な恋愛関係である夫婦関係を誓った関係が、ほかの男の存在（多襄丸）によって絶対的なものではなかったと暴露されるのです。これはある意味において、ラカン的に言う大文字の他者（Autre）であって、鏡像段階で鏡に映る自分（autre）を他者（autre'）であると錯覚する想像的な世界が真の他者によって崩壊することを意味しております。

　わたしのように腑甲斐ないものは、大慈大悲の観世音菩薩も、お見放しなすったものかもしれません。しかし夫を殺したわたしは、盗人の手ごめに遇ったわたしは一体どうすれば好いのでしょう？　一体わたしは、──わたしは、──（突然烈しき歔欷）

147

第 9 講

［下線部は筆者］

　「大慈大悲の観世音菩薩」というのは仏典の妙法蓮華経の第二十五に出てくる観音菩薩のことですが、インドから漢語に翻訳される段階で、この菩薩は女性化したとも言われております。そこで、やはりオイディプス・コンプレックスが使えるのですが、自分が本来愛すべき夫を殺して盗人の手ごめにあった後に最後に懺悔する、あるいはどうすればわからないと泣きつく相手は母親を彷彿させる存在だということになります。ここにいたって手ごめにした盗人も殺人に至った動機は女の菩薩のような顔を目にしたからであり、手ごめにされて夫を殺害した女も最後に泣きつく先は母親の存在。つまり、ここで事件は女菩薩のような存在からはじまり女菩薩のような存在に回帰するところで終わるという意味で、完全な円を描くことになります。フロイトによれば、赤ん坊は母親という存在を通じて、自分を認識します。そして、おそらくすべての男子が母親を異性愛の対象として認識し、すべての女子が母親を同性愛の対象として認識することになります。

　では、最後に「巫女の口を借りたる死霊の物語」から夫の証言を振り返ってみたいと思います。

　　　おれはやっと杉の根から、疲れ果てた体を起した。おれの前には妻が落した、小刀が一つ光っている。おれはそれを手にとると、一突きにおれの胸へ刺した。何か腥い塊がおれの口へこみ上げて来る。が、苦しみは少しもない。ただ胸が冷たくなると、一層あたりがしんとしてしまった。ああ、何と云う静かさだろう。この山陰の藪の空には、小鳥一羽囀りに来ない。ただ杉や竹の杪に、寂しい日影が漂っている。日影が、――それも次第に薄れて来る。――もう杉や竹も見えない。おれはそこに倒れたまま、深い静かさに包まれている。

その時誰か忍び足に、おれの側へ来たものがある。おれはそちらを見ようとした。が、おれのまわりには、いつか薄闇が立ちこめている。誰か、――その誰かは見えない手に、そっと胸の小刀を抜いた。同時におれの口の中には、もう一度血潮が溢れて来る。おれはそれぎり永久に、中有の闇へ沈んでしまった。……

　ラカンの精神分析によれば、鏡像段階で鏡に映る自分（autre）を他者（autre'）だと錯覚する想像界は母性愛に包まれた世界です。多襄丸にせよ、女にせよ、殺された（あるいは自ら命を絶った）男にせよ、本物の他者に出会うまではそれまでの自分の暮らしに安住していたとも考えられます。つまり、多襄丸は女に出会うまでその夫を殺してまで奪いたいとは考えなかったわけですし、女も多襄丸という大他者に出会うまでは夫との生活に安住し、夫を愛することを本当に人を愛することだと錯覚していたとも考えられます。そして、一番不幸な夫もまた、多襄丸によって女房が手込めにされるまでは、女房との愛を不滅のものであると信じていたかもしれません（想像界）。しかし、多襄丸の出現によって、女房との愛も実は虚偽的あるいは一時的だったことに気づくのです（象徴界）。

　そして、後期ラカンの解釈ですと、象徴界はさらに現実界へと向かいます。エドガー・アラン・ポーの「盗まれた手紙」を講義したラカンのセミナーには、「手紙は宛先に届く。送り手のメッセージを逆さまにして」（趣意）という言葉があります[1]。ポーの小説「盗まれた手紙」では、不倫をしていた王妃が愛人に宛てた手紙を王に気づかれないように手の届かない場所ではなく、最も近い場所に隠す。しかし、大臣によってその手紙は盗まれてしまいます。警察に相談をされた探偵のデュパンは、王妃の弱みを握り手紙を隠した大臣がやはり王妃と同じように最も近い場所に手紙を隠したことを見破るという物語です。「手紙は宛先に届く。送り手のメッセージを逆さま

にして」とはどういうことでしょうか。王の目から逃れ愛人との生活（想像界）を楽しんでいた王妃の秘密を握り、王妃を窮地に追い込む大臣は、王妃にとって象徴界の存在とも言えます。そして、それと同様に、王妃の手紙を盗み弱みを握った大臣は、自分の才知に酔いしれます（想像界）が最終的にデュパンにそのもくろみを見透かされ（象徴界）、最後は自らの失脚への道を歩みます。事件の本質に触れることもない国王や大臣は現実界に存在するとも言えますが、王妃も大臣も、それぞれ現実界に帰ることになります。

　この関係性を「藪の中」に当てはめると次のことが言えると思います。多襄丸、女、夫は3人ともまったく別のことを言い、供述としては事実関係が一致しません。しかし、3人の語りのなかには共通要素が見受けられるのではないかと思うのです。つまり、「女が手籠めにされた」こと、（本人を含む）3人とも「男に対して殺意を持っていた」こと、そして、「男が殺された（あるいは、自殺した）」という事実です。それに加えて、3人それぞれが想像界から象徴界、象徴界から現実界（「樗の梢に、懸ける首」、「死ぬ覚悟」、「中有の闇」）、つまり、「死」へ向かっていくことも共通していると言えます。さらに、この小説のなかで「藪の中」は超越的な時空間とも言えます。なぜなら、たとえ誰もが「藪の中」の出来事について語っても決して「藪の中」そのもので語りがなされていることがないからであります。ただ、それは「藪の中」の出来事だからすべてが許されるとも言えるのです。なぜなら「藪の中」はフィクションのメタファーとして解釈できるからです。

　最後に本講の最初に示した椎名林檎の「浴室」と「藪の中」の共通項を一つのキーワードで語ると、情欲と殺意が交錯する場所でフィクションが生まれる、ということです。

注

1)　ジャック・ラカン、『エクリ』1、佐々木孝次訳、弘文堂、1972、pp.9-10。

第 10 講

ポリフォニーで読む「黄金比の朝」（中上健次）
――『カラマーゾフの兄弟』（ドストエフスキー）と比べて

　今回の講義ではほんの少しだけミハイル・バフチンについて学びたいと思います。ロシア文学と言えば 19 世紀のロシア・リアリズムの小説を想起される人が多いと思います。また、ロシア・リアリズムの小説と言えばドストエフスキーとトルストイの名前がすぐさまあがります。しかし、文芸学者のなかでも、ドストエフスキーこそ偉大な文学者だと言う人もいれば、トルストイこそ偉大な作家であるという人もいます。たとえば、本書で取り上げたウラジーミル・ナボコフは、プーシキンやレールモントフといった詩の黄金時代の詩人たちは除くとして、19 世紀のロシア文学で最も偉大な作家はレフ・トルストイであるとします。それに比べてドストエフスキーは 2 番目でも 3 番目でも 4 番目でもない。「職員室の廊下で呼ばれるのをいまかいまかと待ち構えているだろうがまだまだ呼ばれない」劣等生の位置づけなのです。また、ドストエフスキーよりもトルストイの芸術性を尊んだ文芸学者としてヴィクトル・シクロフスキーがあげられます。シクロフスキーとナボコフの 2 人がトルストイの芸術性を認めているというだけで、トルストイの芸術レベルはお墨付きを得たように思われるかもしれません。では、ドストエフスキーはどうなのか。おそらく、ミハイル・バフチンの著作がなければ、ドストエフスキーの芸術家としての偉大さというものはここまで正当に評価されなかったかもしれません。

第 10 講

　バフチンの書いた『ドストエフスキーの詩学』（望月哲男・鈴木淳
一訳、ちくま学芸文庫、1995）ではポリフォニーという用語をつかい
ながらドストエフスキーの創作上の諸問題について次のような言葉
で問題提起しています。「ドストエフスキーは、芸術形式の領域にお
ける最大の革新者の一人とみなすことができる。思うにドストエフ
スキーはまったく新しいタイプの芸術思想を打ち立てた。本書では
それをポリフォニーと呼んでいる」。ではポリフォニーとはどういう
ことなのでしょうか。「それぞれの世界を持った複数の対等な意識
が、各自の独立性を保ったまま、何らかの事件というまとまりの中
に織り込まれてゆく（中略）。実際ドストエフスキーの主要人物たち
は、すでに創作の構想において、単なる作者の言葉の客体であるば
かりでなく、直接の意味作用をもった自らの言葉の主体でもあるの
だ」。ここでポイントになっていることは、ドストエフスキーの作品
においては、小説は単なる作者の意思伝達の媒体ではなくなる、と
いうことです。「それぞれに独立して互いに融け合うことのないあま
たの声と意識、それぞれがれっきとした価値を持つ声たちによる真
のポリフォニーこそが、ドストエフスキーの小説の本質的な特徴な
のである」。もし作者が伝えるメッセージを汲み取ろうという意思に
よって小説を読むのであれば、登場人物の放つ声は、作者が伝えた
い意思以上の何ものでもなくなります。すると、文学は所詮意思伝
達の手段となり、イデオロギー普及のための道具に堕してしまうと
いうことになります。では、この言説はそのまま受け止めていいの
でしょうか。そのままバフチンの言葉やそれについての種々の解釈
を受け止めるならば、小説を読むのに作者からのメッセージを汲み
取ることはいけないという芸術至上主義的読み方をただ是認してい
るようにも受け止められかねません。そして、このバフチンの言葉
を真に受けてはいけない、というのは別の意味にも用いられること
です。それについては、のちほどまた言及したいと思います。

152

ドストエフスキーはポリフォニー小説の創造者である。彼は本質的に新しい小説のジャンルを作り出したのだ。それゆえ彼の作品はどんな枠にも収まらない。つまり我々が従来ヨーロッパ小説に適用してきた文学史上の図式のいずれにも当てはまらないのである。彼の作品に登場する主人公の声は、通常のタイプの小説における作者自身の声のように構成されている。自分自身と世界についての主人公の言葉は、通常の作者の言葉とまったく同等の、十全の重みを持つ言葉である。（中略）作品構造の中で、主人公の言葉は極度の自立性を持っている。それはあたかも作者の言葉を肩を並べる言葉としての響きを持ち、作者の言葉および同じく自立した価値を持つ他の主人公たちの言葉と、独特な形で組み合わされるのである。

（『ドストエフスキーの詩学』p.16）

バフチンは、ポリフォニー小説の対極にあるものとしてモノローグ的な小説をあげ、その代表例にトルストイの小説をあげます。モノローグとは、簡単に言うと、たとえば上段から下段に対して一方的にメッセージが伝えられる意思疎通の形態ということができます。つまり、先ほど述べたイデオロギーの伝達の手段として言語や文学作品が存在するといった考えに基づく言語の形態ということになります。もちろん、トルストイは、『戦争と平和』と『アンナ・カレーニナ』を書いた後に、文学や芸術よりも哲学や宗教、あるいは、教育の問題に心を奪われるようになり、小説の構成や視点も単純なものになり、トルストイの思想が作品を読むことによってくっきりと理解できるような作品を書いていくようになりました。その点で、芸術レベルにおいてトルストイよりもドストエフスキーの方が上だというバフチンの考えは決して間違っているわけではないとも考えられますが、この言葉もさきのドストエフスキーの小説こそがポリフォニーの小説であるという言葉と同様に真に受けてはならない言

葉のように思われます。

　バフチンの思想を理解するためにはバフチンは文芸学者であると同時に哲学者であるということを理解しなければいけません。ドストエフスキーがポリフォニーの小説家であるというのも、トルストイがモノローグ的な小説家であると言うのも、それはすべてバフチンがポリフォニーという思想を展開するために用いた例であると考えられなくもありません。つまり、バフチンは、ドストエフスキー論を書くことによって、ドストエフスキーの芸術のレベルの高さを讃えようとしたのではなく、ドストエフスキーの作品の奥に潜むポリフォニーという思想を展開しようとしたかったのではないか、ということです。そんなことを言うと、今度はポリフォニーと言われたドストエフスキーに失礼な話になりはしないかとも思うのですが、バフチンにとってはドストエフスキーの思想よりもポリフォニーという思想の方が重要であったことは否定できません。そのように考えながら、もう一度先のドストエフスキー論を読み返してみると、何が言えるでしょうか。「作品構造の中で、主人公の言葉は極度の自立性を持っている。それはあたかも作者の言葉を肩を並べる言葉としての響きを持ち、作者の言葉および同じく自立した価値を持つ他の主人公たちの言葉と、独特な形で組み合わされるのである」。ドストエフスキーの小説の登場人物が話す言葉は、その自立した価値によって作者の言葉と肩を並べる響きを持ちます。たしかに、ドストエフスキーの小説における登場人物の声は、それぞれが唯神論や無神論などの思想の代表者の声を代弁するものであって、単純にドストエフスキーの考えを代弁したものではないということはわかります。また、それぞれの考えが最終的にアウフヘーベンされ作者の思想にたどり着くという読み方も、一昔も前の文学作品の読み方になるのではないかと思います。

　ところで、ドストエフスキーのポリフォニーのような形態で小説を書いた作家が日本にもいないか、と考えながら本を読んでいるう

ちに出会った小説のなかに中上健次の「黄金比の朝」がありました。

　この小説の主な登場人物は同じアパートに住む主人公の「ぼく」と腹違いの兄貴、そして、同居人の斎藤、それに加えてアパートの隣に住む松根善次郎です。2人の兄弟の腹違いという環境設定は、ドストエフスキーの『カラマーゾフの兄弟』と同じです。松根の家は家族喧嘩が絶えなく怒声が飛び交っています。兄は思想的には左翼、学生運動にのめり込んでいます。「大変なことなんだぞ、革命の志抱いて転々とこの資本主義社会を移り住むって言うのは、おまえなんかにはわからんだろ、真の革命家は乞食でもあり、貴族でもある」。それに対して、「ぼく」は兄に憎しみを抱いています。同居する2人の口論は絶えません。「ぼくはなぜなのかわからなかったが、兄を殴りつけたい衝動があるのを知った。『その桃色の歯刷子はおまえに似合っているよ。帰れ、帰れ。おまえらの言う革命なんて仲間を殺したり罪もない人を爆弾で殺したりするだけだろ』」。ところがその兄とは対照的に「ぼく」は右翼、国民主義的感情の持ち主です。「部屋にもどると、兄はおきていた。『日の丸あおいできたか』と兄はぼくの顔をみるなり言った。その兄の言葉が妙に腹だたしくきこえ、『ああ、あおいで身をきよめ、誓いをたててきた』とぼくは答えた。『やっぱし日の丸は良いよ』」。ただ、この左右両極端な兄弟の中間にたつのはアパートの隣人である松根善次郎です。引用してみましょう（「黄金比の朝」『中上健次全集　1』集英社、1995より）。

　　翌日の朝、ぼくは隣に眠った兄の寝息をきき、そしていつものように始まった松根善次郎のなにを唱えているのかさっぱりわからない読経の声をきいた。朝のあけきらないうちから八時まできっかり三時間、犬の呻き声さながら波をつくって唱えた。うるさい、近所迷惑で眠れやしないとどなりだしたかった。蒲団を頭からすっぽりかぶると、ちょうど印刷工場のモーターがうなる音のようにきこえる。カーテンをつけていないのがいけ

第 10 講

　ないらしく、くもり硝子の粒子の隙間から、それが人の声だと
は誰もはじめてきくとけっして思わないだろう重っくるしく妙
につやのある声、しかしながら怒声に似た荒っぽい声が、細か
な糸のようなものになってすり抜け、すり抜けたとたんまた一
つの声になって部屋の、凍えた空気の中に、蛇のようにくねる。
波を打つ。兄の寝息をきき、その部屋いっぱいにこもった読経
の声をきき、苛だたしさにとらえられた。(p.481)

　中間にたつというとそれはまるで政治党派の中道にあるような印
象を持たれるかもしれませんが、そうではなく両極端な兄と弟の政
治論争のすきまに隣の家から聞こえる読経の声が 2 人の激しいやり
取りを時に中和させ、時に 2 人をなだめる役回りをしているのです。
　やがて、この読経の声がはっきりとした音になって現れたとき、
松根善次郎が所属している宗派、唱えている教典の中身さえ私たち
読者にはっきりとわかるようになるのです。「松根善次郎のだみ声
がはっきりと、なむみょうほうれんげきょう、なむみょうほうれん
げきょうときこえた。腹の底からふりしぼり、うんうんと読経の
あいまに息をつぐ音までもきこえる」。つまり、この箇所は、隣人が
唱える 2 時間の長い勤行とお題目を「異化」する描写だったのです。
ただ、ここではここまで説明した視覚的なイメージの異化ではなく、
聴覚的イメージを異化しているところが面白いところです。中上健
次は、隣の声からお題目が聞こえてくると言わず、「犬の呻き声さ
ながら」、「印刷工場のモーターがうなる音」、「くもり硝子の粒子の
隙間から、それが人の声だとは誰もはじめてきくとけっして思わな
いだろう重っくるしく妙につやのある声」、さらには、「怒声に似た
荒っぽい声が、細かな糸のようなものになってすり抜け、すり抜け
たとたんまた一つの声になって部屋の、凍えた空気の中に、蛇のよ
うにくねる」、と。ここまでお題目が生か（異化）されるとは本当に
驚きです。

ポリフォニーで読む「黄金比の朝」（中上健次）

ただ、本講のメインテーマとしてお話をしたかったのは異化ではなくてポリフォニーです。余談ですが、日本では 1970 年代にロシア・フォルマリズムやバフチンの著作の翻訳が精力的になされ、この両者が同時期に入ったきたこともあり、知識人と言われる人からもしばしばこの両者を混同する発言が見受けられることがあります。

本題に戻りますと、左翼の兄と右翼の弟、さらに日蓮系仏教徒である隣人の松根善次郎のほかに同居人の斎藤という男が登場します。この斎藤なる男の立場は『カラマーゾフの兄弟』でいうところのイヴァン・カラマーゾフさながらであります。斎藤の発言を引用いたします。

　〈現代の日本はまちがっている。みんな殺しあって死ねば良い。
　人は愛しあってなど生きてはいない。我だけしかない。だから、
　我だけなのだから、宗教とか、社会主義などは我の前ではぎまん
　である。自由は、嘘だ。平等は嘘だ。民主主義は嘘だ。豚め。〉
　　　　　　　　　　　　　　　　　　　　　　　　　　　（p.485）

ドストエフスキーの『カラマーゾフの兄弟』をお読みになった方はわかるかもしれませんが、イヴァンは無神論の代表者であります。イヴァンが書いた「大審問官」において、この世に絶対的な真理、秩序、神とよぶべき存在があるという考え、あるいは、それと正反対の、神ないし真理と呼ぶべきものはこの世には存在しないという考え、つまり、プロとコントラという思想が展開され、神がいなければあらゆるものが許されるという考えが開示されます。それとは正反対のアリョーシャは敬虔な信仰者です。バフチンによれば、両者の立場が総合されてドストエフスキーの思想が成立するというのではなく、それぞれの登場人物の言葉が哲学者としての重みを有しつつ、それぞれが融け合うことのない状態にあることがドストエフスキーの小説の芸術的な価値だということになります。ここで紹介し

157

第 10 講

た中上健次の「黄金比の朝」という作品は、バフチンがドストエフ
スキーの作品に見出したポリフォニーに近い芸術形態で書かれた小
説なのではないか、と考えられます。

第11講

ポスト・コロニアリズムの視点から
——ナボコフの作品における亡命表象

　本講の主たる目的は、ウラジーミル・ナボコフの亡命直前に書かれた韻文作品を分析し、「エミグレ（亡命者）表象」と故郷を見るまなざしを巡る問題を明らかにすることにあります。ナボコフ作品は概括するとロシア語時代（筆名シーリン）と英語時代に分別できます。また、作品のジャンルとしては、詩・散文・戯曲がありますが、ナボコフ研究の大半は散文、つまり、小説か、その小説内の主人公によって書かれた詩が対象であり、ロシア時代に書かれた作品において単独で詩を分析対象にした研究はそれほど多くはなされてきませんでした。

　本講では、ロシア語時代に書かれた詩（特に亡命直前のクリミア時代）を分析対象の中心に据え、ロシア語時代の散文、あるいは散文内に書かれた詩を踏まえながら韻文作品の特徴を掴み、ナボコフ作品全体におけるロシア詩の位置を明らかにすることを目標に据えたいと思います。具体的には、ナボコフ作品全体に見受けられる詩的技法（ここで言う詩的技法とはロシア・フォルマリズム、あるいは新批評における精緻読解に重要視される作品固有の文学性[1]のこと）の萌芽、あるいは先天的兆しをロシア語の韻文作品に見出すことです。次に分析方法において説明します。

　本講における分析方法として初めにナボコフの作品における視覚性の問題と、ロシア・フォルマリズムの言う異化の問題、つまり、

第 11 講

ヴィクトル・シクロフスキーが「手法としての芸術」において述べた明視性の問題と比較し、その類似性と差異を考察していきます。ただ、その類似性を指摘することが主眼ではありません。ナボコフとロシア・フォルマリストは同時代人であり、ナボコフの作品に、ロシア・フォルマリズム的に特徴的な芸術至上主義的要素が見受けられることは否定できません。ただ、ナボコフのフォルマリストに対する嫌悪感を指摘する声も一方ではあります[2]。ナボコフの作品における手の込んだ技法は、文脈的解釈を行うより解きほぐすことに読みの純粋な楽しさが見出せるからです。テクストへの精緻読解を図り、ナボコフ作品における「視覚性」の問題を整理しつつ、その上で、「エミグレ（亡命者）表象」および、祖国へのまなざしについて考えてみましょう。

　論証の仮説としては、この「エミグレ（亡命者）表象」はナボコフの英語時代には見受けられず、ロシア語時代により顕著な特徴となっていることです。おそらくその点をすべて論証するためには、ロシア語時代から英語時代にわたるナボコフ作品の全体像をすべて網羅する必要があるでしょう。むろん、完全な論証にはより多くのテクスト分析と時間が必要になりますが、ロシア語と英語で書かれた限定的なテクスト範囲を比べるなかで見出せる特徴として、この「エミグレ表象」の有無を見出すことを当面の課題として据えた上で考察を始めます。

視点の提示①　ナボコフ作品における視覚性を巡る問題

　ナボコフはロシア・フォルマリストと同時代の作家であり、20世紀初頭に勃興したモダニズムに連動したこの文芸学の動きとナボコフ自身の作品内の特徴は決して無縁ではないことが、たびたび指摘されてきました[3]。

ポスト・コロニアリズムの視点から

　シクロフスキーは作品内の芸術性を特徴づける要素として異化を挙げています。①認識するために見るのではなく、見ることを目的にして見ること、そして、その事物に生まれて初めて遭遇するかのような感覚でとらえること。②見る対象について、すでに名指された名前を用いるのではなく、別の事物に用いられている特徴などを用いて新たな名前を与えること、この2点によって異化が成立すると考えられます。たとえば、ナボコフ作品において、このような異化の例は、ロシア語時代の代表作品『賜物』の冒頭箇所に見出すことができます。

　　Переходя наугол в аптекарскую, он невольно повернул
　голову (блеснуло рикошетом с виска) и увидел—с той быстрой
　улыбкой, которой мы приветствуем радугу или розу—как теперь
　из фургона выгружали параллелепипед белого ослепительного
　неба, зеркальный шкап, по которому, как по экрану, прошло
　безупречно-ясное отражение ветвей, скользя и качаясь не по-
　древесному, а с человеческим колебанием, обусловленным
　природой тех, кто нес это небо, эти ветви, этот скользящий
　фасад.[4]

　角の薬局に向かって道を渡るとき、彼は思わず首を回し（何かにぶつかって跳ね返った光がこめかみのあたりから入ってきたのだ）、目にしたものに対して素早く微笑んだ――それは人が虹や薔薇を歓迎して浮かべるような微笑だった。ちょうどそのとき、引っ越し用トラックから目もくらむような平行四辺形の白い空が、つまり前面が鏡張りになった戸棚が下ろされるところで、その鏡の上をまるで映画のスクリーンを横切るように、木々の枝の申し分なくはっきりした映像がするすると揺れながら通り過ぎたのだった。その揺れ方がなんだか木らしくなく、

第 11 講

　人間的な震えだったのは、この空とこれら木々の枝、そしてこの滑り行く建物の前面(ファサード)を運ぶ者たちの天性ゆえのことだった。[5]

　彼、つまり、主人公のフョードル・ゴドゥノフ=チェルディンツェフが引っ越し用トラックから降ろされる鏡台を認識するまでの過程を示した箇所です。僕は上記の箇所を次のような点でシクロフスキーの異化の理念と符合すると考えます。本講において後にも言及しますが、鏡台を認識し鏡台と明示するのではなく、別のものと認識し普段使われているのとは違う別の事物を呼び表す際の言葉で名づけ（この場合は「平行四辺形の空」[6]）、その後に、鏡にスクリーンのように映る「木々の枝」「滑り行く建物の前面」が自然の震えではなくそれを支える人間の揺れであったことを示すことによって、それが引っ越しの様子であることが認識されるのです。まさしく、①認識の過程が難渋化し、見ること自体が目的となり、②普段使われているのとは違う別の言葉が使われる、という2つの点で、シクロフスキーの異化の用例と符合しています。特徴としては、ナボコフは『賜物』を書く以前においても、ロシア語で書かれた韻文作品、また、英語で書かれた散文作品のなかにもいくつかこの鏡の反射を利用して、認識の過程を遅延させる異化の手法を用いた作品があることです。

　「鏡」と言えば我々は容易にジャック・ラカンの唱える「鏡像段階」[7]を思い起こします。初期ラカンにおいては、幼児が自己を認識する過程として、「鏡」に映った「他者」autre（鏡像段階）を「自分」autre'と錯覚し（想像界）、その後、成長とともに本当の「他者」Autre に遭遇することによって本物の自分の姿をまざまざと思い知らされる（象徴界）。この場合、鏡に映ったもの（他者）を認識するという世界（「平行四辺形の空」）は、その後の主人公の観察によって、全体像が把握され、それが引っ越しによってトラックから積み下ろされる鏡台であることが判明するということです[8]。以上が、ナボ

コフ作品における「異化」に相当する用例ですが、もう一つ、ナボコフの作品における視覚性を巡る問題を想起する上で忘れてはならないのが、『ロリータ』に示される視覚的記憶の問題[9]です。

これは晩年に書かれた『透明な対象』においてはナボコフ的mnemoptical[10]と表現されるものに相応します。ナボコフの作品において、たしかに異化的な要素は見出せますが、シクロフスキー的な明視性によって、ナボコフの作品における視覚性のすべての問題が解決されるとは考えられません。なぜならば、ナボコフの作品において視覚には記憶が宿り、視覚によって復元される記憶の問題が形象（イメージ）として復元するという考えは、イメージの自動化を批判した異化よりもイメージそのものの芸術性を重視した点においてロシア・フォルマリズム以前のポテブニャ的解釈に近いものと考えられるからです。

視点の提示② ナボコフ作品におけるエミグレ表象の問題

ウラジーミル・ナボコフの亡命前の作品は、エドワード・サイードの『文化と帝国主義』[11]に述べられる「他者化」（Othering）の視点はまだ取り込まれていません[12]。言うまでもなくロシア文学の作品は、自らにオクシデンタルなものとオリエンタルなものを内包しハイブリッド（雑種）な統合形態を受持する表象媒体です。革命直後に亡命した作家の書いたテクストにどのようにこの観点を導入すべきか、ましてや、ロシアからヨーロッパへ亡命したロシア語と英語で主に執筆活動に従事していたナボコフの言説のなかに、西欧と非・西欧の「他者化」の問題はどのように扱われるべきなのか、疑問の余地は十分あります。ナボコフは芸術至上主義者という印象が強いせいか、ナボコフ研究においてディスクール（ミシェル・フーコーの言う権力としての言説）あるいは政治性という観点からの分析

は主流ではありません。本講では、ナボコフの散文と韻文の作品において、「エミグレ」（亡命者）がいかに表象（つまり、代弁 represent）されているのか、その問題について政治的批評、もしくは、ポストコロニアルの観点で読み解くことを試みようと思います。

　ブライアン・ボイドによると、ナボコフの父ウラジーミル・ドミトリィエヴィチ・ナボコフはカデット（ロシア立憲民主党）の創始者のひとり、祖父はロシアの法務大臣です。ナボコフのアメリカ帰化の際の身元保証人はミハイル・カルポーヴィチでした [13]。社会革命党の運動に関わり逮捕された経歴を持つにもかかわらずカデットに近い政治姿勢を貫いていたカルポーヴィチが、ハーヴァード大学で講じたロシア史は、ロシア革命が必然であるというヴァシリー・クリュチェフスキーの立場に異議を唱え、十月革命が第一次世界大戦の混乱期に乗じてなされたものであり、避けられた悲劇であったという立場を示しました [14]。カルポーヴィチのロシア史概観のなかで示されたもう一つの画期的な視点があります。それは上述のように、19世紀におけるインテリゲンツィアの2大勢力である西欧派とスラヴ派が、19世紀後半から20世紀にかけて、ロシアにおける議会制民主主義を推し進めるカデットとロシア国内の帝政打破を目指したボリシェヴィズムの系統に分けられていきました。カルポーヴィチの考えを引き合いにだすまでもなく、ナボコフ家自体は西欧主義者の家系であり、父のウラジーミル・ドミトリエヴィチを筆頭にナボコフ一家が西欧主義的基盤のもとに西欧的議会制民主主義の導入を目指し、革命後内戦の渦中にボリシェヴィズムの支配から逃れるためロシアから亡命を余儀なくされたことからもその政治信条は明白でしょう。

　ただ、問題はその政治信条がナボコフ作品の読解にどのような意味を持つものなのかという点です。なぜならば、ナボコフの作品は形而上学と倫理学と美学が三位一体性 [15] をなすものであり、イデオロギーの問題、あるいは政治的ディスクールをイデオロギー的に（つ

ポスト・コロニアリズムの視点から

まり、イデオロギー的意図の行使のために）表明するのはナボコフの芸術においては許容されません。政治信条はイデオロギー的表明として作中人物の口から語られることはなく、作品のなかの形式、美学それ自体にのみ表象されるのです。それは、文脈的背景として理解し、隠喩を紐解くようにすることでしか解明されません。たとえば、以下の文を読んでみましょう。

Дуб—дерево. Роза—цветок. Олень—животное. Воробей—птица. Россия—наше отечество. Смерть неизбежна. [16)

П. Смирновский.
Учебник русской грамматики.

樫は木。薔薇は花。鹿は動物。
雀は鳥。ロシアは我らが祖国。死は不可避。
　　　　　P. スミルノフスキー『ロシア語文法教科書』

　ナボコフのロシア語で書かれた代表傑作『賜物』は上記のエピグラフによって始まります。何気ないエピグラフにも甚深の意図があるのです。19世紀後半のロシアのインテリゲンツィアたちの論争（いわゆるスラヴ派と西欧派）について歴史家ミハイル・カルポーヴィチが述べるように、西欧派の流れは、西欧型議会政治の導入を志した立憲民主党などの勢力に受け継がれ、スラヴ派の動きは農民に革命の必然性を訴えた社会革命党や、社会民主党の動きへと受け継がれていきました。
　ナボコフはこの文をなぜ小説のエピグラフに用いたのでしょうか。ここでいう、「樫」や「薔薇」や「雀」といった普通名詞は「木」、「花」、「動物」、「鳥」というように抽象化されていきます。その後唐突に「ロシア」が出てきて、ほかの動植物と並列化します。そして、

165

最後に「死は不可避」との論理的飛躍に狼狽えてしまう。ただ、落ち着いて考えてみようではありませんか。この世に永遠のものはなく、いつかは滅び去る。祖国も例外ではない。ナボコフが『賜物』をロシア語で書いたのが 1935 年から 37 年。英語版の『賜物』が発刊されたのが 1962 年。そして、英語版の序文でナボコフは「『賜物』がロシアで読むことができるようになるのは、どんな体制の下でのことか、想像するだけで胸が躍る」と述べているのです。ナボコフの作品がソ連で読めるようになったのは解体直前です。つまり、ナボコフをロシア語で読める体制が 30 年たたずに到来したことになります。すると、エピグラフへの疑念が氷解するでしょう。ナボコフが幼年期から青春時代まで過ごしたあのロシアはたしかに死んでしまったのです。限りある命、あらゆる動植物がいずれは亡くなるように。ただ、いつか形をかえ必ずこの世に生を取り戻す。ナボコフの予言通り、亡き祖国が 70 年たって蘇ったのです。『賜物』、それは亡き祖国、そして「生きとし生けるもの」の輪廻転生とも解釈できます [17]。

　要するに、ナボコフはこの箇所をエピグラフに付することによって自らの祖国への思いとエミグレ（亡命者）の立場を表明していたのではないか、との解釈が思い浮かびます。つまり、祖父、父と同様ナボコフの政治的立ち位置は、ロシア・インテリゲンツィアにおける西欧派（→カデット）の立場であり、スラヴ派（→人民主義者）とは一線を画していたということです。カルポーヴィチによると、それ故、両派はロシアにおける農奴制の解放や立憲制を推進する点において共闘していましたが、のちに袂を分かつことになります [18]。さらに、ロシア革命の成功、およびボリシェヴィズムの独裁は、ロシア・インテリゲンツィアの 2 大論争におけるスラヴ派（→人民主義者）の西欧派（→カデット）に対する一時的勝利を意味することになり、その闘争に負けたものたちが国内からの亡命を余儀なくされることになりました。つまり、樫や薔薇や鹿や雀といった生物たちと

ポスト・コロニアリズムの視点から

同じように、ロシアという祖国も死を免れがたい存在であり、1917年の十月革命の成功（→ソ連邦の成立）によってロシアという祖国は死んだも同然なのです。そして、ロシア・西欧の流れをくむ者たちが、祖国を後にし、放浪するなかで、理想化されたロシアの理念を復元するために生きる、という構図が浮かび上がってきます（→はカルポーヴィチが考える後の思想的後継者、もしくは、歴史的結末）。

　ナボコフの研究において、テクストの「エミグレ（亡命者）表象」という問題に取り組むにあたってポストコロニアル批評における「エミグレ」について考察することから始めましょう。サイードのオリエンタリズムでは、西欧・非西欧の対立軸によって非西欧を他者化する要素が含まれています。だが、サイード自身が「国民国家的として規定される文化すべてに、主権と支配と統治を求める野望が存在する」[19]と信じるように、西欧の文化、あるいは、アジア文化と同様にロシア語で書かれた文化的表象のなかに、主権や支配や統治を求める野望があり、一つの文化を他の文化から差別化する意識が働きます。そして、同じくサイードが指摘するように、「歴史的・文化的経験は、じつに奇妙なことに、つねに雑種的で、国家的境界を横断」[20]する。文化は統一的で一枚岩的な自律的なものではなく、現実には、多くの「外国的」要素や、他者性や、差異を、意識的に排除しています。つまり、あらゆる国家のもつ帝国主義的、あるいは植民地的な側面が、侵略する相手を他者化するのです。ただ、侵略者のみならず、西欧派・スラヴ派の論争内部においては、非西欧的なロシアを他者化する西欧派的な立場と、それに抗してロシア独自の道を死守するスラヴ派的な立場が抗争するともとらえられるのではないでしょうか。つまり、亡命者ナボコフの祖国に対するまなざし、あるいはエミグレについての表象（つまり、意思表明）のなかに、非西欧を他者化する西欧主義者のまなざしが背後に隠れているのではないでしょうか。亡命前後に書かれたナボコフの作品を分析する際の視点として、以上の点を踏まえておきましょう。

167

第 11 講

—Кажется, придётся. А не думаете ли вы, Лев Глебович, что есть нечто символическое в нашей встрече? Будучи еще на терра фирма, мы друг друга не знали, да так случилось, что вернулись домой в один и тот же час и вошли в это помещеньице вместе. Кстати сказать,-- какой тут пол тонкий! А под ним—черный колодец. Так вот, я говорил: мы молча вошли сюда, еще не зная друг друга, молча поплыли вверх и вдруг—стоп. И наступила тьма.

—В чем же, собственно говоря, символ?—хмуро спросил Ганин.

—Да вот, в остановке, в неподвижности, в темноте этой. И в ожиданьи. Сегодня за обедом этот,—как его—старый писатель—да, Подтягин—спорил со мной о смысле нашей эмигрантской жизни, нашего великого ожиданья. Вы сегодня тут не обедали. Лев Глебович? [21]

「ところでどうですかね。レフ・グレーボヴィチ、我々のこの出会いは象徴的な何かがあると思われませんかね。堅い土地の上にいる時はまだお互い知らぬ者同士。それがおんなじ時間に家に帰り、この狭い場所にともに入りこむなんて。それにこの床の薄いことったら。その下には暗い穴ですよ。しまいにゃこんな風に言えますかね。見知らぬ者同士、黙してここに入り、黙して上へと漂い、突如ストップって。そして闇のご到来だ。」

「それが何の象徴だというんですか？」顰め面でガーニンは聞いた。

「まさしく、この停止状態、身動きの取れない、この闇のことですよ。そして、この待っている状態。今日午餐の時にあの年寄りの作家、なんていいましたっけ、そうポドチャーギンが私

と亡命生活、この偉大な待望における人生の意味について議論
しましたっけ ...」

　ベルリンへ移住後初めて書かれた小説『マーシェンカ』はロシア
人が居住するペンションのエレベーターのなかに閉じ込められたレ
フ・グレボーヴィチ・ガーニンとアルフョーロフの会話のシーンか
ら始まります。このエレベーターに閉じ込められた状態、これこそ
亡命を象徴するとアルフョーロフは言う。一方のガーニンはそんな
世迷言に付き合ってはいられない。地上で知り合うことのなかった
者同士が同じ時間に家に帰宅しこの狭い空間に一緒に入り込む。こ
のような奇遇こそが亡命を暗示しています。ではラテン語の terra
firma は何を意味しているのでしょうか。大地とはこの作品における
ペンションの住人が捨てたロシアのことでしょうか、それともここ
ベルリンのことでしょうか。それは、構造的にエレベーターの下か
ら上への垂直軸で考えると一義的には亡命先のベルリンになります。
ただ、ここで暗示されている形象はエレベーターの下から上への上
昇と突然の立ち止まりの情況が亡命を暗示するという多重性を秘め
ていることに着目しましょう。つまり、祖国ロシアでは知り合いに
ならなかったのに、ここベルリンで知り合いになるのです。そのよ
うにとらえるとエレベーターの下の階がロシアを指し、亡命とはそ
こから上の階へと上昇してくることにもなります。つまり、空間的
なロシアからベルリンへの平行移動を垂直的な移動にたとえている
のです。だが、天上（つまり、天井）へと登ることが平穏を意味する
かというと決してそうではありません。なぜなら、エレベーターは
突如止まり、その狭い密室に閉じ込められ闇となるからです。むし
ろ、これはロシアの地を離れたものの行き着いた場所も決して天国
とは言えない状況であり、一種の幻滅の心境にも似たものであるこ
とを表しています。ロシアは闇でありそこから逃れて上昇はしたも
のの、行き着いた場所もナチスに包囲されている。暗黒の地を脱し

ても行きつく先はやはり闇に覆われているのです。この箇所は、当時の亡命ロシア人の心境を的確に表現しています。

　では、この場面を他者化の概念に当てはめると何が言えるでしょうか。やはり、terra firma からの脱走は、いまや祖国とは呼べないものへと変わり果てた場所からの脱走であり、作者ナボコフは西欧主義者として祖国（西欧的ロシア）からソ連（非西欧的）を他者化しようと試みたのではないかとも考えられます。ただ、同時に、そのような西欧・非西欧の二項対立が作者の目線であったのかというと決してそうではありません。ロシアから旅立ち、その行き着く先が自分の待ち望む西欧とは違っていましたが、エレベーターに閉じ込められることによって知遇を得た亡命ロシア人の2人の境遇が、ロシアから亡命しつつも闇の真っただ中にあることに変わりはないという亡命の情況を表象しています。亡命は、つまり祖国から抜け出ることは、地獄から天国に上昇することにはならないのです。どこに行くべきかさえ定かではない不安の状態に放り出されているということです。

詩の分析① 「ホテルの一室」

　　　Номер в гостинице

　　　Не то кровать, не то скамья.
　　　Угрюмо-желтые обои.
　　　Два стула. Зеркало кривое.
　　　Мы входим——я и тень моя.

　　　Окно со звоном открываем:
　　　спадает отблеск до земли.

ポスト・コロニアリズムの視点から

Ночь бездыханна. Псы вдали
тишь рассекают пестрым лаем.

Я замираю у окна,
и в черной чаше небосвода,
как золотая капля меда,
сверкает сладостно луна.

8 апреля 1919, Севастополь

ベッドとも、ベンチともつかない。
壁紙は暗黄色。
お揃いの椅子。歪んだ鏡像。
僕たちは入る。僕とその影。

僕たちが窓を開けたときの音、
影が大地に落ちてゆく。
夜はひっそりとしている。犬たちが
静けさを不揃いの遠吠えで打ち消している。

僕は窓際でたちすくむ。
黒い空の祝宴では、
蜂蜜のしずくのように
甘美に月が輝く。

セヴァストーポリ、1919

4月8日

171

第 11 講

　テクストは一見政治的背景とは無縁です。ただ、ミシェル・フーコーがディスクールと述べるように、この世に政治性と無縁なテクストなど存在しないという考えも成り立つでしょう [22]。ナボコフがロシアから完全に亡命するのは 1919 年 4 月 15 日です。4 月には赤軍がクリミアに侵攻し、ナボコフ家はそこから逃れるようにしてセヴァストーポリに移住しています。つまり、このテクストは亡命直前に書かれた詩なのです。詩人の運命は分岐点、まさに狭間におかれます。祖国を捨てるか否か。この時点で永遠に祖国を捨て去る意識があったかどうかは定かではありませんが国外に移住することは決まっていて、精神的にも地理的にもその分岐点に立たされています。この詩には 2 つの対立軸が首尾一貫して配置され、そのことは弱強格の韻律や男女女男の包摂韻の形式によって表明されます。

　この詩の主人公はホテルの一室に入るにあたって、ベッドともベンチとも（おそらく、みすぼらしいベッドのことなのか）見分けのつかないものに遭遇し、その認識に躊躇しています。フォルマリズム的にいうと認識が遅れることによって、明視が目的化され、それによって新たな表現が生まれます。その認識が遅れたのは、目にしたのがそのものの事物ではなく、鏡に映った反射だったからであることは先に挙げた『賜物』の例と同様です。この詩が『賜物』以前に書かれたことからも『賜物』において使われた技法の兆しが見えてきます。つまり、第 1 連の第 1 詩行で示されたものの答えが第 3 詩行に示されることによって、奇数詩行の対応関係とともに 2 つの事物の実体が明かされる仕組みをもつということです。一方、第 2 詩行の暗黄色の壁は、第 4 詩行の部屋に入る僕たち、つまり、ぼくとその影が入る様子を映し出すスクリーンの役割を演じており、2 つの事物とその反映が示された第 1 および第 3 詩行と同じように、「僕」が「影」に分節し、映し出される姿と実態の差異化をめざします。以上が第 1 詩節の内容です。この詩はそのような二項対立的対置をはじめから覆すような仕掛けが施されています。なぜなら、「ベッドと

172

ポスト・コロニアリズムの視点から

もベンチともつかない」ものに遭遇し、その上で2脚の椅子が出て
きます。このシーンは、のちにナボコフが英語で書く『ロリータ』
においてハンバートがロリータと初めて入ったホテルの一室のシー
ンとも重なります。椅子もベッドも照明もすべてが鏡のはたらきに
よって二重性をさらに倍増させていきます。

　以上が言説通りの内容でありますが、この詩が書かれた時代背景
を基に僕の意見を展開したいと思います。1917年より始まったロシ
ア内戦の最中に労働者・農民赤軍として設立され、当時のクリミア
を襲っていた背景からは、赤軍か白軍かという二者択一は生か死か、
あるいはロシアに踏みとどまるか否かの決断を余儀なくすることを
意味するものであったことは言うまでもありません。「ベッドともべ
ンチともつかない」ものの存在のあとに2つの椅子が認識されるよ
うに、赤か白か、ボリシェヴィズムの軍勢かそれ以外かによって生
か死かが決められてしまう戦闘が繰り広げられるなかにあり、その
戦闘の主体者がともにロシア人であるという自己矛盾が現出してい
ます。ボリシェヴィキか他の革命勢力かという二者択一を迫られる
なかで、その二者択一を否定する道を歩むもう一つの形のロシア人
のアイデンティティが示されます。革命に狂奔するあまりに分断す
るロシアを見守るまなざしとも受け取れるのです。これは深読みと
思われるかもしれませんし、妄想の謗りを免れないかもしれません
が、ナボコフの作品が一つの世界ともう一つの世界のパラレリズム、
あるいは、シンメトリーによって作られているというナボコフ研究
の基本に立ち返るならば、ここで描かれる一つの描写がまったく異
なる別の世界のことも同時に語っていると考えられます。

　ただ、ナボコフが西欧主義・スラヴ主義（あるいはそれに後続する
西欧主義・ボリシェヴィズム）という二項対立のなかで、単純にスラ
ヴ主義的ではなく西欧主義の側に立って、西欧的ロシアからスラヴ
的ロシアを他者化したのかと考えると、それは難しいでしょう。お
そらく、二者択一という選択肢のなかで、すでに述べたように、ナ

173

第 11 講

ボコフ自身の政治信条はボリシェヴィズムに反対する立場であった
ことは言うまでもないのです。ただ、その二者のどちらともが故郷
ロシアには備わるのであり、その故郷ロシアを故郷の外から見守る
亡命者的視点が、すでにこの時点で作者ナボコフに宿り始めるので
はないかと考えられます。なぜならば、アルジルダス・グレマスが
『構造意味論』のなかで示す四項式のように [23]、「ベッドともベン
チともつかない」ものから 2 脚の椅子への認識、ホテルの壁に移る
「僕」と「僕の影」の二者がそれに交差するように、二項対立的に見
る対象は意図的に部外者（つまり、詩人と影）によって捻じ曲げられ、
二項式が四項式に重層化するように、詩人の故郷で起こる内戦の模
様（つまり、赤軍と白軍）も、その内部の抗争のただ中にいる 2 陣営
と、その戦いを外から俯瞰する別のまなざしというように重層化す
るように思われるからです。

　第 2 詩節において、窓を開けると影がまたしても大地に投げ落と
されます。第 1 詩行と第 2 詩行の詩節の前半はコロンをともないま
すが一つのセンテンスです。後半第 3 詩行と第 4 詩行は、夜の息絶
え絶えの様子、犬の遠吠えによって静寂が打ち消される様子が 2 つ
の文によって示されますが、2 つの文は一つのことを物語り、意味
論的に連結しています。第 2 詩節において、視覚的形象より音声的
形象が優勢になりますが、窓ガラスの向こうに反射する姿が映し出
されることによって、「私」（本体）と「私」（影）が分節化しながら
登場してきます。第 1 詩節においてホテルの外側から内側への平行
移動の際に示される光と影の動きが中心軸に据えられていたのに対
して、第 2 詩節においては窓ガラスを通して、路上に映し出される
影と室内にいる「私」という垂直軸に変換されます。同時に犬の遠
吠えによって、部屋の閉塞状況から開かれた平面に呼び寄せられる
誘いとも取れる音が聴覚に響いてくるのです。

　第 3 詩節。窓際でぐったりと疲れて眠る自分（第 1 詩行）、夜のと
ばりに、金色に蜜の汁を滴り落とすように甘く月が輝く。ここでは、

ポスト・コロニアリズムの視点から

月と月光が分節化しています。

つまり、3つの詩節を貫くものとして、本体と反射、光と影、月と光、そして、それを認識する自分と自分の影とが分節化しているのです。

第1詩節において認識の過程を難渋なものにするという点ではおそらく純芸術的な文学性の追求によって説明ができるでしょう。フォルマリストが言うように認識のプロセスを長引かせ、見るために見る。見ることが目的化することにより、別のものに見えてくる。ただ、そのような形式主義的読みに文脈的背景を加えてみたら何が見えてくるでしょうか。

この詩が書かれたのが祖国を亡命する直前であったという事実を基に、「深読み」の危険をあえて冒すならば、ナボコフは、それまで祖国（ロシア）にいたときの「私」とこれから始まるまったく言語環境の異なる生活を余儀なくされ運命に翻弄され亡命する「私」をあえて分節化しようと試みたのではないでしょうか。つまり、ホテルの一室に入り、窓の向こうの影を見、窓際で休みながら月光に照らされるという3詩節にまとめられる行為を通じて、それまでの自分とこれからの自分を差異化しようと試みていたのではないかと考えられるのです。

この詩においてはロシアの形象は何も顕在化されません。ただ、セヴァストーポリが赤軍の支配下に置かれつつある状況下にあって、それまで住んでいた祖国が別の国に変えられていくという時代背景をないがしろにすることはできません。ナボコフは自分と自分の影を分節化するだけではなく、それまで住んでいたロシア（故郷）とまったく異なる地（旧ソ連）が分節化される様子をもう一つのまなざしで観察していたように思われます。

以上の観点を、ポストコロニアル批評が言うところの他者化という考えに照らし合わせて考えてみるとどうなるでしょう。ナボコフが思い描く祖国ロシアが西欧主義的道のりを歩むことをしかるべき

175

第 11 講

プロセスと考えるならば、それとは対極の独自の道を歩もうとするスラヴ主義的、あるいは人民主義的なロシアは、自分の祖国に対する形象からかけ離れた別の国のものとなる。そして、いままで住んでいた国とは、まったく別の国に変わりゆく様子を目の当たりにしながら、ロシアを離れ、これから別の地で生きていこうとする。したがって、祖国で起こる内戦を目の当たりにしながら、祖国に留まる自分を他者化し、祖国から亡命する新たなまなざしで故国をとらえようとしているのではないか、とも解釈できるわけです。

詩の分析② ロシア

Россия

Не всё ли равно мне, рабой ли, наёмницей [24]
  иль просто безумной тебя назовут?
Ты светишь... Взгляну — и мне счастие вспомнится.
  Да, эти лучи не зайдут.

僕にはどうだっていいのか、お前が、奴隷やら雇われ兵と
  あるいは狂暴なおんなと名づけられることが？
お前は輝く…僕は覗く。すると幸せが思い出される。
  その輝きが失せることはない。

1919 年 3 月 5 日にクリミアで書かれた詩です。この詩の韻律は弱強弱格（アムフィブラフィー）です。なぜそうなのか考えてみると、詩の題名が "Россия"「ロシア」なのでアクセントが弱強弱のリズムになっていることに合致するからです。そして第 1 詩節から第 6 詩節の偶数詩節ですが、二項対置を三項化、あるいは三項式を二項対

ポスト・コロニアリズムの視点から

置化するように書かれています。脚韻はダクティリ（強弱弱）韻と
男性韻の交差によって成り立つ4詩行が一つの詩節を成しています。
　　内容はどうでしょうか。"Россия" は女性名詞であり、第1詩節で
たとえられる "раба"、"наёмница"、"безумная" はそれぞれの男性名
詞、あるいは男性形 "раб", "наёмник", "безумный" に対応する女性名
詞、女性形です。祖国を女性のイメージにたとえているのは明白で
すが、フォークロア的、あるいは神話的な3段論法、つまり、3つ
の形容語などを連続させる語法において後続する詩節と共通する部
分があります。たとえば、第1詩節前半の2詩行の "раба" は農奴制
を暗示し、"наёмница" は傭兵を意味します。祖国をなぜこのような
語にたとえるのか理由は定かではありませんが、この国が精神的に
確固とした支柱をもたない、アイデンティティが定まらないという
点で、ある種のコロニアルな状態に陥っていると述べているかのよ
うです。それが次の "безумная" の一語により、この国の向かってい
る状態が作者にとって望ましくない方向に向かっていることを明示
しています。政治的位置はきわめて明瞭に置かれているのです。第
1詩節後半の2詩行で前半の消極的イメージに対立する "лучи"（輝
き）、"счастие"（幸せ）が示され、作者の祖国に対する二律背反的な
感情が描かれています。

　　Ты в страсти моей и в страданьях торжественных,
　　　　и в женском медлительном взгляде была.
　　В полях озарённых, холодных и девственных,
　　　　цветком голубым ты цвела.

　　お前は僕の情熱の中にも、極致の苦しみの中でも
　　　　女性の悠然としたまなざしの中にもいた。
　　日に焼け、あるいは、凍てついた、未開の荒野にも、
　　　　空色の花をお前は咲かせた。

177

第 11 講

　第 2 詩節においても、先行詩節と同じように、「僕の情熱の中にも、極致の苦しみの中でも女性の悠然としたまなざしの中にもいた」と 3 つの内面的状況に祖国が存在していたことを示しています。

> Ты осень водила по рощам заплаканным,
>> весной целовала ресницы мои.
> Ты в душных церквах повторяла за дьяконом
>> слепые слова ёктеньи.

お前は涙に濡れた木立にも秋を導き、
僕のまつげに春となって口づけた。
お前は鬱陶しい教会で輔祭に合わせて
盲目的に連禱の言葉を唱えていた。

　第 3 詩節。ここではロシアを季節、および、宗教のイメージでとらえています。宗教に対するネガティヴな言説ですが、カルポーヴィチが言うように西欧主義者は宗教に対しては敵意を示しているか無関心でした [25]。

> Ты летом за нивой звенела зарницами,
>> в день зимний я в инее видел твой лик.
> Ты ночью склонялась со мной над страницами
>> властительных, песенных книг.

お前は夏には耕地の向こうで稲光を轟かせ
冬の日には樹氷の中にお前の顔が見えた。
夜には僕と一緒に頁の上にうつむいた
皇帝や詩が描かれた本の上にも

178

ポスト・コロニアリズムの視点から

　第4詩節において、詩人の故郷を見る目は、夏や冬における自然の情景や、夜半の読書の様子に注がれていきます。これらはほぼすべて肯定的イメージなものと言ってよく、祖国についての二律背反的な感情は示されていません。

Была ты и будешь. Таинственно создан я
　　из блеска и дымки твоих облаков.
Когда надо мною ночь плещется звездная,
　　я слышу твой реющий зов.

お前はいた。そして居続けるであろう。僕は密やかに創られた
　　お前の雲の光と霞から
僕の上に星の夜が瞬くとき
　　僕はお前の呼び声が駆け巡るのを聞いた。

　第5詩節、「お前はいた。そして居続けるであろう」という言説には何らかの解釈が必要になります。まず疑問点としてなぜ「お前」（ロシア）の存在は過去形と未来形によって示され、現在形では物語られないのでしょうか。現に作者のナボコフ自身がまだロシアに居るのにもかかわらずです。おそらく、作者にとってロシアの存在の有無は、現実の存在とは少しかけ離れたものであるのか、現実のロシアに幻滅し、幻想のロシアに光を見出そうとしているとも解釈ができます。つまり、この詩に描かれた祖国についての肯定的イメージはすべて過去の追憶であり、否定的イメージが現実に繰り広げられる痛ましく残酷な様子と結びつき、そこに故郷についての麗しい記憶とは結びつきようもありません。それを時間軸的に述べるならば、この詩におけるロシアの肯定的イメージは過去のもので、否定的イメージで彩られるロシアこそが現実のロシアということになり

179

第 11 講

ます。しかし、未来のロシアが示されることによって、いまある痛ましい現実から解放される時代がくることを予見しているとも解釈できます。

> Ты-в сердце, Россия. Ты-цепь и подножие,
>> ты-в ропоте крови, в смятенье мечты.
> И мне ли плутать в этот век бездорожия?
>> Мне светишь по-прежнему ты.

> お前は心の中にいる、ロシア。お前は山脈であり麓、
>> お前は血しぶき、不安な夢の中にいる。
> 僕はこの道なき時代をさ迷い歩くのか？
>> 僕にそれでもお前は輝き続ける。

5 марта 1919

　この詩の最後において、ロシアは現実のものから幻影へと移行します。作者にとっての視覚映像は肯定的イメージ（цепь и подножие）と否定的イメージ（в ропоте крови, в смятенье мечты）の二律背反に分かれ、詩節の最後の 2 詩行で、自分が近い将来この国を捨てる可能性があること、そして、離れた後にもなお心の中に「輝き続ける」存在としての祖国を語ってこの詩が終わります。

おわりに

　本講ではナボコフの作品における視覚性を巡る問題とエミグレ表象の問題を扱い、この 2 つの観点でそれぞれのテクストの分析を試みました。最後に、この 2 つの視点がどういう点で融和され、ナボ

180

コフ作品の解明に役立てられるのかを考察してみましょう。冒頭でも述べたようにナボコフの作品はロシア語時代と英語時代に書かれた韻文・散文が主なジャンルに類別されます。英語時代に書かれた作品には、「鏡」を利用した異化効果、目に見える映像よりも心象風景としての視覚的記憶を重視する傾向性など、ナボコフ的芸術技法を見出すことができますが、ロシア語時代に書かれた韻文作品にもすでにその萌芽を見出すことができます。さらにナボコフ作品における視覚性とは、①シクロフスキーが提起した異化、あるいは明視性に関わるもの、②視覚の問題が明視性にとどまらず、視覚的に復元される記憶、視覚的記憶あるいは「視憶」(mnemoptical) の2つの例に類別できると考えられます。

注

1) 「最新ロシア詩」(Р. Якобсон. *Новейшая русская поэзия*. 1921. Прага. С.11.) のなかでヤコブソンは「文学に関する学の対象は文学ではなく文学性、すなわち、ある作品をして文学的な作品にしているところのもの」 (предметом науки о литературе является не литература, а литературность, т. е. то, что делает данное произведение литературным произведением.) と述べている (新谷敬三郎・磯谷孝編『ロシア・フォルマリズム論集──詩的言語の分析』、現代思想社、1971、p.76)。

2) ドリーニンによると、ナボコフとシクロフスキーは政治的な敵対関係にあった。それはホダセーヴィチのフォルマリストについての敵対関係に連動するものである。В.Набоков. *Pro et Contra, Личность и творчества Владимира Набокова о оценке русских и зарубежных мыслителей и исследователей*. СП, 1997, С.С.724. このなかでドリーニンは「シクロフスキーはナボコフにとってロシアからベルリンに逃げながらも、貧しいロシア人亡命生活に『胸高鳴らず』と、祖国に帰ることを嘆願し、ソ連に戻るや浅ましいまでに体制につかえた」と述べている。

3) E. Alexandrov. *The Garland Companion to Vladimir Nabokov*. New York, Library of Congress Cataloging-in-Publication Data, 1995. p.321.

4) В. Набоков. *Собрание сочинений русского периода в пяти томах*. Т.4. СП. С.193-194.

5) ナボコフ、『賜物』、沼野充義訳、河出書房、2010、pp.11-12。

6) 翻訳者沼野充義が指摘するように原文のロシア語では параллелепипед

第 11 講

は平行六面体を意味するが、ナボコフが Michael scammell および Dmitri Nabokov と共同で手がけた英語への訳では parallelogram（平行四辺形）と翻訳されている。V. Nabokov. *The Gift. Translated by Michael Scammel and Dmitri Nabokov in collaboration with V. Nabokov*. New York, Penguin Books, 1963. p.13.

7) ラカンについては、ラカン、『エクリ』全 3 巻、弘文堂、1972-81）を主に参照。

8) ナボコフの作品にはロシア語、英語、あるいは散文、韻文にかかわらず、「鏡」の反射を利用して知覚そのものを遅らせる技法が数多く用いられる。

8) 「視覚的な記憶には二種類ある」。ナボコフ、『ロリータ』、若島正訳、新潮文庫、2006、pp.21-22。原文では V. Nabokov. *Lolita. Novels 1955-1962*. Edited by Brian Boyd. New York, The Library of America, 1966. p.9.

10) V. Nabokov. *Transparent Things*. New York, Vintage International, 1989. p.3. 若島正・中田晶子はこれを「視憶」と翻訳する（ナボコフ『透明な対象』若島正・中田晶子訳、国書刊行会、2002、p.7）。

11) E. Said. *Culture and Imperialism*. New York, Vintage Books, 1993.（サイード、『文化と帝国主義 1』、大橋洋一訳、みすず書房、2001）.

12) サイードが『オリエンタリズム』で本来提起したような視点は、西欧人が非西欧を差別化したものであることは言うまでもない。ただ、ポストコロニアルの扱う範疇には「ハイブリッド性、故国喪失、境界性、植民主義が生んだアイディアやアイデンティティの移動性と越境性」（Ania Loomba. *Colonialism/Postcolonialism*. London and New York, Routledge, 1998. アーニャ・ルーンバ、『ポストコロニアル理論入門』、吉原ゆかり訳、松柏社、2001、p.213）が含まれる。「非ロシア的」であることがしばしば指摘される（V. アレクサンドロフ）この作家が書くテクストに表象された祖国へのまなざし、および、エミグレの分析に役立てるのではないかと考えた（В. Александров. *Набоков и Потусторонность: метафизика, этика, эстетика*. СП. 1999. С.7.）。

13) Brian Boyd. *Vladimir Nabokov: The American Years*, Princeton, Princeton University Press, 1991. p.14. ナボコフとカルポーヴィチとの最初の出会いは 1932 年プラハである。ボイドの『ナボコフ伝——アメリカ時代』（諫早勇一訳、みすず書房、2003）には 2 人の交遊の様子が事細かに記述される。

14) M. Karpovich. *Imperial Russia 1801-1917*. New York, Berkshire Studies in History, 1932.

15) В. Александров. *Набоков и потусторонность*. С.8.

16) В. Набоков. *Собрание сочинений русского периода в пяти томах*. Т.4. С.191.

17) ナボコフの自伝におけるヘーゲルおよび螺旋の解釈は、まさしく、テ

ポスト・コロニアリズムの視点から

ーゼ→アンチテーゼ→ジンテーゼのように、西欧的ロシアがスラヴ的ロシア（あるいは人民主義的ロシア）にとってかわられ、それがさらに西欧的ロシアに回帰することを預言した一節のようにも解釈できる。"The spiral is a spiritualized circle. In the spiral form, the circle, uncoiled, unwound, has ceased to be vicious; it has been set free. I thought this up when I was a schoolboy, and I also discovered that Hegel's triadic series (so popular in old Russia) expressed merely the essential spirality of all things in relation to time. Twirl follows twirl, and every synthesis is the thesis of the next series. If we consider the simplest spiral, three series may be distinguished in it, corresponding to those of the triad: We can call "thetic" the small curve or arc that initiates the convolution centrally; "antithetic" the larger arc that faces the first in the process of continuing it; and "synthetic" the still ampler arc that continues the second while following the first along the outer side. And so on." (V. Nabokov. *Speak Memory*. New York, Vintage International, 1967. p.275.

18) M. Karpovich & Horace G. *Lunt:A Lecture on Russian History*. Berlin, New York, Amsterdam, Mouton de Gruyter, 1959.

19) サイード、『文化と帝国主義1』、大橋洋一訳、p.50。

20) 同書、p.50。

21) В. Набоков. *Собрание сочинений русского периода в пяти томах*. Т.2. С.46.

22) ディスクールの用法については M. フーコーの考えに基づく。フーコーによれば、一切の言説（ディスクール）がその言説がなされる時空間、権力によって制限、束縛されたものであり、政治的でないディスクールは存在しえない。M. フーコー、『ミシェル・フーコー講義集成』全6巻＋『ガイドブック』、小林康夫・石田英敬・松浦寿輝編、ちくま学芸文庫、2006 を主に参照。

23) アルジルダス・ジュリアン・グレマス、『意味について』、赤羽研三訳、水声社、1970 を参照。

24) В. Набоков. *Стихотворения*. СП. 2002. С.112.

25) M. Karpovich. *Imperial Russia 1801-1917*. New York, The Dryden Press, p.30.

第12講

脱構築的読解　ウラジーミル・ナボコフの
作品における「ずれ」の美学
―― 『賜物』、『透明な対象』を中心に脱構築的読解を試みる

　「作家は魔術師であり教育者であらねばならない。」[1]（趣意）、ウ
ラジーミル・ナボコフの『ヨーロッパ文学講義』で述べる言葉です。
ナボコフの作品を読み解く際、何らかの二項対立的図式に当てはめ
て読む構造主義的読みの試みは、魔術師の仕掛けた術中に嵌るか、
足元を掬われる危険をともないかねませんでした。ナボコフ自身が
述べるように作家という職業は上手にウソをつくことが公然と認め
られた合法的ペテン師なのであり、手品の仕掛けを読み解かんとす
る解釈は、想定された「作者」によって「読者」の資質を試されて
いるとも言えるからです。読者を裏切るために仕掛けられた「期待
の地平」は、熟練の読みを要求し、読み手を賢くさせる「教育」的
な意味を有するのです。ただ、ペテン師の仕掛けた罠に嵌ることに
終始するのであれば、研究の意味はありません。それらの「仕掛
け」にも何らかのパターンがあり、おそらくこの作家の作品を洗い
ざらい読み解いていけば、そのパターンを何らかの形で類型化する
ことは可能なのではないかと、そこまで考えてみるとどうでしょう
か。そのパターンをすべて読み説くことは本講の限られた頁に課せ
られた目的ではありませんが、この作家が詩人として創作活動を開
始し、詩人から小説家を志向していったプロセスを考えるならば、
まだ研究の途についたばかりの（シーリン時代の）韻文研究、その
上での、韻文作品と散文作品、あるいはロシア語作品と英語作品の

照応関係に光を当てることによって、ナボコフ的「仕掛け」の解明は実現が可能かもしれません。

　元々詩人であった作家の書く小説は、元々の散文作家が書く小説とはまったく性格を異にするものです。このことを指摘したのはロシア・フォルマリストとして活躍したボリス・エイヘンバウムです。いわゆる、「詩の散文化」と言われる用語は文学研究において認知され汎用されるに至っています。一方、この用語と対極にあるが相関関係を持つ言葉として、「散文の韻文化」があります。この2つの概念は何が共通し何が違うのでしょうか。また、個別の作家、作品に当てはめた場合、具体的にどの作品のどんな部分にこの要素が当てはまると言えるのでしょうか。本講は、散文を書く詩人としてウラジーミル・ナボコフの作品を取り上げ、この問題について考えることを目的とします。言うまでもなく、バイリンガル作家ナボコフはロシア語と英語で作品を残しましたが、本講の目的の遂行は、2つの言語からこの問題に取り組むことによって達せられると考えます。ロシア語と英語で書かれたテクストをそれぞれ読み比べることで、この作家の特徴がより浮かび上がるものと考えられるのです。本講では、主にロシア語の散文作品における『賜物』«Дар,1937»[2]、英語の散文作品『透明な対象』«Transparent Things,1972»[3] を取り上げ、それぞれ先に述べた問題点について考察します。その上で、ナボコフの作品の特徴に見られる韻文の散文化、散文の韻文化、そして、韻文と散文のアンビヴァレンス（両面価値性）をナボコフ作品の最大の特徴として位置づけ、ナボコフ作品における脱構築性を論証していきましょう。

視点の提示——構造主義か脱構築か

　ウラジーミル・ナボコフの作品にあたって、同時代的に生成、継

脱構築的読解　ウラジーミル・ナボコフの作品における「ずれ」の美学

起、隆盛した文芸学の動向は、作品を読み解く「鍵」ではなく、作品が作られるプロセスと密接不可分な関係性を有した同時代的文脈とも言えます。これはどういうことでしょうか。作家は作品を書き、批評家、研究者は解剖、分析し、研究、批評を加えていきます。このような二極的対置関係の破壊、あるいは、転覆があらかじめ意図されたところから作家による創作行為は営まれます。その際、批評理論は作品を読む手掛かり、つまり、解剖のメスではなく、むしろ、作者によって作品の構成要素の一部に組み入れられるしかなくなります。すると、批評理論は、より後景に退き、文脈的意味しか持ち得なくなり、作品読解の主役では成り得なくなるのです。そのことは、ナボコフが生まれ育ち、学習し、移住した経歴をたどればより簡単に理解できるでしょう。

　ナボコフは、すでに述べたように 1899 年のサンクト・ペテルブルグ生まれ、ロシア文学において世紀末的、あるいはニーチェ主義的ムードが漂い、象徴派、あるいは、モダニズムといった芸術至上主義的潮流が最も栄えた時代に教育を受けてきました。ロシア・フォルマリズムが産声を上げる革命前後は、ペテルブルグからクリミアに移住した時期と重なりますが、未来派の創作とフォルマリズムの理論が同時期に営まれた時代の空気を十分に吸っていたものと考えられます。1919 年、ケンブリッジ大学に入学し、英文学とヨーロッパ文学を学ぶのですが、その時代にあって、アメリカの新批評生成にも影響を与え、文芸批評の下地を作ったケンブリッジでは、精緻読解の訓練が十分になされていたと考えられます。よって、ナボコフはロシア本国でモダニズムやフォルマリストとの同時代的空気を吸い、英国での伝統的学習環境で精緻読解の鍛錬を余儀なくされたのでした。さらに、彼が受容理論や構造主義、脱構築批評の生成の基盤となっていたベルリン・パリ時代を経て、アメリカに渡って大学で教鞭をとりますが、その時代は新批評が栄えていた時代にも符合し、ナボコフは、ロシア、イギリス、ドイツ、フランス、アメリ

カと移住し学習・創作活動を貫くなかで、ロシア・フォルマリズム（ロシア）、精緻読解（イギリス）、精神分析批評や解釈学、受容理論（ドイツ）、構造主義と脱構築（フランス、アメリカ）、新批評（アメリカ）などの理論の形成と批評の動向を敏感に察知し、同時代的にそれぞれの場所における批評の空気を嗅ぎながら作品を作りつづけていったことになります。したがって「書く作者」−「読む読者」という関係性は、単純に二極化されたものではなく、作者によってその関係性の転覆、あるいは破壊があらかじめの目論見となって創作が行われたのです。つまり、批評する読者の意図を察知しながら書く、あるいは、批評する側の視点が取り込まれた形で作品が作られていったと考えることができます。文芸批評理論は、作品を読み解く鍵ではなく、作品を読むための文脈的意味を持つことになります。

　では、上記のことを踏まえ、文芸批評そのものを批評するという作者の視線、あるいは、読者に仕掛けた「罠」に対してさらに分解・解剖・批評するためにどんな理論が有効なのかと考えると自家撞着を引き起こしかねませんが、やはり洗練された作家の目論見に対抗できるほどの「読者」による「読み」の逆襲を企てるしか方法はないのではないでしょうか。つまり、作者は読者の構造主義的読解を把握した上での「書く」−「読む」の二項関係の脱構築を図る。そう考えるならば、やはり作者の意図を踏まえた上でのナボコフによって意図された「読み」−「書き」の転覆を図るしかその作品読解はできないことになります。作者によってあらかじめ意図された二項関係の「転覆」の営みを踏まえながら、その仕掛けをいくつかの作品から暴くことが本講の主題となります。むろん、その二項関係とは先に述べた「書く」−「読む」の対立関係だけではなく、「見るもの」と「見られるもの」、「意味するもの」（シニフィアン）と「意味されるもの」（シニフィエ）、ひいては「日常的言語」と「詩的言語」、「散文」と「韻文」、あるいは、「作者」（書き手）と「主人公」（あるいは語り手）の人称関係といった対立関係に対してもことごとく、その

転覆、破壊を目論見、意図的に「ずれ」を生じさせるのです。言うまでもなく、構造主義と脱構築は相矛盾する考えではなく、互いに補完し、相応し、支えあう関係です。構造化なくしての脱構築はなく、脱構築なくしての構造化もまたあり得ません。こうしてみると、二項対立は絶えず反復・逆転することを望んでいるかのようです。

　ロシア・フォルマリストの考え方はナボコフと同時代的でありそれゆえ非常に親密なモダニズム的感覚を共有することが指摘されています。その一方で、その立場の微妙な違いや政治的な見解のずれにより、しばしば似て非なるもの、水と油のような対立関係であった様子も指摘されます。ナボコフとロシア・フォルマリストは一体どのようにそれぞれの文学観の違いを明示していたのでしょうか。ロシア・フォルマリズムの諸活動は言わずもがな 20 世紀に誕生した文芸学の先駆的存在としていや増してその意義が留められます。ただ、ウラジーミル・ナボコフの創作において、ロシア・フォルマリズムから端を発した散文・詩の二項対立的区分は、後続する文芸理論の進化とともに発展し、その二項対立の図式が転覆あるいは脱構築される何らかの営みがすでになされていたものと考えられるのです。本講はポール・ド・マンがルソー、ニーチェ、リルケ、プルーストにおける比喩的言語を論じた『読むことのアレゴリー』[4]やバーバラ・ジョンソンがボードレールやマラルメの作品を分析する際に用いた手法[5]を援用し、イデオロギー的言語と文学的言語（新批評）、日常的言語と詩的言語（ロシア・フォルマリズム）、隠喩と換喩（ヤコブソン的二項対立）、あるいは散文と韻文、そしてさらには言語と脱・言語といった二項対立がいかに脱構築されうるか、ナボコフのテクストを基に検証を試みたいと思います。

第 12 講

視覚的記憶と「見たもの」との「ずれ」

『透明な対象』には「視憶」(mnemoptical) という造語が使われます。視覚的記憶はナボコフ作品全編につらぬかれる重要なファクターであることは言うまでもありませんが、ここでは記憶としての視覚的イメージのいま目の前にある像との「ずれ」を描いた箇所を抜粋します（下線は筆者による強調の意味）。

As the person, Hugh Person (corrupted "Peterson" and pronounced "Parson" by some) extricated his angular bulk from the taxi that had brought him to this shoddy mountain resort from Trux, and while his head was still lowered in an opening meant for emerging dwarfs, his eyes went up——not to acknowledge the helpful gesture sketched by the driver who had opened the door for him but to check the aspect of the Ascot Hotel (Ascot!) against an eight-year-old recollection, one fifth of his life, engrained by grief. A dreadful building of gray stone and brown wood, it sported cherry-red shutters (not all of them shut) which by some mnemoptical trick he remembered as apple green. The steps of the porch were flanked with electrified carriage lamps on a pair of iron posts. Down those steps an aproned valet came tripping to take the two bags, and (under one arm) the shoebox, all of which the driver had alertly removed from the yawning boot. Person pays alert driver.[6]

そこの人たるヒュー・パースン（「ピータースン」が転化した名前であり、人によっては「パアスン」と発音する）は、トルーからこの安っぽい高山リゾートホテルまで乗ってきたタクシーを降りようとして、ごつごつした身体を曲げ、小人用みたいなドア口でまだ頭を低くしているときに、視線を上に向けた——それ

190

は、ドアを開けてくれた運転手が手を貸すそぶりを見せたのに対して会釈するためではなく、アスコット・ホテル（アスコット！）の外観を、彼の人生の五分の一に相当する、八年前の悲しみに彩られた記憶と照らし合わせるためだった。このひどい建物は灰色の石材と茶色の木材でできていて、鎧戸（全部が閉まっているわけではない）は派手なチェリーレッドなのに、視覚のトリックによって彼はそれがアプルグリーンだと記憶していた。ポーチの階段の両脇には一組の鉄柱が立っており、その上に電気式の馬車灯がついていた。前掛けをしたボーイがその階段を軽快な足取りで降りてきて、二つの鞄を持ち、（片方の腕の下に）靴の箱を抱えたが、それはみな運転手が開いたトランクからてきぱきと運び出しておいた物だった。パースンはてきぱきとした運転手にはチップをはずむことにしている。[7]

『透明な対象』はナボコフの晩年の作品であり、評価も分かれるところですが、ナボコフが諸々の作品にちりばめていたさまざまな手法の集大成とも言えます。視覚的記憶の問題は『賜物』、『ロリータ』をはじめ、ほとんどの作品で取り扱われていますが、ここではいま実際に見ているものと視覚的記憶とのずれからエクリチュールが生まれることが示唆されています。

The unrecognizable hall was no doubt as squalid as it had always been.[8]

見憶えのない玄関は、昔からみすぼらしいことだけはたしかだった。[9]

第12講

ポストカードの多用

ナボコフの作品ではポストカードがよく使われます。ハンバート・ハンバートが陪審員に対して配るポストカード、「フィアルタの春」における回転するポストカードの売り台。しかし、『透明な対象』においては明らかに「見るもの」と「見られた」もののギャップ（ずれ）、その転覆を起こさせるために意図的に用いられています。

The receptionist (blond bun, pretty neck) said no, Monsieur Kronig had left to become manager, imagine, of the Fantastic in Blur (or so it sounded). A grassgreen skyblue postcard depicting reclining clients was produced in illustration or proof. The caption was in three languages and only the German part was idiomatic. The English one read: Lying Lawn——and, as if on purpose, a fraudulent perspective had enlarged the lawn to monstrous proportions.[10]

受付嬢（ブロンドの巻きあげ髪、かわいい首筋）は、いいえと答えた。ムッシュウ・クローニッヒはここを辞めて、なんと、ブリュールの華厳ホテル（というように聞こえた）の支配人になられました。草は緑で空は青という、寝そべる宿泊客を描いた絵葉書が、図解か証明のために取り出された。キャプションは三カ国語で書かれていて、ドイツ語の部分だけが口語調だ。英語では「日光浴にうっそつけの芝生」（ママ）となっていて、まるでわざとそうしたように、嘘の遠近法によって芝生がとんでもなく拡大されていた。[11]

ポストカードで描かれる像が実際の風景とずれている様子が誇張されます。その上さらに3ヵ国語のキャプションの説明によって、「日光浴用の芝生」（Lying Lawn）がいかに虚偽に満ちているか（Lying）

192

脱構築的読解　ウラジーミル・ナボコフの作品における「ずれ」の美学

を証明しているのです。

「作者」と「語り手」のずれ

　我々読者は短絡的に「語り手」あるいは「主人公」に作者の影を見出したがります。そのような作家研究のもとに作品研究があるという伝統的な読みに異議を唱え、作品の自己価値性を重視する読みや精緻読解を奨励したところにロシア・フォルマリズムや新批評の功績が認められてきました。しかし、そのような「主人公」と「作者」の恣意的な区別も実は読み手の側からの作為的で恣意的な思索の戯れでしかないかもしれません。そのような文芸理論の動向を意識し、その同時代的ムードにするどく反応して作家の側からのエクリチュールが生まれるとすれば、『賜物』の冒頭に見受けられるような三人称（主人公）の語りが突如一人称（主人公）に転換するのもきわめてナボコフらしい書き方と言わざるを得ません。

　　On the sidewalk, before the house（in which I too shall dwell）, stood two people who had obviously come out to meet their furniture（in my suitcase there are more manuscripts than shirts）.[12]

　　建物の真ん前には（ここにぼく自身も住むことになるのだが）、自分の家財道具を受け取りに出てきたらしい二人連れが立っていた（一方ぼくのトランクの中身は、白い下着よりも、黒い字がびっしり書かれた原稿のほうが多い）。[13]

　一人称の「ぼく」はのちに三人称の「彼」に変わります。「彼の内にいる誰かが、彼の代わりに、彼の意思には関わりなく、すでにこのすべてを受け入れ、書きとめ、しまいこんでいたからである」（同

193

第 12 講

頁）というふうにです。

　次は『透明な対象』です。

　He did do something about it, despite all that fond criticism of himself. He wrote her a note from the venerable Versex Palace where he was to have cocktails in a few minutes with our most valuable author whose best book <u>you did not like</u>. Would <u>you</u> permit me to call on <u>you</u>, say Wednesday, the fourth? Because I shall be by then at the Ascot Hotel in <u>your</u> Witt, where I am told there is some excellent skiing even in summer. The main object of my stay here, on the other hand, is to find out when the old rascal's current book will be finished. It is queer to recall how keenly only .the day before yesterday I had looked forward to seeing the great man at last in the flesh.[14]

　自分自身に対する好意的批判とはうらはらに、彼は手をこまねいているだけではなかった。彼は由緒あるヴェルセクス・パラス・ホテルから彼女に手紙を認め、後数分もしたら我が社で最も大切にしている作家とここでカクテルを飲むことになっている。その最高傑作を<u>きみ</u>はお気に召さなかったようだけど、と書いた。<u>きみのところ</u>にお邪魔してもいいだろうか、たとえば四日の水曜に？　そのころには<u>きみの</u>ヴィットにあるアスコット・ホテルにいるはずだし、そこなら夏でも最高のスキーが楽しめると聞いているから。それはともかく、ここに滞在している主な目的は、新作がいつできあがるのか古狸から聞き出すことだ。つい一昨日には、とうとうあの大作家を生身で見ることができるのかと胸躍らせていたのを思い出すと、妙な気持ちになる。[15]

美と醜の共存、グロテスク

　グロテスクとは2つの相反する概念が結び合わさり、そのギャップ、「ずれ」の大きさから生じる現象と言ってよいでしょう。グロテスクなものについてはこれまでカイザーやミハイル・バフチン[16]、ボリス・エイヘンバウム[17]、アンドレ・シャステル[18]によって種々論じられてきました。文学作品においてはガストン・ルルーの『オペラ座の怪人』（1910）やヴィクトル・ユゴーの『ノートル＝ダム・ド・パリ』（1831）におけるカジモドなどの好感と嫌悪感を同時に引き起こす主人公にも適用されています。おそらく、『ロリータ』のハンバート・ハンバートなどは、読者に嫌悪感と同情の両面価値的感情を引き起こすという点においては典型的なグロテスクと考えていいでしょう。ですが、ここでは、呼び起こされる印象という受け身的な意味ではなく、そのイメージそのものが持つ矛盾する概念の共存、両面価値性という意味でのグロテスクな様相を指摘していきます。まずは『賜物』からみてみましょう。

> The woman, <u>thickset and no longer young, with bowlegs and a rather attractive pseudo-Chinese face</u>, wore an astrakhan jacket; <u>the wind, having rounded her, brought a whiff of rather good but slightly stale perfume.</u>[19]

> もう一人は<u>ずんぐりした若くない女で、がに股だがかなり美しい中国人と見紛うような顔をし</u>、アストラカンのジャケットを着ていた。<u>風は彼女の周りを吹き抜け、粗悪とは言えないがちょっとかびくさい香水の匂いを漂わせた。</u>[20]

　そして、『透明な対象』にも美と醜を併せ持つ登場人物が描かれています。

第 12 講

Her assistant, a handsome young fellow in black, with pustules on chin and throat...[21] (彼女の部下の、顎と喉に吹出物がある、黒服を着たハンサムな青年[22])

　グロテスク的要素はそのほかに誇張された比喩という意味合いでも用いられることがあります。すでに述べたように、エイヘンバウムの「ゴーゴリの外套はいかにつくられたか」がその典型ですが、それに相当するヒューが泊まるスイスのホテルの描写があります。

Its bed was a nightmare. Its "bathroom" contained a bidet (<u>ample enough to accommodate a circus elephant, sitting</u>) but no bath. The toilet seat refused to stay up. The tap expostulated, letting forth a strong squirt of rusty water before settling down to produce the meek normal stuff——which you do not appreciate sufficiently, which is a flowing mystery, and, yes, yes, which deserves monuments to be erected to it, cool shrines! [23]

　ここのベッドは悪夢だった。「浴室」にはビデ（<u>サーカスの象でも坐った姿勢ならすっぽり収まるくらい大きい</u>）はあるが浴槽がない。トイレの便座は上げても倒れてくる。蛇口からは錆のある水が勢いよくほとばしり、その後でようやく収まって、まともな水がちょろちょろ出てくる——これはどれほど感謝しても足りないことであり、水の不思議とでも言うべきで、そう、そう、記念碑でも建ててやりたいくらいだ、ひんやりとした殿堂を！ [24]

　エイヘンバウムの『外套』論において「亀の甲羅のような爪」などの誇張された比喩が地口、滑稽な言葉、表現、アネクドートを背

景にして展開される、と述べられています。サーカスの象でも収まる大きさの便器は誇張された比喩に該当します。

「エクリチュール」と「読み」のずれ

『透明な対象』では「書かれてあること」（エクリチュール）と「読み」（解釈）とのずれによって次のエクリチュールが生まれる様子が見られます。

After breakfast they found a suitable-looking shop. <u>Confections. Notre vente triomphale de soldes. Our windfall triumphantly sold, translated his father, and was corrected by Hugh with tired contempt.</u>[25]

　朝食の後で二人は良さそうな店を見つけた。既製服。
先着順大安売り。特価品大販売、と父親が翻訳したので、
ヒューはやれやれといった軽蔑の口調で訂正してやった。[26]

フランス語で書かれた Confections. Notre vente triomphale de soldes（既製服。先着順大安売り）を「特価品大販売」と父親が翻訳してしまいます。

Its brown curtain was only half drawn, disclosing the elegant legs, clad in transparent black, of a female seated inside. We are in a terrific hurry to recapture that moment! The curtain of a sidewalk booth with a kind of piano stool, for the short or tall, and a slot machine enabling one to take one's own snapshot for passport or sport. Hugh eyed the legs and then the sign on the booth. The

masculine ending and the absence of an acute accent flawed the
unintentional pun:…[27]

　茶色のカーテンが半分しか引かれていなかったので、中に
腰掛けている女性のすらりとした脚がのぞいていて、透きとお
る黒のストッキングをはいていた。我々は大急ぎであの瞬間を
もう一度つかまえよう！　そのカーテンとは歩道に設けられた
ブースのカーテンで、そこには背の低い人間にも高い人間にも
調節できるピアノのスツールみたいなものと、スロットマシン
が置かれ、パスポート用かおふざけ用に自分のスナップ写真が
撮れるようになっていた。ヒューは脚に目をとめ、それからブー
スの看板を目にした。男性形で終わっているのとアクセント記
号がないところが、思いがけない洒落のかすかな瑕になっていた。

$$3\text{P}^{\text{hotos}}_{\text{oses}}\quad[28]$$

As he, still a virgin, imagined those daring attitudes a double
event happened:[29]

　まだ童貞だった彼が大胆な姿態をあれこれ想像していると、
二重の出来事が起こった。[30]

　ただしくは 3Photo and Poses と読むべきところが 3Photos と oses
を分節化して読むこともできます。諸説が考えられますが、フラン
ス語の osés（男性複数）は「大胆な」を意味する形容詞であり、アク
サン・テギュをつければ「3 枚の大胆な肢体」とも読めます。ただ、
問題は photo が女性名詞であり、男性形容詞複数形で終わっている
こととアクセント記号がないことによってその意味は成立していま
せん。もし女性形で終われば photo（女）の形容詞との接続が明確に

なり、3 photos osées という面白い洒落が成立できたと解釈できます。

鏡と錯視の用例

　ナボコフの作品では鏡が多用されています。鏡のモチーフは主人公の目線を錯綜させ、語りの構図を複雑なものにします。

> Her assistant, a handsome young fellow in black, with pustules on chin and throat, took Person up to a fourth-floor room and all the way kept staring with a telly viewer's absorption at the blank bluish wall gliding down, while, on the other hand, the no less rapt mirror in the lift reflected, for a few lucid instants, the gentleman from Massachusetts, who had a long, lean, doleful face with a slightly undershot jaw and a pair of symmetrical folds framing his mouth in what would have been a rugged, horsey, mountain-climbing arrangement had not his melancholy stoop belied every inch of his fantastic majesty.[31]

> 彼女の部下の、顎と喉に吹出物がある、黒服を着たハンサムな青年がパースンを四階の部屋へと連れて上がり、そのあいだずっと、ゆっくり降下してゆく青みがかったのっぺらぼうの壁をテレビに夢中になっている人間みたいに見つめたままで、それに対して、エレヴェーターの中にあるこちらもひたすら壁を見つめている鏡は、何度か明晰になる瞬間に、マサチューセッツから来た紳士を映し出し、その人物は細面の物憂げな顔をしていて、かすかに突き出た顎と、口のまわりには左右対称のたるみがあり、憂鬱そうな猫背が華麗なる威厳をすっかり隠してさえいなければ、ごつごつした武骨な山男らしい顔立ちと言っても

よかった。[32)]

　この箇所はパーソンの視点で描かれていますが、パーソンの視点のなかに案内人の男の視点が混ざり込んでいます。パーソンは男を見、男は壁に映し出された男の顔を見ています。そのマサチューセッツから来た紳士とは実はパーソンそのものなのであり、ここで初めて主人公パーソンの細部描写がなされます。主人公の人物描写を主人公が見る男の目線から見るという手法がとられているのです。

韻文を散文化する

　ナボコフは散文のなかに韻文を交えます。韻文と散文を組み合わせる散文を作るのです。おそらく、それは韻文・散文という二項対立軸を転覆させる試みとも受け取れるのではないでしょうか。
　ここでは、『透明な対象』のなかの散文調に書かれた文が２行の詩の引用で終わる部分を紹介します。

　　He could multiply eight-digit numbers in his head, and lost that capacity in the course of a few gray diminishing nights during hospitalization with a virus infection at twenty-five. He had published a poem in a college magazine, a long rambling piece that began rather auspiciously.[33)]

　　彼は八桁の数字どうしの掛け算を暗算できたが、二十五歳のときにウイルス感染で入院して、灰色の数夜を過ごすうち徐々にその能力を失ってしまった。大学の雑誌に一篇の詩を載せたこともあって、長くてとりとめのない作品ではあるが、出だしは次のようになかなか快調である。[34)]

Blest are suspension dots... (省略記号は幸いなるかな……太陽は垂れていた) 35)

The sun was setting a heavenly example to the lake... (天晴な範を湖水に……) 36)

　このわずか2行ばかりの詩に示唆される意味は深い。省略記号はなぜ幸いなのでしょうか。言語化されない、あるいは言語化されえない状態こそが幸福であるとも解釈できます。さらに太陽がその影を湖水に映し出す様子が次の詩行で示されています。実際に沈んでいるのは太陽なのに、その太陽が自らの影を沈めると歌うことによって換喩的に日没が示されるのです。言葉にならないこと、言葉にできないことの幸福。そこにナボコフの美学があると考えられるのですが、その点はのちにまた触れたいと思います。

散文を韻文化する

　散文として書かれた文章の最後が韻文になります。あるいは散文が途中で韻文になりそれがさらに散文になることもあります。『賜物』にはそのような箇所が随所に見受けられます。ここではその一部を紹介します。

nothing, except perhaps the aforementioned shadows, which, rising from somewhere below when the candle takes off to leave the room (while the shadow of the left brass knob at the foot of my bed sweeps past like a black head swelling as it moves), assume their accustomed places above my nursery cot 37)

第 12 講

そう、さきほど触れた影たちのほかには何も。この影たちは、蝋燭が部屋を出て立ち去っていくとき（その際、ベッドの左裾に立つ支柱の先端についた玉の影が、動きながら大きくなっていく黒い頭のように、さっと通り過ぎる）、どこか下のほうからわき上がり、ぼくの子供用ベッドの上でいつも同じ場所を占め――[38]

And in their corners grow brazen
Bearing, only a casual likeness
To their natural models.[39]

そして夜中にはあちこちの隅で厚かましくなって
自分の本来の手本を真似るのも
ほんの申しわけ程度。[40]

次の文章は散文ですが、韻文のようなリズムをともなって書かれています。

"Spoke to a girl on the train. Adorable brown naked legs and golden sandals. A schoolboy's insane desire and a romantic tumult never felt previously. Armande Chamar. La particule aurait juré avec la dernière syllabe de mon prénom. I believe Byron uses 'chamar,' meaning 'peacock fan,' in a very noble Oriental milieu. Charmingly sophisticated, yet marvelously naive. Chalet above Witt built by father. If you find yourself in those parages. Wished to know if I liked my job. My job! I replied; "Ask me what I can do, not what I do, lovely girl, lovely wake of the sun through semitransparent black fabric. I can commit to memory a whole page of the directory in three minutes flat but am incapable of remembering my own telephone number. I can compose patches of poetry as strange and

脱構築的読解　ウラジーミル・ナボコフの作品における「ずれ」の美学

new as you are, or as anything a person may write three hundred years hence, but I have never published one scrap of verse except some juvenile nonsense at college. I have evolved on the playing courts of my father's school a devastating return of service—a cut clinging drive—but am out of breath after one game. Using ink and aquarelle I can paint a lakescape of unsurpassed translucence with all the mountains of paradise reflected therein, but am unable to draw a boat or a bridge or the silhouette of human panic in the blazing windows of a villa by Plam. I have taught French in American schools but have never been able to get rid of my mother's Canadian accent, though I hear it clearly when I whisper French words. Ouvre ta robe, Déjanire that I may mount sur mon bûcher. I can levitate one inch high and keep it up for ten seconds, but cannot climb an apple tree. I possess a doctor's degree in philosophy, but have no German. I have fallen in love with you but shall do nothing about it. In short I am an all-round genius.' By a coincidence worthy of that other genius, his stepdaughter had given her the book she was reading. Julia Moore has no doubt forgotten that I possessed her a couple of years ago. Both mother and daughter are intense travelers. They have visited Cuba and China, and such-like dreary, primitive spots, and speak with fond criticism of the many charming and odd people they made friends with there. Parlez-moi de son stepfather. Is he très fasciste? Could not understand why I called Mrs. R.'s left-wingism a commonplace bourgeois vogue. Mais au contraire, she and her daughter adore radicals! Well, I said, Mr. R., lui, is immune to politics. My darling thought that was the trouble with him. Toffee-cream neck with a tiny gold cross and a grain de beauté. Slender, athletic, lethal!"[41]

第 12 講

　『透明な対象』において、アーマンドに初めて会った感動をヒュー
が日記に書きとめた内容です。述語構文（A schoolboy's insane desire
and a romantic tumult never felt previously. Armande Chamar.）は日本語
の「体言止め」のような詩的な効果が見受けられます。バイロンに
おいて「孔雀の扇」、東洋的イメージとして用いられる chamar は、
charmingly、Chalet と音韻的類似関係によって結合します。それ以
下は撞着語法のセンテンスが続いていきます。たとえば、該当箇所
の訳語を挙げれば、「僕は電話帳を一ページまるごと三分きっかりで
暗記できるけれど、自分の電話番号は思い出せない」、「三百年先の
人間が書きそうな、詩の断片を書けるけれど、大学で青臭い駄作を
載せた以外には一篇の詩も活字にしたことがない」、「アメリカの学
校でフランス語を教えたことがあるのに、母親譲りのカナダ風の訛
りがどうしても抜けきれない」[42] など、矛盾する諸要素を並べなが
ら抒情的な高揚感を高めることに成功しています。

隠喩と換喩の混合

　ナボコフの作品では隠喩と同様に換喩も多用されています。そし
て、当然のことながら隠喩も換喩もその所以も背景も説明されるこ
とはありません。たとえば、『ロリータ』のなかでガールスカウトに
出向いたロリータからハンバートとシャーロットのもとへ手紙が届
きます。その手紙の文面にはある事実が換喩的に示唆されています。

　Dear Mummy and Hummy,
　Hope you are fine. Thank you very much for the candy. I (crossed
out and re-written again) I lost my new sweater in the woods. It has
been cold here for the last few days. I'm having a time. Love.[43]

「大好きなマミーとハミーへ

　お元気ですか。キャンディをありがとう。わたしは［消して
また書き直している］私は新しいセーターを森の中でなくして
しまいました。こちらはこの数日寒さがつづきました。わたし
はとっても。

ドリー」[44)]

　ここでは、なぜどういう経過でセーターを失くすにいたったかは
何も説明されていません。セーターを失くしたという事実のみ示さ
れるだけで娘が森の中で行った初めての経験は母親のシャーロット
にも気づかれず語法上のミスが指摘されるのみになります。そして、
語り手のハンバートにさえ気にも留められない。ここで示唆される
換喩の意味はロリータがハンバートに告白する場面で初めて暴露さ
れるのです。ただ、この箇所は、隠喩としても解釈することができ
ます。つまり、このセーターとは、あとで母親のシャーロットが述
べるように、純毛（ウール）でできたセーターです。ここでは純毛
のセーターが喪失されることによって、隠喩的にも彼女の貞操が喪
失されたことが明かされます。

　同じように小説『賜物』でも隠喩なのか換喩なのか、見分けのつ
けにくい描写があります。

　it rose at a barely perceptible angle, beginning with a post office and
ending with a church, like an epistolary novel.[45)]

　…ほとんど気づかないくらいの上り坂になっていて、まるで書
簡体小説のように郵便局で始まり、教会で終わっていた。[46)]

　書簡体小説のように郵便局で始まり、教会で終わっていた。ここ
での郵便局は書簡体小説、つまり、文通が成立する交流地点を象徴

するという意味では隠喩の働きをしていますが、視点を変える「書簡体小説」が成立する場所そのものを示すという点では換喩と言えるでしょう。また、「教会で終わっていた」のはその「書簡体小説」が2人の語り手（男女）の恋愛成立が結婚というハッピーエンドで終わることを示唆しています。ここでも「教会」は2人の愛の成就を象徴するという点では隠喩のようでいて、その結婚式が営まれる場所という点では換喩とも言えます。さらに手作業によって作られそれ故足に「心地よい」並木道は緩やかな坂の形をしており、それは2人の関係が出会いから結婚へと至るためにつきまとう紆余曲折を象徴する点において「なだらかな坂」は2人の関係性の隠喩と言えますが、結婚式が営まれる教会へと2人が現実に昇っていく坂と考えればそれは換喩とも解釈できるのです。

a pointless but perpetually preserved corner of a notice in longhand (runny ink, blue runaway dog) that had outlived its usefulness but had not been fully torn off.[47]

　錆びた画鋲で木の幹に留められ、無意味に永遠に取り残されているその切れ端は告げていた──インクがにじみ、青いイヌがにげた、と。[48]

　木の幹に留められた画鋲は類似関係において首縄で止められた犬との隠喩的に表現されます。同時に紙の切れ端自体が青いインクを滲ませながら青い犬が逃げたことを告げています。青いインクが滲む様子は青い犬が逃げていくのと似ている点では隠喩と言えますが、その紙に書かれた内容が犬の失踪を告げているという点においては隣接関係が成立し、換喩とも言えます。

脱構築的読解　ウラジーミル・ナボコフの作品における「ずれ」の美学

散文と韻文（ロマンス）のコントラスト

　これまでナボコフの作品において、散文と韻文という二項対立関係が時に破壊され転覆される様子を見てきました。そして、ナボコフの『文学講義』を読むと、韻文と散文の意味が広く援用され、ナボコフの定義によると詩と散文の並立が独特の意味合いで用いられていることがわかります。

　ナボコフは『ロシア文学講義』のなかでチェーホフの「小犬を連れた奥さん」を論じながら、そこに見受けられる散文と韻文の混合する箇所を褒め称えています[49]。アンナとグーロフの情事の後、アンナは小一時間ほど涙を流し自分がグーロフの嫌う忌まわしい女性に陥ったことを嘆く。それに対して、グーロフはやりきれない雰囲気をごまかすために30分近く、スイカを食べつづける。小説にはときめきやロマンスだけが必要なのではありません。ときめきの後にはけだるさがあり、ロマンスの後には後悔が、懺悔が、倦怠が、憎悪が続き、気分の高揚と落下、つまり、韻文（ロマンス）と散文が余すところなく描かれて初めて小説が成立するとナボコフは考えていたことが『ロシア文学講義』から窺い知ることができます。

　同様の思想はナボコフの『アンナ・カレーニナ』論にも見受けられます。キティの出産の場面を論じながらナボコフは、出産の痛みはアヘンや鎮痛剤によって和らげてはならない、と述べています[50]。それは、その痛みが緩和されてはならないという意味ではありません。出産シーンの痛みをごまかす描写は一流の小説にとってあってはならない行為なのです。ナボコフがそのことを強調するわけは理解できます。出産はこの上ない悦楽に付随される地獄の痛みなのであってロマンスが苦痛とともに描かれなければ小説とは言えません。散文とロマンスのコントラスト、否、その2つが共存して大小説が成り立つと考えていたのではないかとも思われます。その観点を踏まえた上で『透明な対象』の次の箇所を読んでみましょう。ヒュー

207

とアーマンドの初めての情事の場面です。

"And now one is going to make love. I know a nice mossy spot just behind those trees where we won't be disturbed, if you do it quickly." [51]

「それじゃここでセックスしましょう。あそこの木のすぐ裏に、苔のはえている素敵な場所があって、そこだったら邪魔されないわ、さっさと済ませてくれるなら」[52]

　ナボコフの作品において性交の本番はあまりにも素っ気なく片付けられています。そのことは大江健三郎による『ロリータ』論でも強調されています [53]。『透明な対象』においてアーマンドとヒューのロマンスは無味乾燥で味気なくきわめて散文的に描かれています。そして、性交の後の愛撫はことごとく拒否され、ジェットコースターが急降落下するような素っ気のない性交の後のしらけたムードが蔓延するのです。

Orange peel marked the place. He wanted to embrace her in the preliminaries required by his nervous flesh (the "quickly" was a mistake) but she withdrew with a fishlike flip of the body, and sat down on the whortleberries to take off her shoes and trousers. He was further dismayed by the ribbed fabric of thick-knit black tights that she wore under her ski pants. She consented to pull them down only just as far as necessary. Nor did she let him kiss her, or caress her thighs [54].

　落ちているオレンジの皮がそこの目印だった。肉体が神経質になって（「さっさと」という言葉が間違いのもとだった）、前戯に

まずどうしても抱きしめたかったのに、彼女は魚みたいに身を
くねらせてかわし、コケモモの上に坐りこんで靴とズボンを脱
いだ。さらにがっかりしたことに、スキーパンツの下に穿いて
いたのは畝編みのぶあつい黒のタイツだった。それをやむをえ
ないところまでしか下げてはいけないという。キスもだめ、太
腿を愛撫するのもだめ。[55]

　ナボコフの作品において性の営みはポルノグラフィックな描写と
は無縁です。「コケモモの上に坐りこんで靴とズボンを脱」ぐ。「ス
キーパンツの下に穿いていたのは畝編みのぶあつい黒のタイツ」。ロ
マンスのかけらもない性描写は、散文を散文たらしめています。そ
して、さらに…

　　"Well, bad luck," she said finally but as she twisted against him
trying to draw up her tights, he regained all at once the power to do
what was expected of him.
　　"One will go home now," she remarked immediately afterwards
in her usual neutral tone, and in silence they continued their brisk
downhill walk.[56]

　　「運が悪かったのね」しまいに彼女がそう言って、タイツを
引っぱり上げようと身体をねじったとき、しかるべきことを行
う力を彼は一気に回復した。
　　「それじゃ帰りましょう」終わった直後に彼女はいつもの抑揚
のない調子で言い、黙ったまま二人はさっさと下りを続けた。[57]

　ヒューの胸の高鳴りとは裏腹にアーマンドは性行為を自動的なも
のとしかとらえていません。そして更なる風景描写も2人のしらけ
た雰囲気になんらの和らぎももたらしません。

第 12 講

At the next turn of the trail the first orchard of Witt appeared at their feet, and farther down one could see the glint of a brook, a lumberyard, mown fields, brown cottages. [58]

次の曲がり角まで来ると、足下にはヴィットでは初めて見る果樹園が現れ、さらに下方にはきらめく小川や、材木置場や、刈り取られた畑や、茶色い小屋が見晴らせた。[59]

すべてが絶望的に終わろうとする瞬間に奇跡が起こります。それは通常のロマンスの典型を逆転した発想法に基づく描写とも言えるでしょう。

"I hate Witt," said Hugh. "I hate life. I hate myself. I hate that beastly old bench." She stopped to look the way his fierce finger pointed, and he embraced her. At first she tried to evade his lips but he persisted desperately. All at once she gave in, and the minor miracle happened. A shiver of tenderness rippled her features, as a breeze does a reflection. Her eyelashes were wet, her shoulders shook in his clasp. That moment of soft agony was never to be repeated——or rather would never be granted the time to come back again after completing the cycle innate in its rhythm; yet that brief vibration in which she dissolved with the sun, the cherry trees, the forgiven landscape, set the tone for his new existence with its sense of "all-is-well" despite her worst moods, her silliest caprices, her harshest demands. That kiss, and not anything preceding it, was the real beginning of their courtship. [60]

「ヴィットなんて大嫌いだ」とヒューは言った。「人生も大嫌い。自分自身も大嫌い。あそこにある汚らしい古ベンチも大嫌

いだ」荒々しく指さした方を彼女が立ち止まって見たとき、彼は抱きしめた。最初のうち彼女は唇を避けようとしたが、彼は必死にしがみついた。すると突然彼女が抵抗をやめ、小さな奇跡が起こった。微風が水面に吹きつけたように、やさしさの震えがさざなみとなって彼女の表情を変えた。睫毛が濡れ、肩が彼の腕の中で揺れた。かすかなあえぎのその瞬間はけっして二度と繰り返されないものだった——というか、そのリズムに内在する周期を終えた後ではけっして戻ってくる時を与えられないものだが、それでも彼女が太陽や、桜の木や、許された風景に溶け合ったあのつかのまの振動が、彼にとって新たな生の音調を決定し、彼女がどれほど機嫌が悪くても、どれほど途方もない気まぐれや、厳しすぎる要求を口にしても、「すべて世は事もなし」と思わせることになったのである。以前のどんな出来事でもなく、あのキスこそが、二人の求愛の本当の始まりだった。[61]

　アーマンドにとって性交は味気ないもので、反対にオルガズムの最高潮はキスになるのです。つまり、性交は最高潮のキスの前戯となることによって、性行為の前後が転覆されています。

ロゴス至上主義からの脱却

　ナボコフはイデオロギー伝達的小説を嫌っていました。ゴーリキーやトーマス・マンは思想伝達的小説の典型であり、ナボコフの芸術に相反するものでした。ナボコフは『ロシア文学講義』のチェーホフの『小犬をつれた奥さん』について論じるなかで、アンナが波止場で汽船を眺めた後にグーロフを見つめロルネットを失くす場面を次のように解釈しています[62]。ここで情念のほとばしりを表すために一切の叙述が省かれます。ただ、「ロルネットを失くした」。そ

第 12 講

の描写によってすべてを伝えようとするのが真の文学であるとナボコフは考えていたように思われます。これと同様のことがナボコフの小説のなかではどのような箇所に見出されうるのでしょうか。『ロリータ』のなかでハンバートはニューイングランドのラムズデールで当てにしていた宿が全焼し、泊めてくれると申し出たヘイズ夫人の家に仕方なく赴きます。ロリータに初めて出会う衝撃的な場面はその章の最後に現れます。

"That was my Lo," She said, "and these are my lilies."
"Yes," I said, "yes. They are beautiful, beautiful, beautiful!" [63]

「あれがわたしのロー」と彼女が言った。「それからこれがわたしの百合なんですのよ」
「ええ」と私は言った。「ええ、すばらしい、すばらしい、実にすばらしい！」 [64]

　ハンバートはロリータに会った興奮を抑えきれないが、ハンバート自身の言葉では何もその感動は表されません。代わりにその後に示された「百合」をほめたたえることでその居に住むことを承諾します。だが、そのことさえも、そのときの描写以外のどの言葉でも説明されることはありません。

　ロシア語の小説『賜物』ではどうでしょうか。フョードルは自分の詩集が出版された喜びを抑えることはできません。だが、それを言葉に述べるのではなく、身体的動作でそれを表現することに作者ナボコフは徹し抜いています。言語の芸術とは決して言語至上主義のことではありません。言葉に言われる感動を言葉で伝えるのではなく、身体の動作によって伝える。そこにナボコフ作品の芸術性は見出されるのです。

212

脱構築的読解　ウラジーミル・ナボコフの作品における「ずれ」の美学

What am I doing! he thought, abruptly, coming to his senses and realizing that the first thing he had done upon entering the next shop was to dump the change he had received at the tobacconist's onto the rubber islet in the middle of the glass counter, through which he glimpsed the submerged treasure of flasked perfumes, while the salegirl's gaze, condescending towards his odd behaviour, followed with curiosity this absentminded hand paying for a purchase that had not yet been named.

'A cake of almond soap, please,' he said with dignity.[65]

「いったい、何をやっているんだ！」彼ははっと我に返った。というのも、さきほど煙草屋で受け取ったばかりの釣銭を、こちらの店では真っ先にガラスの陳列台の真ん中に置かれたゴム製の小島にぶちまけていたからで、その陳列台を透かして下からは、扁平な香水の小瓶の数々が水底に沈んだ金塊のように光って見えていたが、その一方で、彼の突飛な振る舞いに対して寛大な女性店員のまなざしは、まだ何を買うとも言わないうちから代金を支払おうとしているそそっかしい彼の手に向けられていた。

「アーモンド石鹸をください」と、彼は威厳をもって言った。[66]

　フョードルは狂喜のあまり数々のドジをします。それにしても、モノを買う前に先の店で受け取ったばかりの釣銭をぶちまけるのは少し誇張が過ぎるようにも思われます。ですが、その後のアーモンド石鹸を注文するあたりが、その前の箇所に自らの詩集についての回想が泡のように沸き立つことに連結しているのであり、語りのなかに主人公の意識が入り込んでいることも同時に示唆されているのです。ですが、フョードルのドジはさらに続きます。

As he hung up the receiver Fyodr nearly knocked the stand

第 12 講

flexible steel rod and attached pencil off the table; he tried to catch it, and it was then that he did knock it off; then he bumped his hip against the corner of the sideboard; then he dropped a cigarette that he was pulling out of the pack as he walked; and finally he miscalculated the swing of the door which flew open so resonantly that Frau Stoboy, just then passing along the corridor with a saucer of milk in her hand, uttered an icy 'Oops!' [67]

　受話器を置こうとして、彼はスチールをよりあわせて作ったスタンドをそこに紐でつながれた鉛筆もろとも、あやうく落としそうになった。そこで取り押さえようとしたのだが、かえってそのため払い落とすことになった。それから食器棚の角に尻をぶつけた。それから、歩きながら箱から引っ張りだした紙巻煙草を落としてしまった。しまいには、振り幅をきちんと計算に入れずにドアをぎぎっと開け放ったので、ミルク皿を持って廊下を通りかかったストボイ夫人が冷やかに「あらら！」と声を上げた。[68]

　感情を身体的身振り、行動によって表現する。あえて言語化して「嬉しい」とは表現しません。言語を使いながら言語に頼らないという姿勢はナボコフの作品全体につらぬかれています。

おわりに

　以上、『賜物』、『透明な対象』を中心にして、ナボコフの作品に見受けられる諸要素を、視覚的記憶、「作者」と「語り手」、「シニフィアン」と「シニフィエ」、「エクリチュール」と「読み」、「韻文」と「散文」、「隠喩」と「換喩」などの二項概念からのずれという観点で

214

整理してみました。結論から言えることとして、ウラジーミル・ナボコフは、二項対立に甘んじることのない脱構築を図った作家であるということです。本講が脱構築的観点からナボコフのテクストの分析を試みたきっかけはバーバラ・ジョンソンの著作に影響を受けたものですが、ジョンソンはポール・ド・マンの弟子に当たり、『詩的言語の脱構築』を恩師ド・マンに捧げています。ナボコフと同時期にアメリカに滞在し、ハーヴァード大学で学び、コーネル大学で教鞭をとったアメリカ脱構築の思想家ポール・ド・マンとナボコフの作品との関連性はまだ詳らかにされていません。しかし、アメリカでポール・ド・マンが脱構築を表明するよりも前の時期に同じくアメリカでハーヴァード大学やコーネル大学で教鞭をとったナボコフが「ずれ」を基調とした脱構築的なテクストを書いていたことは注目に値します。

注

1) ウラジーミル・ナボコフ『ヨーロッパ文学講義』(野島秀勝訳、TBSブリタニカ、1982) pp.3-9 の「良き作家と良き読者」のなかで「作家を考える際、3つの視点がある。物語の語り手、教師、魔術師、作家はこれらの3つのものを併せ持っている」(趣意) と述べている。V. Nabokov. *Lectures on Literature*. San Diego, New York, London. Harcourt, Inc. Bruccoli Clark, 1980. p.5. "There are three points of view from which a writer can be considered: he may considered as a storyteller, as a teacher, and as an enchanter. A major writer combines these three—storyteller, teacher, enchanter—but it is the enchanter in him that predominates and makes him a major writer."

2) В. Набоков. *Собрание сочинений русского периода*. Т.5. СП.2000.

3) V. Nabokov. *Transparent Things*. New York, Vintage Internationl. 1972.

4) ポール・ド・マン『読むことのアレゴリー──ルソー、ニーチェ、リルケ、プルーストにおける比喩的言語』土田知則訳、岩波書店、2012。Paul de Man. *Allegoris of Reading—Figural Language in Rousseau, Nietzche, Rilke, and Proust*. New Haven and London, Yale University Press, 1979.

5) バーバラ・ジョンソン『詩的言語の脱構築──第二ボードレール革命』、土田知則訳、水声社、1997。B. Johnson. *Défiguration du langage poétique: la 2. révolution baudelairienne*, Montréal. Flammarion, 1979.

6) V. Nabokov. *Transparent Things*, p.3. 後掲は *TT* とする。

7) V. ナボコフ『透明な対象』若島正・中田晶子訳、国書刊行会、2002、pp.7-8. 後掲は『透明な対象』とする。

8) *TT*. p.3.

9) 『透明な対象』、p.8。

10) *TT*. p.4.

11) 『透明な対象』、p.8。

12) *The Gift*. p.11.

13) ナボコフ『賜物』沼野充義訳、河出書房、2010、p.8。後掲は『賜物』とする。

14) *TT*. p.29.

15) 『透明な対象』、p.47。

16) ミハイール・バフチーン『フランソワ・ラブレーの作品と中世・ルネッサンスの民衆文化』川端香男里訳、せりか書房、1973。

17) エイヘンバウム『ロシア・フォルマリズム論集』前掲、pp.243-271。

18) アンドレ・シャステル『グロテスク』（永澤峻訳、文藝社、1990）のこと。

19) *The Gift*. p.11.

20) 『賜物』、p.8。

21) *TT*. p.4.

22) 『透明な対象』、p.9。

23) *TT*. p.5.

24) 『透明な対象』、p.10。

25) *TT*. p.12.

26) 『透明な対象』、p.21。

27) *TT*. pp.13-14.

28) 『透明な対象』、pp.23-24。

29) *TT*. p.14.

30) 『透明な対象』、p.24。

31) *TT*. p.4.

32) 『透明な対象』、pp.9-10。

33) *TT*. p.22.

34) 透明な対象』、pp.35-36。

35) 同書、p.36。*TT*. p.22.

36) 同書、p.36。*TT*. p.22.

37) *The Gift*. p.18.

38) 『賜物』、p.19。

39) *The Gift*. p.18.

40) 『賜物』、p.19。

41) *TT.* pp.27-28.
42)『透明な対象』、p.44-46。
43) V. Nabokov. *Lolita.* New York, Vintage, 1997, p.81.
44)『ロリータ』若島正訳、新潮社、2006、p.146。
45) *The Gift.* p.12.
46)『賜物』、p.9。
47) *The Gift.* p.12.
48)『賜物』、pp.9-10。
49) ナボコフ『ロシア文学講義』小笠原豊樹訳、TBS ブリタニカ、1982、p.314。
    V. Nabokov. *Lectures on Russian Literature.* New York. Harcourt, Inc., 1980, p.258.
50) 同書、pp.207-208。
51) *TT.* p.54.
52)『透明な対象』、p.86。
53) ナボコフ『ロリータ』若島正訳（新潮文庫、2006）の解説。「ハンバートのロリータへの「性愛の小説」は、第 1 部 13 章で幸福な結末に至っている。後に続く、母親を喪った少女との性交の実現には、同年輩の少年との経験をひけらかしてハンバートをリードする少女を描いてグロテスクな笑いこそひめていても、すでに「ロマンチックな小説」のカケラもない」（大江健三郎）、p.617。
54) *TT.* pp.54.
55)『透明な対象』、p.86。
56) *TT.* pp.54-55.
57)『透明な対象』、p.86。
58) *TT.* p.55.
59)『透明な対象』、p.87。
60) *TT.* p.55.
61)『透明な対象』、p.87。
62) ナボコフ『ロシア文学講義』、p.314。
63) *Lolita*, p.40.
64)『ロリータ』、p.71。
65) *The Gift.* p.14
66)『賜物』、pp.12-13。
67) *The Gift.* p.16
68)『賜物』、p.15。

第13講

ナボコフの作品における円環構造と
シンメトリーにまつわる形象のパターンについて
——殺意の前兆、犬、カーブ、鏡そして殺人〔小説『ロリータ』および、2つの映画『ロリータ』から解き明かす試み〕

　テクストが、ひとたび翻訳されたならばそこに何らかの解釈が生み出され、新たな意味が付与されます。原語から異言語への翻訳のみならず、他の表象媒体への翻案においてはなおさら顕著にその傾向が見受けられます。テクストの意味が変容し、解釈は進化を遂げ、ときに作者の意図はねじまげられます。本講は、20世紀最高峰に位置する文学作品のなかから、ウラジーミル・ナボコフ著の『ロリータ』を取り上げこの問題を考察します。この作品は、英語で書かれた原作（1955）が1962年、スタンリー・キューブリックによって映画化されるに際し、ナボコフ本人によって脚本化がなされました（キューブリックによってはナボコフの脚本案は受け入れられず、原作者と監督の決裂の原因となった）。さらに、1967年のナボコフ本人によるロシア語への翻訳、1997年のエイドリアン・ラインによる2つ目の映画化、1993年のロディオン・シチェドリン作曲によるオペラ化、2006年のジョシュア・ファインベルク作曲による2つ目のオペラ化など、映画やオペラなどほかの表象媒体に翻案されるなかで、原作のイメージが改変される様子が見て取れるからです。

　むろん、この限られた枚数で、これらの問題をすべて扱うことは不可能です。ウラジーミル・ナボコフは、アメリカのウェルズリー・カレッジ、コーネル大学、ハーヴァード大学で講じた文学講義が書物として刊行され、それらの本がナボコフ自身の作品の謎を解く鍵

219

としてみなされます。本講は、ウラジーミル・ナボコフが書き残した『ヨーロッパ文学講義』、『ロシア文学講義』のなかで言及されたエッセンスを、ナボコフ自身の作品を読み解くための視点として用います。さらに、ナボコフの代表作『ロリータ』が映画化される際に、最初に映画化したスタンリー・キューブリックによる原作からの逸脱と、2回目に映画化されたエイドリアン・ラインによるそれへの修正という観点から、この文学作品が映画に翻案される際に起きた解釈のずれとイメージの変容の問題について考えることを目的とするものです。本講ではポイントを絞り、ナボコフの作品に特有とされる円環構造、さらにシンメトリーがどのような形象のパターンをともなって具象化するかという問題に限定して考察します。

分析の視点——円環構造とシンメトリーの形象のパターンについて

(1) 形象のパターンについて

　本講をはじめるに当たって、思想的核心となっているのは、ナボコフの『ロシア文学講義』の『アンナ・カレーニナ』論における次の一節です。ナボコフは、まず、リョーヴィンの信仰が芽生える苦痛についての描写を紹介します。以下は、その抜粋です。

　　《そうだ、頭をはっきりさせて、よく考えてみなければ》と彼は考えながら、目の前のまだ人に踏まれていない草をじっと見つめ、かもじ草の茎を登って行く途中で、エゾボウフウの葉に行手をさえぎられている青い甲虫の運動に目を凝らした。《初めから順序立てて考えよう》［自分の精神状態について］彼は心のなかで呟き、小さな甲虫の邪魔にならぬようエゾボウフウの葉をとりのけ、甲虫が先へ進めるように別の葉を折り曲げて

やった。《おれを喜ばせるものは何か。おれは何を発見したか》
……《おれはただ自分でも知っていたことをはっきり認識した
だけなのだ……おれは虚偽から解放されて、本当の主人を見出
したのだ》（第8編、第12章）[1]

　ここからさらにナボコフ自身の解釈が展開されます。「しかし、私
たちが注目しなければならないものは、そのような思想ではない。何
はともあれ銘記すべきは、文学作品とは思想のパターンではなくて
形象のパターンであるということなのだ。作品のなかの形象の魔力
と比べれば、思想など何ほどのものでもない。ここで私たちを引き
つけるのは、リョーヴィンの考えや、レオ・トルストイの考えでは
なくて、その考えの曲がり目や、転換や、表示などをはっきりと跡
づける、あの小さな甲虫なのである」。文学作品と哲学書とは違いま
す。哲学書であれば、作者が述べている思想が何かを論ずれば事足
ります。しかし、文学作品研究においては、そこに何が書かれてい
るかという事実以上に、どう書かれているかという事実が重要にな
ります。「言葉、表現、形象こそが、文学の真の機能である。思想で
はない」。ただ、こう述べるナボコフの言葉は逆説的にある思想を言
明します。思想のパターンではなく、イメージのパターンにこそ文
学の本質がある、という思想です。そして、その偉大なる思想の伝
道者としての役目をナボコフは作家という職業に付与するのです。

(2) 円環構造について

　ナボコフ学においてはすでにアレクサンドロフによって、ナボコ
フの作品の特徴に円環構造が指摘されています[2]。ただ、ナボコフ
自身が円環構造という言葉を使っているわけではありません。それ
に近い概念をナボコフの著作のなかに見出すならば、やはり『ロシ
ア文学講義』のなかのゴーゴリ論、あるいは、その前段階で書かれ
た著作『ゴーゴリ』が挙げられます。たとえば、「外套」論のなかで

ナボコフは次のように述べます。「アカーキー・アカーキエヴィチが熱中する外套着用の過程、すなわち外套を仕立てさせ、それを身にまとうまでのことは、実は彼が身にまとったものを脱ぐ過程、自分の幽霊という全裸の状態への次第次第の回帰なのである」[3]。この図式を『ロリータ』に当てはめると何が言えるでしょうか。ハンバート・ハンバートは拘置所で死んだことが小説の冒頭で記されるように、この物語は牢獄で死ぬことを宿命づけられたハンバートが最後に人を殺して牢獄で死ぬまでの回帰を描いた物語という単純な読み方もできなくはありません。ただ、円環性というのはそればかりではない。まず、ナボコフ自身によって、ロリータはアナベル・リーの「生まれ変わり」[4]であり、「アナベル・リーの輪廻転生であった」ことが繰り返し言及されます。さらに、小説を読むに際して「細部を愛でよ」と文学講義のなかで再三訴え続けたナボコフの作品に、「犬」や「カーブ」といった繰り返し使われる細部描写に着目して読んだとき、そのどこに円環構造を見出すことができるのでしょうか。ナボコフの文学講義を紐解きながら、原作『ロリータ』と2つの映画『ロリータ』[5]を比べてロシア語『ロリータ』を随時参照します。

(3) シンメトリーについて

　ナボコフの作品においては、「目」（「偵察」）に代表される登場人物の分身が問題にされます。それと同時に、主人公の目に映る映像が実は事物そのものの反映ではなく、実は何かの投影であったという例が散見されます。しかし、先に引用した文学作品にとって思想が重要なのではなく思想のパターンそのものが重要であるとのナボコフの考えを当てはめてみるならば何が言えるでしょうか。鏡や湖面を利用しての反射、事物と映し出されている投影との対照性（Contrast）、相似性（Similarity）、相称性（Symmetry）が実は何らかの思想のパターンとして利用されている可能性はないのでしょうか。本講においては、イメージのパターンとしての「犬」、あるいは、「鏡」について

の役割について考察します。

分析 (1) 殺意の前兆

　『ロリータ』はハンバート・ハンバートというパリ出身のフランス人がアメリカに渡りシャーロット・ヘイズという女主人の家に住み込み、その娘ロリータに近づくために偽装的な結婚をし、後に劇作家クレア・クィルティにロリータを（本人の同意とともに）連れ去られ、その怨念によってクィルティを殺害し牢獄で死ぬという話です。この暗殺の決行は、小説では末尾に行われますが、スタンリー・キューブリックの映画においてはプロットの最初に差し替えられます。一方、エイドリアン・ラインは、原作の意図を再現するために、ハンバートによるクィルティ殺しの後に警察に捕まるまでのシーンを映画の冒頭に据え、クィルティ殺しは小説のプロットと同じように作品の末尾に置いている。ただ、残念ながら、キューブリック、ラインによる2つの映画作品にいずれとも反映されていないシーンが、ナボコフ本人による映画脚本『ロリータ』には存在します。原作を読むと、ハンバートはパリ在住時にマドレーヌ通りをさまよい、モニークという娼婦にニンフェット的な魅力を感じるシーンがあります。少年期の体験であるアナベル・リーの再現としてロリータに出会う前兆に、モニークという女性との出会いが示されるのです。それに続いて、ヴァレリアとの結婚から破局に至る挿話があります。ナボコフの脚本において、実はこのヴァレリアとの破局の場面が細かく描写されているのですが、キューブリックおよびラインによる映画では、このシーンはまったくカットされています。ヴァレリアとの結婚話は『アンナ・カレーニナ』におけるスティーヴ・オブロンスキーの浮気話のように本講にはまったく影響も及ぼしません。

　ハンバートが最初に結婚した相手ヴァレリアとの別れ話の最中に、不倫の相手は2人が便乗する（白系ロシア人の）タクシーの運転手であることが告げられます。

職業上の身分に戻って、彼はハンバート夫妻を家まで乗せ、そのあいだずっとヴァレリアはしゃべりつづけ、ハンバート雷帝はハンバート小心帝とじっくり議論しながら、ハンバート・ハンバートは妻か妻の愛人かどちらを殺すべきか、どちらも殺すか、どちらも生かしておくか、と思案した。あるとき、同級生が所持していた自動拳銃を一度手にしたことがあるのを憶えていて（その時期のことはまだ話していなかったけれども、まあいいだろう）、その頃、彼の妹である、黒いヘアボウをつけたあえかなニンフェットを慰みものにしてから、拳銃自殺をするのはどうかと夢想していたものだった。そこで私は今、ヴァレチカ（と大佐は彼女のことをそう呼ぶ）がはたして撃ち殺すか、絞め殺すか、溺れ死にさせるだけの値打ちがあるものかどうかと考えた。そして、彼女は脚がかよわいので、二人きりになったらすぐにこっぴどく痛めつけてやるだけにとどめておこうと心に決めたのである。[6]

2つの映画においてはカットされたこのシーンを、実はナボコフ自身が重要視していたのではないかと考えられる理由があります。それは、ハンバート・ハンバートによるクィルティ殺しが決行されるまで、ヴァレチカ、あるいは、不倫相手の白系ロシア人に対するものが、ハンバートが抱いた最初の殺意ということになります。この初めて抱いた殺意が、後にシャーロットへの殺意につながり、最後にクレア・クィルティへの殺人につながります。そのプロセスを時系列的に考えると、殺意がクレッシェンドのように増長され3度目に殺人が決行されるわけですが、2つの映画において最初の殺意についてはまったく触れられておりません。

ただ、シャーロットへの殺意については、スタンリー・キューブリックによる映画において描かれています。キューブリックの映画

では、シャーロットがハンバートに信仰心、つまり、神を信じるか否かを尋ねる場面があり、神を信じなければあなたを殺すと拳銃をふりあげる場面が描かれます。このときシャーロットは拳銃に弾丸が入っているとは知らなかったが実は入っていることを知り、たとえ殺人を行っても、拳銃を握っていたシャーロット自身による暴発によって殺人は立証されないとハンバートは考えるというシーンです。キューブリックの映画では、やはりそれはできないと決行にはいたりません。

　ハンバートがシャーロットに対して殺意を抱いた最大のきっかけは何だったのでしょうか。その原因は、シャーロットがドイツ出身のちゃんと訓練を受けている女性を女中として雇い、ロリータが住んでいる部屋に住ませる計画を話した箇所に見出すことができます。

　　「あなた、ハンバート家をどう変えられるか、その可能性を低く
　　見積もってるんじゃないのかしら。その娘をローの部屋に入れ
　　るのよ。いずれにせよ、あの穴倉は客室にするつもりだったし。
　　家の中でもあそこはいちばん寒くてみすぼらしいでしょ」[7]

　シャーロットの計画は、ハンバートとの新婚生活を水入らずのものにし、ロリータを寄宿舎学校に預け家から追い出すというものです。ロリータにニンフェットとしての資質を見出しロリータと近づくことが本命だったハンバートにとって、それはもちろん本意ではありません。さらに、シャーロットはイギリスへ旅行する計画など、すべての計画を自分の思い通りに立案し、ハンバートに相談なしに決めていきます。そのことへの不満が殺意へと増長するのです。その思いが描かれるのが近所のアワー・グラス湖に2人で水浴びに出かけた際のことです。

　　…ここで背後にまわり、大きく息を吸い込み、それから彼女の足

首をつかんで、虜にした死体と一緒に一気に水中にもぐりさえすればいいのだと思った。[8]

　しかし、殺意はあっても実際に殺すことはできなかったことが述べられます。つまり、ここでは、実際に人を殺めることがいかに決意をともなうことなのかが示されます。

分析（2）　犬

　次に、キューブリックの映画においてはあまり描かれず、エイドリアン・ラインの映画において、ひときわクローズアップされる「犬」の登場シーンについて言及します。原作の『ロリータ』においても「犬」は何度も登場しますが、その「犬」がどのようなイメージのパターンとして機能するか、あるいは、どんな思想を代弁するものとして用いられているのかについて考察してみましょう。まず、「犬」の前に、「カーブ」についての言及箇所を引用します。

彼がそそくさと立ち去っていくのを見ていると、お抱え運転手が首を横にふりながらクスクス笑った。行く道で、どんなことがあろうがラムズデールに泊まるなんて冗談じゃない、今日のうちにバミューダかバハマかプレイゼスかどこへでも飛行機で行ってしまおう、と私はぶつくさ言った。総天然色の浜辺でどんなすてきなことがあるやもしれぬ、という可能性はこれまでにもしばしば私の背筋にしたたり落ちてきたもので、実を言えば、そういう連想から急にカーブを切ってしまったのは、善意のつもりが今となってはまったくばかげたマックーの従兄弟の提案のせいだったのだ。[9]

　ここでまず、本物のカーブの前に、比喩としてのカーブについて言及されます。つまり、ハンバートがラムズデールに住み、シャー

ロットの家に住み込むようになったのは、まったくの偶然、つまり、急カーブにすぎなかったと述べられるのです。その後に、本物のカーブのシーンです。ここで登場するのが「犬」です。

> 急にカーブを切ると言えば、ローン街に大きくカーブを切って入っていったときに、私たちはお節介な郊外の犬（車が来るのを待ち伏せしているやつ）をもう少しで轢きかけた。[10]

　ナボコフはきめ細やかな描写のなかに小説の神髄が宿ると読者にうながします。この場合も、何気ないカーブや犬の描写に小説のストーリー全体を解き明かす種を埋め込むのです。この場合、カーブや犬の描写がシャーロットの事故死につながるモチーフであると考えるだけであるならば、換喩的な技法としての意味しか持ち得ません。では、『ロリータ』における隠喩的役割としての「犬」のモチーフについて考えてみましょう。
　小説『ロリータ』には、シャーロットに代わって、ロリータが2階の書斎に朝食を届けにいく場面があります。この場面については、スタンリー・キューブリックとエイドリアン・ラインのそれぞれの映画において際立った違いが見受けられます。原作は以下の通りです。

> するとそのとき、ロリータの甘くやわらかな笑い声が、半開きになったドアから聞こえてくる。「お母さんに言わないでね、あなたのベーコンぜんぶ食べちゃった」。あわてて部屋を出ると、もういない。ロリータ、どこにいるんだ？　女主人が愛情込めて準備した朝食のトレイが、早く部屋に持って入ってくれと言わんばかりに、歯の抜けた口をあけてこちらをにらみつけている。[11]

第13講

　キューブリックの映画において、ハンバートの朝食の一部であるトーストをつまみながらロリータが階段を登るシーンがあり、ハンバートが引き出しに隠した手帳を開けてのぞこうとした後に、犬にあげるように目玉焼きを食べさせる場面が原作にはない脚色を帯びています。

写真1 スタンリー・キューブリックの映画においてロリータがハンバートに目玉焼きを与えるシーン[12]

写真2 エイドリアン・ラインの映画における該当のシーン[13]

　スタンリー・キューブリックの映画においては、なぜかこの箇所だけがハンバートを犬のように扱うロリータの様子を再現します。エイドリアン・ラインによる映画においては、むろんキューブリックの映画にあったようなシーンは存在しません。

　この後に、ストーリー展開に一見何の影響も及ばさないかのように犬の描写が見受けられます。

> そこはタンポポだらけで、忌々(いまいま)しい犬が（犬は大嫌いだ）かつて日時計が立っていた場所にある平らな石の上で粗相をしていた。[14]

> 隣に住む、金回りのいい廃品業者が飼っているばかな犬が、青い車を追いかけて飛び出してきた──シャーロットの車ではなかった。[15]

228

「シャーロット」の車ではなかったと述べることによってこの犬とシャーロットとの関係を暗示します。

大通りの葉陰からステーションワゴンがひょっこり現れ、影が途切れるまでその一部を屋根に載せて引きずり、狂ったような速さで通り過ぎ、シャツ姿の運転手が左手で屋根を押さえ、廃品業者の犬がその横に並んで突っ走っていた。[16]

車の速さに追いつきながら走る犬についての描写の箇所。エイドリアン・ラインの映画ではこの箇所が冒頭から強調されます。

The dog pursues the taxi, which swerves and screeches. In the back seat. Humbert bumps his head on the door.[17]

原作においてはおそらくこの場面に相当する描写は、23 章の以下の場面に見受けられます。

廃品業者のセッターがリズミカルにキャンキャンと吠える声をかき消すほどには大声でなく、この犬は人だかりから人だかりへと歩きまわり、すでに歩道に集まっていたご近所さんの群れを離れて、なにやら格子縞模様の物に近づき、それからついに追いつめて捕まえた車に戻り、それから芝生にいる別の人だかりのところへ行ったが、そこにいるのはレスリーと、警官二人、それにがっしりした体格で鼈甲の眼鏡をかけた男だった。[18]

続いて 2 度目のカーブ、犬、そして、シャーロットの死について考察します。

第13講

写真3 エイドリアン・ラインの映画において
ハンバートがラムズデールに到着する
シーン

最初のカーブは、ビールの車が廃品業者の犬（犬は描かれていない）を避けようとしたもので、それをさらに大げさにして続けたような次のカーブは、悲劇を回避するつもりのものだった。[19]

ちなみにナボコフは、作者が加える動物への描写が主人公の描写に乗り移る傾向があることを『ロシア文学講義』の「アンナ・カレーニナ」論において言及しています。代表的なのは、ヴロンスキーと馬のイメージとの関連性でしょう。次の引用は『ロリータ』においてナボコフ自身が犬の描写について言及する興味深い箇所です。

しかし、職業的小説家がある登場人物に癖やら犬を与えると、物語の途中でその人物が現れるたびにその犬やら癖をまたぞろ持ち出してしまうのと同じで、私もときどきは私の容貌に読者の注意を喚起せずにはいられないのである。[20]

ハンバートとロリータがホテル「魅惑の狩人」にチェック・インする際のこと。ホテルにチェック・インしている間、ロビーにいるコッカースパニエルとロリータが戯れる場面がおとずれます。以下

に引用します。

> ロリータが尻を落としてしゃがみ込み、鼻面が青白く、青い斑点があり、黒い耳をしたコッカースパニエルを撫でてやると、その犬は花柄の絨毯の上で気持ちよさそうにうっとりしていて（誰でもそうなるだろう）、一方私は咳払いをしてから人混みをかき分けて受付に行った。[21]

　エイドリアン・ラインはクレア・クィルティの換喩（隣接的暗示）としてコッカースパニエルを解釈していますが、原作を読む限りではその根拠は乏しいように思われます。むしろ、ここでナボコフが述べたかったのは、ロリータが犬を見捨てる様子と将来ハンバートを見捨てる行為との類似関係によるもの、つまり、隠喩だったのではないでしょうか。以下は、エイドリアン・ラインのシナリオからの抜粋です。

The clerk looks at Lolita.

LOLITA WITH DOG　　*Quilty speaks from behind the fern.*

　　Quilty　　Nice dog, huh?

Lolita doesn't look up. She continues to caress the dog.

　　Lolita　　I love dogs.

We see Quilty's hands. with a distinctive ring, and we see his white suit, but not his face.

第 13 講

  Quilty That's my dog. He likes you. He doesn't like everybody.

  Lolita Who's he like?

  Quilty He can smell when someone's sweet. He likes sweet people
       ——nice young people. Like you.[22]

　以下は、エイドリアン・ラインの映画においてコッカースパニエルとロリータをめぐる原作にはないクィルティとのやりとりのシーンである（写真 4、5）。

写真 4

写真 5

　このコッカースパニエルの持ち主をクィルティと判断するのは根拠が薄弱であると考えられますが、原作のなかでコッカースパニエルの記述が小説の後の方でもう一度なされるのは事実です。それは、ハンバートがロリータと誘拐犯の跡を突き止めるという希望も捨てロリータへの追憶から彼女と過ごした日々をもう一度やり直したいと、思い出のホテルにツインルームの予約をした際に得た返事の手紙を紹介する件においてです。

魅惑の狩人

近くに教会あり　　犬お断り

合法な飲み物全(すべ)てあり

ナボコフの作品における円環構造とシンメトリーにまつわる形象のパターンについて

写真6

写真7

　最後の一文ははたして本当だろうか。全て？　たとえば歩道のカフェで出すグレナディンは？　そしてまた、魅惑されているにせよいないにせよ、狩人には教会の座席よりもポインター犬が必要ではないかと不思議に思ったが、そのとき胸を刺す痛みとともに思い出したのは、大画家が描いたとしてもおかしくはないような、「うずくまる妖精(プティット・ナンフ・アクルピー)」という場面だった。あの絹のようにすべすべしたコッカースパニエルは、もしかすると洗礼を受けていたのかも。いやだめだ——あのロビーをもう一度訪れるという苦悶(くもん)には、とうてい耐えられそうにない。[23)]

「魅惑の狩人」とは、シャーロットが死んだ後に初めて訪れたホテルの名前であると同時にロリータが出演したクィルティ演出の芝居の名前と同じであったことが示されます。
　その後、原作にはクレア・クィルティからハンバートが直接声をかけられるシーンがあります。「いったいあの子をどこで拾ってきた？」(クィルティはここでハンバートがロリータを犬のように扱うとたとえる) つまり、人を犬のように扱う (つまり、捨てる) のは将来のロリータだけでなく、クィルティによってロリータが将来犬のように拾われ捨てられることが暗示されています。
　この箇所はハンバートとロリータが泊まるホテルで2人のただな

233

らぬ関係を見抜いたクィルティが初めてハンバートに声をかける場面です。ハンバートがロリータを「どこで拾ってきたか」と質問する問いかけにも先に使われた「捨てる」との対立的関連性を見出すことができます。

　ロリータとの最後の出会いにおいても犬が登場します。これは突然失踪し結婚後お金に困ったロリータが送金を依頼しその宛先に行き着いたハンバートとロリータとの悲劇的な最後の出会い (別れ) の場面です。ハンバートは、最後はロリータによってその飼い犬とともに見送られるのです。

　　「入ってちょうだい」と彼女は力をこめて快活な口ぶりで言った。ささくれだった朽木のドアを背にして、ドリー・スキラーは無理に身体をへこませて (ほんの少し爪先立ちになることまでして) 私を通し、一瞬磔になったような格好になり、笑みを浮かべて敷居を見下ろし、丸い頬骨のあたりの頬はこけ、薄めた牛乳のように白い両腕は横に広げられていた。私はふくれあがった胎児には触れずに通った。かすかな揚げ物の匂いが加わった、ドリーの匂い。私の歯は震えて白痴のようにがたがたと鳴った。「だめよ、お前は外」(犬に向かって)。彼女はドアを閉め、私と彼女のお腹の後について人形の家みたいな客間に入った。[24]

　つづいて、ロリータと犬にハンバートが見送られるシーンを引用します。

　　「さようならあ！」と、永遠に生き、そしてもう死んでいる、我がアメリカのすてきな恋人は歌うように言った。なぜなら、あなたが本書を読んでいる頃には、彼女はもう死んでいて、そして永遠に生きているからだ。つまり、それがいわゆる当局との正式な取り決めなのである。

それから、私が車で去るときに、彼女が震える大声でディックに叫んでいるのが聞こえた。そして犬がまるで太ったイルカみたいに車に並んで駆けていこうとしたが、身体が重くて年を取っているので、すぐにあきらめた。

やがて日も暮れゆき、私は霧雨の中を走っていて、フロントガラスのワイパーも大車輪で活躍したが、涙だけはどうすることもできなかった。[25]

写真8 エイドリアン・ラインの映画において犬が外に出される場面

この場面をエイドリアン・ライン監督による映画の脚本と比べるとほぼ原作通りに、「犬」の動きを描写しようと努めているのがうかがえる [26] (写真9、10)。

写真9

写真10

第 13 講

分析（3） シンメトリーを形成する鏡

『ロリータ』を読む視点としてのシンメトリーに着目しましょう。ナボコフの作品には、一見、隠喩として解釈できるイメージが換喩としても解釈できることが多いです。まず、シャーロット、ロリータ、ハンバートが近くのアワー・グラス湖にでかける予定であったところ雨によって予定が中断されることが示される日記の記述の一部を引用します。

> **月曜日**。罪深き愉しみ（デレクタチオ・モローサ）。悲しい日々を苦渋と苦痛のうちに過ごす。私たち（母親ヘイズ、ドロレス、私）は今日の午後にアワー・グラス湖に出かけて、水浴や日光浴をするはずだった。ところが真珠の光沢をした曙（あけぼの）が正午には雨に落ちぶれて、ローが大騒ぎした。[27]

つづいて、雨のせいで、湖に行けなかった代わりに、シャーロットが不在で、ロリータとハンバートが残されて隠喩的な湖が現出する場面です。

> **火曜日**。雨。雨の湖。ママは買い物で外出。Ｌはどこかすぐそばにいるはずだ。隠密作戦（おんみつ）の結果、母親の寝室で彼女とばったり出くわした。左目をこじあけて、埃か何かを取ろうとしているところだった。格子縞のワンピース。思わず陶然となるような、あの栗毛色（くりげいろ）の髪の香りをこの上なく愛してはいても、たまには髪を洗ってくれたらと本心で願わずにはいられない。一瞬、私たちは緑色のあたたかい鏡に一緒につかり、そこには、ポプラの木のてっぺんが私たちとともに空の中で映し出されていた。[28]

ここで述べられている「雨の湖」とは「水たまり」の隠喩として機能します。ただ、実際にそれが家の外にたまっていることを考え

れば換喩的とも解釈できます。だが、それだけではありません。部屋の「鏡」のなかにすっぽり収まった2人の後ろに窓の外のポプラの木の葉が映し出され新緑によって第2の「湖」（隠喩）が形成されます。

　これと同じ技法がこの後にも使われます。ハンバートとロリータが初めて「魅惑の狩人」というホテルに泊まるときのシーンですが、さきの「湖」とワンセットで考えると、さまざまな細部描写の謎が解き明かされます。

　　ピンクの豚二匹は私にとって大の親友になった。犯罪のゆっくりとして明瞭な筆跡で、私はこう記帳した。エドガー・H・ハンバート博士と娘、ローン街三四二番地、ラムズデール。鍵（三四二号室！）が半分私に見せられてから（奇術師がある物を手のひらの中に隠す前にまず見せるようなものだ）アンクル・トムに渡された。ローは、いつか私を見捨てるように犬を見捨てて、尻をあげた。雨が一粒シャーロットの墓に落ちた。美貌の若い黒人女がエレベーターの扉を開け、悲運の少女がその中に入ると、咳払いをした父親と荷物を持ったザリガニのようなトムが後に続いた。

　ホテルの廊下のパロディ。沈黙と死のパロディ。

　「あら、うちの番地と同じ数字」と陽気なローが言った。

　そこにあったのは、ダブルベッド、鏡、鏡の中のダブルベッド、鏡がついたクローゼットのドア、同上のバスルームのドア、青暗い窓、そこに映ったベッド、クローゼットの鏡に映ったベッド、椅子二脚、天板がガラス製のテーブル、サイドテーブル二つ、そしてダブルベッドだった。正確に言えば大きな木製ベッドで、カバーは薔薇模様のトスカーナ産シュニール織、そして襞飾りのあるピンクの傘が付いたスタンドが左右に置かれている。

第 13 講

（中略）

　ただ勢いがいいだけ。本当はそんなに深刻には思っていない。「いいか」と私は言って腰を下ろしたが、二、三歩離れて立っている彼女が喜びがなくもない驚きをおぼえながら眺めていたのは、自分自身から発散された薔薇色の陽光であふれる、驚き喜ぶクローゼットのドアの鏡に映った彼女の姿だった。[29]

[下線部は筆者による強調]

　相称的なペア「ピンクの豚二匹」。「342 番地」と「342 号室」という奇妙な一致（シンクロニシティ）、「ダブルベッド」－鏡－「鏡の中のベッド」（鏡像対称性）、「鏡がついたクローゼットのドア」と「鏡がついたバスルームのドア」（対称性）、「青暗い窓」「そこに映ったベッド」（窓ガラスとベッドが対称的）と「クローゼットの鏡のついたベッド」、相称的なペア「椅子二脚」、「天板がガラス製のテーブル」、「サイドテーブル二つ」、そして「ダブルベッド」（ダブルベッドではじまりダブルベッドで終わる。描写が円環的なものとなることによってそこに相称的図式が生まれる）。

　襞飾りのあるピンクの傘が付いたスタンドが左右に置かれている（ピンクの豚二匹に対応するもう一つのピンクのペア）場面は色彩的な照応関係を示しています。この色彩的な照応関係、そして、鏡のなかの反映物と事物そのものとの相称関係は何を意味していると考えられるでしょうか。ラムズデールの住所「342 番地」と部屋番号「342 号」との偶然の一致とこれらの相称性や照応関係のペアはどのように関連しているのでしょうか。そう言えば、『ロリータ』の初めに以下のような記述があるのが思い起こされます。

　アナベルが死んでからずっと後になっても、彼女の思考が私の思考の中をただよい過ぎていくのをよく感じたものだ。私たちは出会うずっと前から、まったく同じ夢を見たことがあった。お

互いに自分のことを話してみると、そこには奇妙な類似があった。同じ年（一九一九年）の同じ六月に、迷子になったカナリアが彼女の家にも私の家にも飛び込んできたが、その二つの国は大きく離れていたのである。ああロリータ、おまえもアナベルのようにわたしを愛してくれていたら！[30)]

　ハンバートは、ロリータに、アナベル・リーとの相似性を見出しているとも解釈できます。そう言えば、『ナボコフのロシア文学講義』の「アンナ・カレーニナ」論のなかで、アンナとヴロンスキーが似通った夢を見ることが紹介されていました。おそらく、ナボコフが、夢の一致というモチーフを『アンナ・カレーニナ』から継承しアナベル・リーとハンバートの見た同じ夢や迷い込んだカナリアの挿話に組み入れたと考えても間違いではないでしょう。その延長としてシンメトリーのモチーフを考えるならば、これらの鏡のシンメトリーが、342番地と342号室の一致（シンクロニシティ）と結び合わされることによって、ハンバートとロリータが初めて一つのベッドをともにする前置きとその予感、ハンバートの胸の高鳴りを象徴していると考えるならばつじつまが合います。

　さらにそれだけではありません。「薔薇色の陽光」はトスカーナ産のシニュール織のベッドカバーと解釈すれば、「雨の湖」と同じ隠喩＝換喩がここでも成立していると理解できるのです。

分析（4）犬と鏡——円環構造とシンメトリーとの問題
　カーブと犬の話に戻りましょう。
　最初のカーブは犬をひきかけたもの、2回目のカーブはその後に出てきたシャーロットを避けきれずにひいてしまったと述べられています。ハンバートが駆けつけたとき、視界にはシャーロットの死体の前に車に乗っていた初老の男性が心臓発作で倒れ芝生の上に横

第 13 講

たわっている様子が入ってきます。つまり、シャーロットは死に、
男はかろうじて生きていました。それは、ひきかけて助かった犬と
かばいきれずに死んでしまったシャーロットとやはり、対称性を成
しています。

車の 2 回のカーブと横たわる 2 人への視点、というカーブの相称
関係、そして、病体と遺体のコントラストが次の図式です。

はじめのカーブ　　　　　　　　　　　　　2 回目のカーブ
犬　　　　　　　　　　　　　—　　　　　シャーロット

ハンバートが目にしたもの
初老の男　　　　　　　　　　—　　　　　シャーロット

犬のようにハンバートを捨てるロリータが、犬のようにクィル
ティに捨てられる、という対称性が構成され、それによって、犬の
ようにロリータに捨てられたハンバートが、犬のようにロリータを
捨てたクィルティに復讐を企てる物語という図式が形成されます。
では犬をかばうことから端を発した 2 度目のカーブによって
シャーロットがひき殺されることの偶発のモチーフにより、どのよ
うな思想が伝えられようとしていると考えられるでしょうか。おそ
らく、偶発性をイメージ化したカーブを切るという隠喩的モチーフ
は、偶発の重なり合いによって事故という必然が引き起こされるこ
とを暗示したものと解釈できるのではないでしょうか。そのことは、
2 つのカーブ（ひき殺されなかった犬とひき殺されたシャーロット）が、
初老の男とシャーロットという 2 つの寝そべる体（一人は生きてお
り、もう一人は死んでいるという相違）とのシンメトリーを形成して
いることからも裏づけられます。

ナボコフの作品における円環構造とシンメトリーにまつわる形象のパターンについて

写真 11

写真 12

エイドリアン・ラインの映画において示される車に乗っていた79歳の老人（生きている）とシャーロットの死体の相称および対照性（コントラスト）

以下は、エイドリアン・ラインの映画脚本からの抜粋です。

> *The dog is barking and sniffing at people, Leslie, the black gardener, is standing with Mr. Beale, the driver of the car. Two policemen are questioning them. Beale is sharking his head and gesticulating helplessly.*[31]

ちなみにシャーロットの死は、最初のホテルから出たハンバートとロリータの車中の会話のなかにも影を落としています。

> 言い換えれば、ハンバート・ハンバートはひどく不幸せで、レッピングヴィルへゆっくりと無意味に車を走らせているあいだにも、懸命に脳味噌をしぼって何かうまい言葉はないかと探し、そのしゃれた隠れ蓑を利用して同乗者の方をふり向くことができればと願った。ところが、沈黙を破ったのは彼女のほうだった。

241

第 13 講

「あら、リスの礫死体」と彼女が言った。「なんてひどい」[32)]

注意深き読者でなければこの箇所の何気ない記述に何も気づかないでしょう。ですが、シャーロットが死んだ場面とのつながりを考えてみればどうでしょう。まだ、ロリータは母親の事故死を知らされていないのです。交通事故で母親が死んだという事実をじきに知らされる直前にロリータが「リスの礫死体」に遭遇したと解釈すれば、この意味が判明します。偶然の一致に過ぎないかもしれません。しかし、芸術家の目はその一致を決して見逃さないのです。そして、この後すぐに、以下のやり取りのシーンがあります。

「お母さんに電話をかけたいのに、どうしていけないの？」
「実を言うとね」と私は答えた。「おまえのお母さんは亡くなったんだ」[33)]

話は前後しますが、小説『ロリータ』においてシャーロットの遺体の様子が示されるシーンは以下の通りです。

この時点で説明しておくのがよさそうだが、事故が発生してから一分も経っていないのに、巡査がすぐに現れたのは、坂道を二丁下がったところにある交差路で不法駐車していた車に違反切符を切っていたからであり、眼鏡をかけた男はパッカードを運転していたフレデリック・ビール・ジュニアで、その七九歳になる父親は、倒れていた緑の土手でたった今看護婦に水を飲ませてもらったところで（いわば万苦を味わう銀行家といったところか）、べつに気絶していたわけではなく、軽い心臓発作かその可能性からゆっくりと段階を踏んで回復しつつあるところだったし、そして最後になるが、歩道に落ちている膝掛け（その歩道にくねくねと走っている緑色の亀裂のことを、彼女はいかに

242

も不満そうに何度も指摘したものだ）が隠していたものはシャーロット・ハンバートの<u>ぐじゃぐじゃになった</u>死体で、彼女はお向かいさんの芝生の隅にある郵便箱に三通の手紙を投函（とうかん）しようとして、急いで道を横切ったときに、ビールの車に轢かれて数フィート引きずられたのだった。手紙の束を拾い集めて私に渡してくれたのは、汚いピンクのワンピースを着たかわいい子供で、私はそれをズボンのポケットの中で<u>粉々に引きちぎって</u>始末した。[34] ［下線部は筆者］

おわりに

結論として、スタンリー・キューブリックによる映画『ロリータ』は原作特有の細部描写が汲み取られていないのに対し、エイドリアン・ラインによる映画においては、「犬」の描写を綿密に再現しようと努めている様子がわかります。ただ、その一方で、「鏡」のもつシンメトリーの意味については２つの作品ともほとんど反映されていないのが見て取れます。さらに、そこからの原作『ロリータ』の解釈についての総括になるわけですが、小説『ロリータ』において「犬」は、アナベル・リーの再来として少女ロリータを愛し、無惨に見捨てられ、少女を連れ去ったクレア・クィルティに復讐の暗殺を成し遂げる、拘置所で死ぬまでのハンバート・ハンバートの悲劇性の円環構造を表すためのモチーフとして機能します。さらにこの物語はハンバートが留置所で死ぬ同時期にロリータ自身が出産に失敗して死ぬことが示されて終わるわけですが、そのハンバートとロリータの因縁性、親和性、あるいは、絆の深さを表すためのイメージとして鏡を使ってのシンメトリーが形成されていると解釈できるのです。

注

1) ウラジーミル・ナボコフ、『ナボコフのロシア文学講義』下、小笠原豊樹訳、河出文庫、2013、pp.64-65。

2) В. Александров. *Набоков и потусторонность*. М.1999.

3) ウラジーミル・ナボコフ、『ナボコフのロシア文学講義』上、小笠原豊樹訳、河出文庫、2013、p.146。

4) 「あのときのミモザの茂み、靄に包まれた星、疼き、炎、蜜のしたたり、そして痛みは記憶に残り、浜辺での肢体と情熱的な舌のあの少女はそれからずっと私に取り憑いて離れなかった――その呪文がついに解けたのは、二四年後になって、アナベルが別の少女に転生したときのことである」。V. ナボコフ、『ロリータ』、若島正訳、新潮文庫、pp.27-28。

5) Steven Schiff. *Lolita: The Book of the Film*. New York, Applause Book, 1998.

6) 『ロリータ』、p.52。

7) 同書、p.148。

8) 同書、p.155。

9) 同書、p.64。

10) 同書、p.64。

11) 同書、p.89。

12) 本講ではスタンリー・キューブリック監督による映画『ロリータ』からのスクリーンショットによる参照はこの一枚のみを使う[DVD：スタンリー・キューブリック監督『ロリータ』、ワーナー・ホーム・ビデオ発売、2001]。

13) 以降、エイドリアン・ライン監督による映画『ロリータ』における「犬」、「カーブ」に関連するスクリーンショットを随時参照する[DVD：エイドリアン・ライン監督『ロリータ』、東宝東和株式会社・株式会社ポニーキャニオン発売、1999]。

14) 『ロリータ』、p.131。

15) 同書、p.132。

16) 同書、p.133。

17) Steven Schiff. *Opcit*. p.8.

18) 『ロリータ』、p.175。

19) 同書、p.183。

20) 同書、p.186。

21) 同書、p.211。

22) Steven Schiff. *Opcit*. pp.75-78.

23) 『ロリータ』、p.464。

24) 同書、pp.479-480。

25) 同書、p.500。

26) Steven Schiff. *Opcit*. p.205。

27) 『ロリータ』、p.76。*The Annotated Lolita.* p.43.
28) 『ロリータ』、p.77。*ibidem.* p.43.
29) 『ロリータ』、pp.212-214。
30) 同書、pp.25-26。
31) Steven Schiff. *Opcit.* p.62.
32) 『ロリータ』、p.251。
33) 同書、p.253。
34) 同書、pp.175-176。

エッセイ②

エッセイ②
村上春樹とロシア文学

　日本が生んだ作家村上春樹がいまロシアで爆発的な人気を博しています。この人気の秘密は一体何なのでしょうか。その謎は完全に解明されてはいません。明治近代日本文学の成立以降、日本文学はロシア文学からほぼ一方的な恩恵を受けてきました。芥川龍之介の『芋粥』がゴーゴリの『外套』に出てくるアカーキー・アカーキィェヴィチの人物描写を取り入れたことは有名な話ですね。夏目漱石が芥川に宛てた書簡のなかで、「日露戦争で軍人が露西亜に勝った以上、文人も何時までも恐露病に罹ってうんうん蒼い顔をしているべき次第のものじゃない」と書いたなど、トルストイ、ドストエフスキーやツルゲーネフなどが同時代の作家に現れたら恐ろしくなって小説などかけなくなってしまう、と震え慄いていた弟子を鼓舞する文章を書いた事実が残っていますが、近代について言えばおそらくロシア文学が日本文学に与えた一方的な影響が強調されています。ですが、どうも近年はそうとばかりは言えないようです。ロシアの人気作家ボリス・アクーニン（ボリス・チハルシビリ）が日本文学の翻訳者であることも含め、現代について言えばロシア文学に日本文学が影響を与えるという逆の現象が生じ始めたのです。ソ連時代、知っている日本人作家

の名前を尋ねると必ずあがる名前が大江健三郎であり安部公房でした。大江や安部の文学はいまだにロシアで愛され、愛読していると答えるロシア人は少なくありません。ただ、難解な純文学として名高い大江や安部の作品に比べると、村上の作品は、むしろ文体の親しみやすさやわかりやすさが売り物であり、純文学なのか大衆文学なのかわからない代物という感が否めません。日本では亀山郁夫が翻訳を手がけたドストエフスキーの『カラマーゾフの兄弟』が外国文学のベストセラーになっているとき、ロシアでは村上春樹の小説がベストセラーになっている現状をどうとらえるべきなのか。インターネット上ではロシア語のムラカミヴェーデニエという言葉が使われ始めました。また、村上文学は「日本風味のソースでブレンドされた 19 世紀ロシア文学と 20 世紀アメリカ文学のミックスである」という言説が見受けられるようにもなりました。このような交差的な文化現象が顕著であるここ数年の読書事情をどう見るべきでしょうか。もちろん本項では学術的な論証を行うつもりはありませんが、ロシアにおいて村上文学がブームになった訳について考察してみます。

大衆文学か、純文学か？

　村上春樹はなぜロシアで読まれているのでしょうか。理由はさまざま考えられます。村上の文学は、沼野充義が述べるようにロシアにおいて主に大衆層に受け入れられました（『世界は村上春樹をどう読むか』、文春文庫、2009 年 6 月）。したがって、大江や安部の文学に親しむインテリ層を圧倒する広範な読書層に広がったことが原因として考えられます。ただ、村上文学が大衆的に広く受けられたことと村上の文学が大衆文学的であるということとは訳が違います。近年、日本において村上文学の再評価の動きが高まり

エッセイ②

　すでに議論されているように、村上の文学が芸術的か大衆的かという二者択一で論じること自体が不可能になっているのです。むろん村上の作品には蓮実重彦や松浦寿輝のような辛辣な批評も少なくありません。

　自分の文学が旧来の「大衆的か純芸術か」という二者選択において、「芸術」に値しないことを暗に認めている発言とも受けとれます。では、村上の文学は大衆文学的であり純文学ではないと言い切れるのでしょうか。村上自身の言葉を引用しながら考えてみましょう。

> 「僕はポップ・カルチャーみたいなものに心を惹かれるんです。ローリング・ストーンズ、ドアーズ、デイヴィッド・リンチ、ミステリー小説。僕はだいたいにおいてエリーティズムというのが好きじゃないんです。ホラー映画も好きだし、スティーヴン・キングやレイモンド・チャンドラーも好きです。でも自分でそういう作品を書きたいとは思わない。僕が必要としているのは、そのような物語のストラクチャーなんです。そのような「外枠」の中に、僕自身のものを詰め込んでいきたい。それが僕のやり方であり、僕のスタイルです。」（『夢を見るために毎朝僕は目覚めるのです　村上春樹インタビュー集1997-2009』、岩波文庫、2012、p.18）

　村上の文学に、60年代-70年代むさぼるように欧米のロックやポップスやジャズを聴いた世代の欧米のポップ・カルチャーに対する嗜好がうかがえるでしょう。それは『ノルウェイの森』や『国境の南、太陽の西』など作品の名前にも採用するどころか作品中の重要なモチーフとして扱われていることからもわかります。その

ような主人公のポップ・カルチャー嗜好が、村上文学をポップ・カルチャーと同一視すべき根拠になりうるようには思えません。先の村上自身の言葉を借りれば、作品内に流れる BGM は、物語のストラクチャー、つまり、外枠として使われているだけなのです。それは村上作品のゲシュタルト（統合的人格）におけるライフスタイルの問題とも結びついています。内田樹が『村上春樹にご用心』のなかで指摘するように、村上の文学にはアイロンのかけ方、掃除の仕方、アルデンテでパスタをゆでることも含めて、日常生活に対するこだわりが窺えます。主人公たちは煩瑣な家事を嫌がらず、むしろ積極的に楽しんで取り組む。村上文学の主人公たちはエリーティズムを嫌ってはいるものの決して生活レベルにおいて落ちぶれることはありません。むしろ、エリーティズムとは違ったものではありながらもオーセンティック（正統）なジャズバーに流れる曲のような確固としたこだわりをもったライフスタイルを自ら好んで積極的に追求しているようにも思われます。それは決して村上文学に描かれる主人公が生活における上流に位置するという理由からではありません。事実、村上の文学に描かれる人間像はむしろそれとは逆に、絵に描いたエリートの側に与する人間に対する反骨精神に充ち溢れているものなのです。

　ここで提起したいのは、村上春樹の文学とは純芸術とか大衆文学といった旧来の枠組みにとらわれた文学観をぶち壊すための挑戦をする文学であり、そこには既成の枠組みをぶち壊すという文学的挑戦であり挑発的な試みがあるということです。より正確に言うと、この二項図式の破壊の試みは、村上文学に描かれるエリート主義と非エリートの対極性をぶち壊す主人公の群像にも通じています。そのことをより納得させてくれるのは、村上本人による次の言説です。

「僕が希求しているのは、あくまでも『純文学』に近いものだということになるのかもしれません。しかしそれと同時に、僕は文学世界におけるエリーティズムみたいものに、どうしても我慢できません。僕が語りたいのは、人の心にまっすぐに届く、正直な物語なのです。そして人が本を読み終えたあと、そのまま夢の中に持ち越されるような、強い、リアルな物語なのです。」

　言い換えると「純文学」か「大衆文学」か、という既成の枠にはとらわれない。ただ外枠としてポップ・カルチャー的な要素をふんだんに利用する。そして最終的に目指しているのは「大衆文学」ではなく「純文学」である、ということになるでしょうか。回りくどい言い方になりますが、そう表現するのが最も適切なように思われます。

世界文学の要件としての「軽さ」と村上文学

　村上春樹の文学は一見「軽い」文学であるとみなされる向きがあります。一体何が「軽い」のでしょうか。議論の余地はありますが、一番「軽い」と思われるのは、登場する男女が知り合って肉体関係に辿り着くまでのスピード感が最も「軽い」ことの象徴的なものではないでしょうか。それに対して大江の文学はどうしょうか。たしかに大江は『われらの時代』のあとがきで述べるように、「性的な描写」をあからさまに使うことを自らの手法に据えたことを言明しています。しかし、なぜか、大江の文学で「性的な描写」にいくら遭遇してもそこに真の意味でロマンティシズムやエロティシズムを感じることはできません。なぜなら、大江

の文学において、「性的な描写」は戦略であって本意ではないからです。

　それに比べて、村上春樹の作品はどうでしょう。大江の文学とは対照的にいかにエロティシズムやロマンティシズムに溢れていることか。ただ、それは戦略ではなく、主人公の実存的な生を確認するためのようにも受け止められます。平易な文体、倫理性が欠如した軽佻浮薄な男女のまじわり。ソヴィエト時代に大江健三郎や安部公房のような文体の奇抜さや難解さが好まれたのとはまったく別の要因で、いまロシアで村上春樹の文学が読まれていると考えられます。ロシア文学になくて、村上春樹の文学にあるものとは一体何なのでしょうか。その手がかりをイタロ・カルヴィーノの書いた『アメリカ講義　新たな千年紀のための六つのメモ』（米川良夫・和田忠彦訳、岩波文庫、2011）に求めてみたいと思います。

　カルヴィーノはこの講義録で、21世紀に保存されなければならない文学的な価値として、「軽さ」、「速さ」、「正確さ」、「視覚性」、「多様性」の5点を挙げています。その5つがすべて村上春樹の文学にあるかどうかはわかりません。ここでは、カルヴィーノが第1回の講義のなかで述べた〈軽さ－重み〉の対立軸において考えてみましょう。カルヴィーノはこの2つの対立軸にあって「軽さ」の立場を支持したい、と考えているのです。〈軽さ－重み〉の対立において、村上春樹の文学はどちらに属すると言えるのでしょうか。たとえば、日本人にとって、ロシアの文学全般がこの2つのどちらに当てはまるかを聞かれたら、おそらく多くの人が、「重い」文学と答えるに違いないでしょう。しかし、カルヴィーノがいう観点では、「重い」世界に引きずり込む文学だからこそ最終的な救いの箇所は人間の心を「軽く」させることになるのです。反

エッセイ②

対に「軽い」文学とはどういうものか。それは反対に「軽さ」から「重み」に引きずり込む文学のことではないかと考えられます。カルヴィーノは「言葉の軽さを目指すこと──これによって意味は、重さを失ったかのように織りなされる言葉の流れの上を運ばれてゆき、ついにはまさに希薄になってゆきながら、しかも堅固な存在感を帯びるに至るのです」(同書)と述べています。たとえば、ミラン・クンデラの『存在の耐えられない軽さ』は、「実のところは、生きることの避けがたい重苦しさについての苦渋に満ちた確認」の小説である、という。ここで考えるに、ドストエフスキーに代表されるようなロシア文学の伝統は、もしかすると「重さ」の文学だったかもしれません。つまり、読者を「重み」の世界にできるだけ深く引きずり込み、その後で精神的な解放を与えるという文学なのです。

その対極にあるのが村上の文学であると考えられます。村上春樹の作品では、男女関係の浮薄な性描写で読者を楽しませます。それでいながら、どうしようもない精神的苦悩や葛藤に引きずり込む。その意味で村上の文学は「軽さ」から「重み」に引きずり込む美学があり、「重み」から「軽さ」へ向かう文学とは対照的なものであると考えられます。それでもなお、ロシア人が村上文学の何に惹かれているのかは結論できません。なぜなら、個々の文学作品やそれに対する好みをステレオタイプ化することなど不可能なのですから。しかし、「大衆文学」か「純文学」なのか、「重い」文学なのか「軽い」文学なのか、という二者択一にあって、村上の文学はそれらの二項式を絶えず転覆していくような真新しさを読者に感じさせてくれることは間違いのないことであり、もしかするとこれこそがロシアで村上春樹が読まれる理由の一つなのかもしれません。

村上文学におけるロシア性——村上文学と『カラマーゾフの兄弟』

　村上作品におけるロシア的な要素、村上文学とロシア文学との関連性については、まだまだ論じることがあります。村上春樹は自分自身も認めるように、「若い時からずっとロシア文学を愛好してきた」。ただ、大上段に「村上文学とロシア性」と銘打つよりもまずは地政学的に日本がロシアとアメリカに挟まれた国であるという単純な事実や、村上が青春時代を過ごしてきた日本が日米安保闘争と全共闘の真っただ中であり、日本の行く末、学生の関心、そして社会の動向が、資本主義か社会主義か、親米と親ソの間に揺れていた時代であったことなど、日本がアメリカとロシアの間に位置するという至極決まりきった前提をもとに考えてみるべきではないかと思うわけです。村上が「ロシア文学を愛好してきた」理由は何か。それは、同時代的雰囲気に逆らいながらも結果として当時の学生たちと同じ空気を吸っていたからではないかとも考えられます。ただ、村上の作品は、全共闘に巻き込まれて学生運動にいそしむ青年を描くことは決してありません。むしろ、その反対で、(内田樹によると)「ビーチボーイズを聴いて、本を読み、女の子とデートし」、楽しい学生生活を送るアメリカ的な青年の方です。つまり、決してロシア化された青年を描いてはいません。その一方で、『スプートニクの恋人』におけるスプートニク、『ねじまき鳥クロニクル』における間宮中尉によるノモンハン事件の記述、村上の文学のなかに、無数のロシア人との接触がありロシアのイメージは確実に息づいているのです。

　一方近年の日本では、亀山郁夫の『カラマーゾフの兄弟』をはじめとして世界の古典的名著を新訳で読むという読書ブームが起きました。その理由について、青年時代に『カラマーゾフの兄弟』にはまった団塊の世代が、定年後の楽しみとして新訳を読み直す

ことが最大のきっかけになったとも言われています。では、その同じ世代に属する村上自身はこの『カラマーゾフの兄弟』についてどう考えているのでしょうか。それはあまりにも直接で熱烈な崇拝の念とも受け止められるものです。

　　「僕は、自分の小説の最終的な目標を、ドストエフスキーの『カラマーゾフの兄弟』においています。そこには、小説の持つすべての要素が詰め込まれています。そしてそれは、ひとつの統合された見事な宇宙を形成しています。僕はそのようなかたちをとった、現代における『総合的な小説』のようなものを書きたいと考えています。それはずいぶん難しいことかもしれないけれど」（前掲インタビュー集、p.189）

　近年村上は『1Q84』を中心に日本におけるオウム事件をはじめ「宗教と人間」という問題に目を向けています。村上が地下鉄サリン事件の被害者にインタビューした『アンダーグラウンド』、そして、オウム真理教信者にインタビューした『約束された場所で』の翻訳書もロシアでよく読まれています。村上はようやく自らが目指す『カラマーゾフの兄弟』のような総合的小説の執筆に取り掛かったということです。

村上文学はロシアの国民に何を与えうるのか
　そして、自分自身の文学がロシアで受け入れられる理由について、「僕は想像するのだけれど、ロシアは社会的に見ても、文化的に見ても、現在大きな移行期にあるようだし、そういうダイナミックな価値変換の中で、僕の書いたものが、多くの読者の心に、たまたまうまくヒットしたのかもしれません。僕が、僕の小説の

中で描きたかったことのひとつは、『深い混沌の中で生きていく、個人としての人間の姿勢』のようなものだったから」と述べています。村上は、2009年イスラエルで有名なエルサレムスピーチを行いました。

「高く堅牢な壁とそれにぶつかって砕ける卵の間で、私はどんな場合でも卵の側につきます。壁がどれほど正しくても、卵がどれほど間違っていても、私は卵の味方です」（内田樹『もういちど村上春樹にご用心』、アルテスパブリッシング、2010、p.47）

内田樹はこのスピーチについて次のように評価しています（同書 p.48）。

「こういう言葉は左翼的な『政治的正しさ』に依拠する人の口から決して出てこない。彼らは必ず『弱いものは正しい』と言う。しかし、弱いものがつねに正しいわけではない。経験的に言って、人間はしばしば弱く、かつ間違っている。それが『本態的に弱い』ということである。そして、村上春樹は『正しさ』について語ったことはない。つねに人間を蝕む『本態的な弱さ』について語っている」

内田樹は非常に的確に村上文学の本質をえぐりだそうとしています。この意見には僕もほぼ同意見です。ただそれとは別の視点で何が言えるでしょうか。村上の文学のなかには、村上が最終目標に据えるロシア文学の代表的ゲシュタルトとも言える「ちっぽけな人間」や「余計者」の概念に符合するものはなかなか出てきません。村上の文学にアカーキー・アカーキィェヴィチもいなければ

ボブチンスキーやドブチンスキー、ましてやオブローモフもいなければバザーロフもいない。描かれるのは、社会の構造のなかでゆがめられ虐げられ、すさんで屈折した人生模様ではなく、社会の枠組みからドロップアウトしながらも、同じく孤立し精神的に病んだ人たちから背を向けるのではなく、それを正面視し、またはそれらに同苦し、自らもたとえニートやフリーターになろうが生活レベルにおいて決して落ちぶれずに自らの新しいスタンダードを作り上げる、ある意味において創造的で前向きな人間像が描かれているのです。

　それは出来上がった秩序のなかで受け入れられずにもがき苦しむ人間像というよりは、その秩序から自らはみだし孤立することによって一人で堅牢な壁に挑んでいくアウトロー的なタイプとも受け取れるでしょう。秩序に安住する人間ではなく混沌のなかで新しい秩序を模索し創造するタイプの人間の生き方が描かれているように思えるのです。言葉を変えるとこうも言えるでしょう。村上文学に描かれるゲシュタルトは絶えず堅牢な「壁」に立ち向かい続けている「卵」のようなものである、と。ただ、それは、単純に壁にぶち当たって砕け散ってしまう「卵」とは言えないような気もします。なぜならば本当に弱い人間は出来上がった体制から自ら抜け出るようなことはしないからです。また、本当に弱い人間であるならば、『青銅の騎士』のエヴゲニーのようにピョートル大帝像が突如襲い掛かってくるような幻覚におののきその場から立ち去ってしまうことはあっても、その皇帝に一人で逆らうようなことはありえません。

　ではそのような孤立する村上的なゲシュタルトがロシアで受け入れられた理由は一体何なのでしょう。それは村上自身が的確に結論を下しています。「僕が、僕の小説のなかで描きたかったこと

のひとつは、『深い混沌の中で生きていく、個人としての人間の姿勢』のようなものだったから」なのではないか、と。まさしくそれこそが混沌期のロシアにおいて「新しい人間像」、「新しい生き方の指標」を確立するための何らかのヒントを与える役割を担っているのではないかと考えられます。

本書は筆者の本務校である創価大学の通信教育部出版で発刊した教科書『文学Ⅱ──文学研究と文学理論への手引き』を改訂し文学研究の手引きとして執筆したものです。執筆に当たっては、ウラジミール・ナボコフの文学講義の数々、大橋洋一氏の翻訳、著作の数々に感化、啓発を受けました。また、以下の2つの科研費の研究期間に執筆がなされたものであることを報告します。

・ナボコフのロシア語韻文作品の研究──エミグレ表象とモダニズム詩人としての位置づけ（基盤研究 C25370382）
・ウラジーミル・ナボコフのアーカイヴ調査──「文学講義」と創作の相関関係を探る試み（挑戦的萌芽研究 16K13216）

　最後になりましたが、本書の執筆の機会を与えてくださった春風社の三浦衛社長、石橋幸子さん、献身的に校正の作業にあたってくださった山岸信子さん、また、ナボコフ研究においてご指導いただいているブライアン・ボイド先生、レオナ・トーカー先生、三浦笙子先生、諫早勇一先生、若島正先生、沼野充義先生、中田晶子先生をはじめとするすべての学恩ある先生方、両親、弟妹、家族、親友、本務校でお世話になっている馬場学長をはじめとするすべての教職員、学生、そして創立者に感謝申し上げます。

寒河江光徳

【著者】寒河江光徳（さがえ・みつのり）

1969年生まれ。東京大学人文社会系大学院欧米系文化研究専攻
スラヴ語スラヴ文学専門分野博士課程修了。博士（文学）。
創価大学文学部教授。

文学という名の愉楽
──文芸批評理論と文学研究へのアプローチ

	2018年4月4日　初版発行
	2020年5月18日　二刷発行
	2024年2月14日　三刷発行

著者	寒河江 光徳 さがえ みつのり

発行者	三浦衛
発行所	春風社 *Shumpusha Publishing Co.,Ltd.*

横浜市西区紅葉ヶ丘53　横浜市教育会館3階
〈電話〉045-261-3168　〈FAX〉045-261-3169
〈振替〉00200-1-37524
http://www.shumpu.com　✉ info@shumpu.com

装丁	根本眞一（クリエイティブ・コンセプト）
印刷・製本	シナノ書籍印刷 株式会社

乱丁・落丁本は送料小社負担でお取り替えいたします。
©Mitsunori Sagae. All Rights Reserved.Printed in Japan.
ISBN 978-4-86110-595-1 C0098 ¥2200E

日本音楽著作権協会（出）許諾第 1801708-303 号